Robin Anderson
DER MARKT DER WÜNSCHE

ROBIN
ANDERSON

DER
MARKT DER
WÜNSCHE

ROMAN

Wunderlich

Originalausgabe
Veröffentlicht im Rowohlt Verlag, Hamburg, Oktober 2023
Copyright © 2023 by Rowohlt Verlag GmbH, Hamburg
Satz aus der Meno Text bei CPI books GmbH, Leck
Druck und Bindung GGP Media GmbH, Pößneck
ISBN 978-3-8052-0097-4

Die Rowohlt Verlage haben sich zu einer nachhaltigen Buchproduktion verpflichtet. Gemeinsam mit unseren Partnern und Lieferanten setzen wir uns für eine klimaneutrale Buchproduktion ein, die den Erwerb von Klimazertifikaten zur Kompensation des CO_2-Ausstoßes einschließt.
www.klimaneutralerverlag.de

«Wünsche sind Wunder,
die noch etwas Zeit brauchen.»

JOHN WOOD,
Inhaber des *Fabulous Emporium*,
in diesem Buch

PROLOG

M eine Schritte hallten auf dem Pflaster der kleinen Straße wider. Zu dieser späten Stunde waren kaum noch Passanten unterwegs, Touristen waren im Spätherbst rar gesät, und in wenigen Wochen würde die Stadt Bath in den Winterschlaf fallen. So begegneten mir auf dem Abbey Church Yard nur ein alter Mann, der eine abgegriffene Aktentasche spazieren trug und mir unter seinem Hut einen finsteren Blick zuwarf, sowie zwei junge Frauen, die leicht angeheitert aus einem der Pubs stolperten und sich lachend unterhakten, unterwegs nach Irgendwo.

Ich allerdings hatte ein Ziel, wie jedes Jahr um diese Zeit, wenn ich mich auf den Weg zu John Wood machte. Der Inhaber des legendären *Fabulous Emporium* wartete auf mich, Julie Marin, aber es musste erst die letzte Kundin bedient, die Ladentür abgeschlossen und die Laterne über dem Eingang gelöscht werden, bevor ich meinen kleinen Auftritt bekam, der inzwischen schon Tradition hatte.

Die alte dunkelrot gestrichene Tür war nur angelehnt, und sie knarrte, wie gewöhnlich. Wer immer sie aufdrückte, ob energisch oder sanft, sie gab seit jeher diesen Laut von sich: ein geradezu gutmütiges Knarren. Hatte John Wood das vielleicht bewusst so eingerichtet – damit alle, die seinen Laden aufsuchten, auf diese heimelige Weise begrüßt wurden?

Mit diesem Willkommen betrat ich an jenem windigen Oktoberabend den Verkaufsraum des Ladens mit dem kunstvoll bemalten Schild *John Wood's Fabulous Emporium*. Es war nach Geschäftsschluss, und die meisten der antiken Kugellampen waren schon ausgeschaltet oder heruntergedimmt, sodass der ganze Laden in ein dämmrig warmes Licht getaucht war. Fehlt nur noch ein helles Glöckchen, dachte ich, das wäre doch ideal für ein Geschäft mit Hochsaison zur Advents- und Weihnachtszeit ...

Doch John Wood brauchte kein Glöckchen, um auf Kundschaft aufmerksam zu werden, ihn lockte schon das Knarren der Tür aus dem kleinen Office heraus, das diesem Zaubermeister ein Refugium bot. Er war ein höflicher und zuvorkommender Ladeninhaber, doch eine besonders ausgeprägte Geschäftstüchtigkeit war ihm nicht eigen. In dieser Hinsicht verließ er sich, wie ich wusste, ganz auf Charlotte Hadley, seine älteste Mitarbeiterin, und Nelly Briggs, meine beste Freundin, die er aber beide schon längst in den Feierabend geschickt haben musste. John Wood selbst blieb jeden Abend auch nach Geschäftsschluss noch eine Zeit lang allein in seinem Laden. Inmitten dieses Sammelsuriums kurioser und verspielter Dinge wirkte der ältere, soignierte Herr – wie üblich elegant-altmodisch, aber auch ein bisschen nachlässig gekleidet – selbst wie ein Dekorationsstück. Wie einer der stummen Diener aus bemaltem Holz, die in manchen Geschäften an der Eingangstür standen und Visitenkarten offerierten. Seine einzige Gesellschaft bestand aus einem riesigen Braunbären, der neben dem wuchtigen Verkaufstresen stand und die alte Registrierkasse bewachte. Die Kinder hatten ihn ziemlich abgeliebt, sein plüschiges Fell war vom vielen Streicheln an einigen Stellen schon etwas dünn geworden.

«Guten Abend, Sir John. Ich bin's!»

Ich bahnte mir mit meiner großen Mappe unter dem Arm einen Weg durch den Laden, vorsichtig, um nirgendwo anzuecken oder irgendetwas umzustoßen. John Wood stand aufrecht wie ein Zinnsoldat hinter der Theke, ungebeugt trotz seiner nun auch schon zweiundsiebzig Jahre.

«Oh, Julie, wie schön, dich zu sehen!», rief er. «Was führt dich heute zu mir in meine Rumpelkammer?»

Ich wuchtete meine riesige Präsentationsmappe auf den Verkaufstisch. John war natürlich klar, womit ich da aufwartete, denn seine immer etwas zurückhaltende, jedoch durchaus freundliche Miene hellte sich auf. Seine Augen blitzten, und um die schmalen Lippen spielte ein feines Lächeln.

«Ah ... ich sehe ... der Adventskalender! Das alljährliche Highlight in unserem Wunschladen.»

Ich nickte, zögerte aber mit dem Aufziehen des Reißverschlusses.

«Und ... willst du sie nicht öffnen, deine Kunstmappe? Komm, spann mich nicht so auf die Folter!»

Ich lächelte über die offensichtliche Ungeduld meines Auftraggebers, spürte darin Vorfreude, aber auch Anerkennung für meine Arbeit, die ich seit nun genau zehn Jahren alljährlich für John Wood ausführte: die Gestaltung des Emporium-Adventskalenders. Gespannt sah ich ihn an, doch ich wartete vergeblich, der Ladenbesitzer kam nicht drauf, dass ich damit in diesem Jahr ein kleines Jubiläum feierte. Also hob ich nur die Schultern und seufzte ergeben.

«Na schön, Sir John», sagte ich und zog mit einem Ruck den Reißverschluss auf. Der Mappe entnahm ich ein großformatiges, auf Karton gezogenes Bild. Und ein ebenso großes

Blatt mit fünfundzwanzig über die gesamte Fläche verteilten kleinen Bildern, die hinter den Kläppchen zum Vorschein kommen sollten.

«Hier hast du ihn ... unseren Annual Bath Advent Calendar.»

Ehrfürchtig nahm John das große Bild in Empfang und hielt es ausgestreckt in seinen Händen. Seine Augen huschten über die detail- und farbenfreudige Illustration. Und jetzt bemerkte er auch das kleine *10th* in der Ecke und realisierte wohl, dass dies mein Jubiläumskalender war. Er nickte und warf mir einen anerkennenden Blick zu.

In den vergangenen zehn Jahren hatte ich als Illustratorin die unterschiedlichsten Szenerien für diesen traditionellen Kalender mit den kleinen Kläppchen entworfen: Ein altes Karussell war ebenso dabei gewesen wie ein verschneites Dorf samt zugefrorenem Teich und kleinen Schlittschuhläuferinnen. Eine familiäre Weihnachtsbescherung unter dem Baum, mit Kindern, die ihre Geschenke auspackten und mit ihnen beglückt zu ihren Eltern und Großeltern liefen. Das Haus des Weihnachtsmanns am Nordpol, Father Christmas inmitten von Stapeln unzähliger Briefe, Wunschlisten und Geschenkpäckchen. Und natürlich der grandiose Weihnachtsmarkt von Bath mit der Abbey Church im Hintergrund, Straßen und Gassen voller Lichter und Geheimnisse.

Diesmal hatte ich mich für die Szenerie eines typisch englischen «Townhouse» aus dem neunzehnten Jahrhundert entschieden: ein großes, bürgerliches Stadthaus, wie es in London, Bristol oder eben auch in Bath stehen mochte. Die Hausfront war üppig dekoriert mit Girlanden in den Weihnachtsfarben Rot und Grün, mit Mistelzweigen, Schleifen, Kränzen und kleinen Weihnachtsbäumen. Im Laufe der Adventszeit ging es von unten nach oben – die große Haustür trug die Nummer 1, dann stiegen die Ziffern über die Fenster vom Erdgeschoss bis zur dritten Etage aufwärts bis unters Dach, wo es noch ein Geschoss mit kleineren Kammern und Fenstern gab. Und in der Mitte, in einem runden Fenster, auf das ich eine Kerze gemalt hatte, prangte die Ziffer 25. Auf dem Dach waren Schornsteine zu sehen, die verspielte Rauchwölkchen ausstießen, sowie Father Christmas in seinem Schlitten, dessen Rentiere in weitem Bogen auf den Mond zugaloppierten.

Dahinter verbargen sich die kleinen Szenen, die sich Türchen für Türchen öffnen würden, jeden Tag eine neue. Eine Katze mit Weihnachtsmannmütze, die nach draußen schaute, ein Eisbär in einem Schaukelstuhl, eine Gruppe singender Kinder, ein munterer Nussknacker, ein kleiner Teddy neben einem großen Berg Geschenkpäckchen, ein auf einem Sofa schlummernder Weihnachtsmann, ein munteres Schaukelpferd mit einem übermütigen Trompeter.

«Oh, Julie, er ist wieder ... wunderschön!», sagte John Wood und strahlte mich an. «Darauf müssen wir anstoßen.» Er legte das Bild ab und verschwand hinter den Vorhang, der sein Office vom Verkaufsraum trennte. Ich hörte, wie er dort herumhantierte und Schränke öffnete, wie Schubladen klapperten und Gläser klirrten. «Warte ... einen Augenblick ... Aber das muss doch ... Wo ist denn nur ... meine Güte ...», plapperte er ohne Unterlass. John Wood war ohne Zweifel etwas schusselig. «Einen Moment, Julie ... nur einen Moment noch ... Also, das ist doch ...» Er suchte und kramte und unterdrückte unüberhörbar unschickliche Flüche.

Das würde dauern, wusste ich. John war alles andere als sortiert, er lebte in seiner Wohnung, die über dem Laden lag und mit ihm durch eine spiralförmige Holztreppe verbunden war, in ebenso beeindruckender Unordentlichkeit wie in seinem übervollen Office. Der Laden war zwar ebenfalls voll, allerdings bestens aufgeräumt und machte trotz der herrschenden Überfülle an Verkaufstischen und des Gedränges in den Regalen einen sortierten Eindruck. Doch dies war natürlich nicht Johns Werk, sondern das seiner langjährigen Mitarbeiterin Charlotte, wie mir meine Freundin Nelly regelmäßig erzählte.

Dann klingelte das Telefon, *ring ring*, der Ladenbesitzer hob ab, ich bekam ein undeutliches Gemurmel aus dem Hörer mit und wusste, dass es nun noch länger dauern würde, bis John mit zwei Gläsern Sherry, Portwein oder einem anderen seiner bevorzugten Drinks zurückkam.

Mit einem leichten Seufzen ließ ich mich in einen der altmodischen, mit dunkelrotem Stoff bezogenen Ohrensessel fallen, die im Laden verteilt herumstanden – der einzige, der nicht schon von Teddybären mit Weihnachtsmützen auf dem Kopf, Puppen und jeder Menge anderer Plüschtiere besetzt war.

Ich blickte mich um, und obwohl mir jeder Winkel vertraut war und ich vieles von dem, was hier angeboten und ausgestellt wurde, schon mal in meinen Adventskalendern verewigt hatte, boten sich mir doch immer wieder neue Überraschungen und Entdeckungen.

John Wood's Fabulous Emporium war eine wahre Schatzkammer, in der Jung und Alt hemmungslos ihren Spieltrieb ausleben konnten. Das üppige Sortiment an Vintage-Spielzeug erfreute nämlich nicht nur Kinder, sondern auch Erwachsene, die an Zauberartikeln, Renn- und Eisenbahnen aus Blech sowie der Mechanik trommelnder Affen und sich am Reck überschlagender Zirkusakrobaten ihre helle Freude hatten. Oder an tanzenden Ballerinen, frechen Pinocchios, Brummkreiseln, Hand- und Fingerpuppen, Blechspielzeug, Marionetten, Kaleidoskopen, Würfelspielen, Drehorgeln, Jo-Jos, Matrjoschkas, Aufziehpüppchen, Geduldspielen, Pop-up-Büchern, Micropuzzles und nicht zuletzt John Wood's berühmten Matchboxes – Streichholzschachteln mit dem aufregenden Innenleben einer Wundertüte. In dieser Welt der Fantasie wurde ein Fest voller unerschöpflicher Ideen gefeiert.

Eine kleine, wohlsortierte Buchhandlung war gefüllt mit Märchenbüchern und Klassikern von *Alice im Wunderland* und *Winnie-the-Pooh* bis *Harry Potter*, samt allen möglichen (oder auch unmöglichen) dazugehörigen Accessoires, bei denen bemalte Kakao- und Teebecher nie fehlten. Die von mir so geliebten Flower Fairies von Cicely Mary Barker waren ebenso vertreten wie Peter Rabbit von Beatrix Potter und der Bär Paddington.

Allmählich merkte ich, wie ich inmitten all dieser zauberhaften Pracht entspannte. Ich war hier keineswegs nur mit meinem Adventskalender zu Hause. Ich war es sozusagen mit meinem ganzen Herzen. Nicht von Anfang an, wie ich zugeben muss, denn als Zwölfjährige, als meine Tante Adrienne mich zum ersten Mal zu John Wood geschleppt hatte, war meine Reaktion nur hochmütiges Naserümpfen gewesen. Was für ein altmodischer Krempel! Wer wollte denn mit so was heute noch spielen? Ich lächelte, als mir wieder einfiel, wie ich mich – ganz gelangweilter Teenie – einst in genau diesen Ohrensessel hatte fallen und die Beine über die Lehne baumeln lassen.

Doch John Wood ließ sich von solchen Bekundungen jugendlicher Überheblichkeit nicht irritieren. Als Adrienne ihm ein paar Jahre später von meinen Zeichenkünsten berichtete, ging er das Wagnis ein und betraute mich mit der Gestaltung seines traditionellen Adventskalenders. Da war ich längst über die Kapriolen meiner Teenagerjahre hinaus. Seither sah ich im Emporium einen einzigartigen Ort der Inspiration. Und mittlerweile war mir natürlich längst bewusst, wie viel ich ihm verdankte. John hatte in meine Herzensbildung investiert, und ich hatte es ihm mit vollem Herzen gedankt.

Schließlich fand das Gemurmel im Hintergrund sein Ende, das Telefonat seinen Abschluss. Mit einem Hüsteln trat John Wood wieder hinter dem blauen, mit goldenen Sternen bestickten Vorhang hervor und balancierte in den Händen zwei Gläser und eine Flasche Sherry.

«Sorry ... hat länger gedauert ... ein Drucker ... alter Freund.» Er schenkte ein und reichte mir prostend ein Glas. «Cheers, meine Liebe! Du hast dich mit deinem Kalender wieder einmal selbst übertroffen.»

«Ja, gefällt er dir?» Ich nahm einen Schluck und genoss das warme Gefühl, das sich in meinem Innern ausbreitete.

«Was für eine Frage ... sehr sogar! Und wie ich sehe ...», John wies auf eines der Fenster im obersten Stockwerk, aus dem mit ernstem Blick ein kleiner Junge blickte, «... da oben hat auch Archie seinen Platz gefunden.»

«Du hast ihn erkannt?» Ich war gerührt.

«Natürlich. Es ist unverkennbar dein kleiner Archie. Ein bisschen traurig, nicht wahr, wie er da herausschaut ... als warte er auf ein Weihnachtswunder. Auf sein ganz persönliches großes Wunder.»

Ich seufzte. «Das stimmt. Ich habe ihn selbst von draußen so an seinem Kinderzimmerfenster stehen sehen.»

Sinnierend nahm John einen weiteren Schluck Sherry, sagte aber nichts mehr. Sein Blick wanderte ziellos durch den Laden, als suchte er dort etwas, das er mir zum Trost anbieten könnte. Doch er schien nichts zu finden, und so blickte er nur weiter resigniert in sein Glas. Dann nickte er.

«Weißt du schon etwas Neues? Wann er sein ... sein neues Herz bekommen soll?»

Ich schüttelte den Kopf und blickte ihn tapfer an. «Nichts Genaues. Aber im Februar oder März soll es so weit sein. Wir erhalten Nachricht. Und dann werden wir umgehend nach London müssen.»

«Es bleibt uns wohl mal wieder nichts anderes, als auf ein Wunder zu hoffen», sagte John. «Na ja, für Wunder sind wir beide doch Spezialisten, oder nicht?»

Ich versuchte ein Lächeln. «Ja, du bist ein Wunsch- und Wunderspezialist, mit all dem hier ...» Ich machte eine ausladende Geste, die den ganzen Laden umfasste. «Aber ich ...» Ich verstummte.

John senkte den Blick, etwas beschämt, wie es aussah. Dann richtete er sich auf und schaute mich an. «Welches Bild soll sich denn am 24. Dezember öffnen? Lass mal sehen!» Er langte nach dem Blatt mit den kleinen Bildchen, das hinter den Karton mit dem prächtigen Christmas Townhouse geklebt werden würde.

«Oh», sagte er.

Ich nickte. In meinem Lächeln versank die eine Träne, die ich nicht zurückhalten konnte. Das Wunder würde wohl noch eine Weile auf sich warten lassen.

DER STERNENHIMMEL

Mum! Wie lange brauchst du denn noch? Können wir jetzt endlich los?», krakeelte Archie durchs Treppenhaus, wo er bereits fix und fertig in Schuhen und Winterjacke stand und meine Tante Adrienne ihm noch seinen Schal umband. Sie hatte es dankenswerterweise übernommen, Archie für unseren Ausflug anzuziehen, während ich noch über meinem neuesten Projekt brütete: einer neu illustrierten Ausgabe des Weihnachtsklassikers *It Was the Night Before Christmas*. Ich hatte mich mit Feuereifer auf diese Idee gestürzt, aber seit Tagen wollte mir nichts Zündendes einfallen, wie ich das bekannte Gedicht noch einmal ganz neu bebildern sollte. Seufzend legte ich meinen Stift aus der Hand.

Archie war schon den ganzen Tag über derart aufgedreht gewesen, dass ich mir wie so oft Sorgen um sein Herz gemacht hatte, er rannte unablässig im Haus hin und her und machte uns alle verrückt. An solchen Tagen, wenn unser Aupair-Mädchen Francesca freihatte, war ich dankbar, dass ich mit meiner Tante Adrienne unter einem Dach wohnte und sie sich geduldig um Archie kümmerte. So konnte ich mich wenigstens für ein paar Stunden an meinen Zeichentisch zurückziehen. Eigentlich hatte ich mir vorgenommen, heute nicht eher aufzuhören, bis mir ein guter Einfall kam. Doch insgeheim war ich erleichtert, Feierabend machen zu können, und auch ich freute mich auf unseren alljährlichen Ausflug, der für Archie und mich traditionell die Weihnachtszeit einläutete.

Seit meiner Jugend war Weihnachten in Bath für mich ein wundervolles, fröhliches Fest: Lichterketten glitzerten an Fenstern, Türen und Dächern, riesige Weihnachtsbäume standen auf den großen und kleinen Plätzen. Kinder konnten den Weihnachtsmann treffen und Erwachsene – allen voran meine Freundin Nelly – endlich ihre verrückten Weihnachtsklamotten tragen.

Ich selbst war, was das anging, etwas zurückhaltender, liebte es aber, das Haus weihnachtlich in Schale zu werfen, damit es nicht hinter der Pracht der anderen zurückblieb, auch wenn Adrienne sich jedes Jahr aufs Neue darüber beschwerte, sie würde sich beim Stolpern über Weihnachtsgirlanden noch den Hals brechen. Mir hingegen konnte die Dekoration gar nicht opulent genug sein. Neben dem üppig behängten Weihnachtsbaum und den Girlanden gehörten dazu auch die traditionellen *Christmas Wreaths*, die die Haustüren schmückten: Kränze aus Mistelzweigen, Stechpalmen, Efeuranken und Lorbeerblättern – funkelndes Grün in allen möglichen Schattierungen, in das unbedingt etwas Rotes gesteckt werden musste. Im Dezember begegnete man ihnen fast an jedem Haus, und durch die Fenster konnte man an den Kaminsimsen gestrickte Stockings erspähen. Jedes Familienmitglied hatte seinen eigenen roten oder grünen Strumpf, der von Father Christmas in der Weihnachtsnacht prall gefüllt werden würde: mit allerlei Leckereien und kleinen Geschenken, Püppchen und Spielzeugautos für die Kinder. Ich hatte sogar schon von Eltern gehört, die die Wunschzettel ihrer kleinen, noch wundergläubigen Kinder im flackernden Kaminfeuer verbrannten, denn der Weihnachtsmann könne den Rauch lesen und bringe dann für jeden die richtigen Geschenke.

Ich liebte all diese Weihnachtsbräuche, aber auf etwas freute ich mich ganz besonders, und nicht nur aus beruflichen Gründen: die *Season's Greetings*. Als Illustratorin war es mir natürlich ein besonderes Vergnügen, unsere Weihnachtskarten selbst zu gestalten. Alljährlich entwarf ich ein Sortiment von zwölf Motiven, ließ sie im Postkartenformat drucken und verkaufte sie im Emporium, im Buchhandel, in den Papeterien und Geschenkartikelläden. Und natürlich auf dem Weihnachtsmarkt.

Wie in den meisten englischen Familien war auch bei uns das Verschicken von Grußkarten ein viel geliebtes Ritual im Dezember. Wir machten es uns am Abend bei Kerzenlicht gemütlich, tranken Tee oder Eierpunsch, und dann ging es ans gemeinsame Schreiben, Adressieren und Frankieren. In einem Zeitungsartikel hatte ich gelesen, dass in England jedes Jahr die unglaubliche Menge von einer Milliarde Weihnachtskarten verschickt werde – nach wie vor auf dem guten alten Postweg, trotz der springflutartig anwachsenden digitalen Kommunikation. Für jeden Geschmack gab es Grußkarten – in glitzernden Designs, großformatig und zum Aufklappen, klassisch oder modern, oft mit Vintage-Motiven. Besonders Archie liebte es, jeden Morgen im Dezember in den Briefkasten zu spähen und die in Schönschrift adressierten Karten herauszuziehen. Gemeinsam mit Adrienne öffneten wir sie dann und freuten uns über die Grüße, mit denen andere uns versicherten, dass sie an uns dachten. Was war dagegen schon ein Insta-Filmchen oder eine vorfabrizierte Fotomontage, die man mit Dutzenden, Hunderten oder gar Tausenden auf Facebook oder in anderen Communitys teilte? Sie flimmerten auf, wurden rasch geliked und verschwanden gleich wieder, erst aus den Augen, dann aus dem Sinn.

Wie jedes Jahr würden wir unsere Karten auf den Kaminsims stellen, wo diese Girlande von Tag zu Tag wuchs, und zum Schluss würden wir ein Spiel daraus machen: Ich zeigte auf eine Karte, und Archie nannte den Absender. Er irrte sich kein einziges Mal.

Ich lächelte bei dem Gedanken an sein stolz gerötetes Gesicht und beeilte mich, in meinen Mantel zu schlüpfen, um seine – und meine – Geduld nicht noch länger auf die Probe zu stellen.

«Und du bist sicher, dass du nicht mitkommen möchtest?», fragte ich meine Tante, obwohl ich die Antwort bereits kannte.

Adrienne verdrehte nur die Augen. «In diesen Krimskramsladen? Nein danke, geht ihr nur allein. Ich bereite in der Zeit das Abendessen vor.»

«Danke, Auntie.» Während ich Archie zur Tür schob, warf ich ihr eine Kusshand zu. Und schon waren wir auf dem Weg zum Emporium, bereit, uns wieder einmal verzaubern zu lassen.

Mitten in John Wood's Fabulous Emporium standen wir wenig später nach Ladenschluss und rissen vor lauter Staunen die Augen auf. Wie jedes Jahr erstrahlte das Emporium ab Ende November in weihnachtlichem Glanz: Diesmal waren die Wände mit blauen Stoffbahnen behängt worden, auf die goldene Sterne und Monde aufgestickt waren, sodass der ganze Verkaufsraum wie ein prächtiges Zelt aussah, bevölkert von Scharen von Weihnachtsmännern, Elfen, Engeln, Krippenfiguren, Rentieren und Teddybären. Mit der Dekoration hatte John sich wieder einmal selbst übertroffen – es glitzerte ohne Ende, und die Explosion aus Grün, Rot und Gold würde die Kundschaft in einen wahren Rausch versetzen. Das beste Beispiel dafür war Archie, der sich an den immer neuen Weihnachtsüberraschungen in den zahllosen Nischen des Ladens gar nicht sattsehen konnte.

Auch die ansehnliche Papeterie-Abteilung setzte ganz auf *Merry Christmas* und würde auch diesmal die wehrlosen Kundinnen mit einer Überfülle an Grußkarten, Geschenkpapier, Schleifen und Kordeln, Paper-Fun-Artikeln und Geschenkschachteln zu hemmungslosen Weihnachtseinkäufen verführen. Ich entdeckte auch die von mir gestalteten Karten im Sortiment.

In der Mitte des Emporiums thronte ein riesiges Orchestrion. Ich hatte es oft erlebt, dass John auf Bitten seiner großen und kleinen Kundinnen nur allzu bereit war, den in Konzertlautstärke spielenden mechanischen Musikautomaten in Gang zu setzen. Das Monstrum konnte verschiedene Melodien spielen, von *Pomp and Circumstance* bis *We Wish You A Merry Christmas* und *Adeste Fideles*. Charlotte hielt sich dann jedes Mal die Ohren zu. Und wenn sie allzu entnervt war, rief sie: «Könnten Sie bitte dieses entsetzliche Getöse wieder abstellen, Sir John?» Was jedoch nur dazu führte, dass sich John zum Vergnügen seiner Zuhörerinnen lachend vor das Orchestrion stellte und mit grotesk übertriebenen Armbewegungen die Musik dirigierte.

Lebhafter Beifall brandete auf, wenn John wieder einmal seine Fantasieuniform anlegte, die unter anderem aus einer roten Kappe und einem dunklen Frack mit goldglänzenden Applikationen bestand und mit der er wie der Portier eines

Grandhotels aussah. So würde es auch dieses Jahr wieder sein, eine der Traditionen im Emporium, an denen beharrlich festgehalten wurde und für die Scharen von Kindern jeden Tag den Laden stürmten.

John ließ es sogar zu, dass Stammkundinnen ihre Kinder in seinem Laden «parkten», um ungestört vom aufgekratzten Nachwuchs auf dem Weihnachtsmarkt einkaufen zu gehen. Was seine Verkäuferin verlässlich auf die Palme brachte: «Wir sind kein Kindergarten, Sir John, sondern ein Fachgeschäft!»

Worauf der Inhaber nur lachend antwortete: «Ein Fachgeschäft für Kinder, liebste Charlotte ... für Kinder, kleine wie große!»

«Aber die Kleinen kaufen bei uns bekanntlich nichts», beharrte sie.

«Nein, sie sind nur hier, um Sie in Ihrem Wohlbefinden zu stören.»

Charlotte seufzte dann nur, und ich fand nie heraus, ob nicht auch sie ihre Rolle in diesen Wortgefechten genoss und ihre händeringende Verzweiflung nur gespielt war.

Einen kleinen Kunden gab es allerdings, den seine Mutter hier nicht «parkte», obwohl Charlotte in diesem Fall nicht einmal etwas dagegen einzuwenden gehabt hätte. Und dieser Kunde war Archie Marin, mein inzwischen siebenjähriger Sohn. Niemals wäre ich auf die Idee gekommen, ihn hier abzugeben, um im Trubel des Christmas Market und im Gedränge der überfüllten Geschäfte Geschenke für das Fest zusammenzuraffen. Nein, es war für Archie und mich gleichermaßen eine schöne Tradition, den Zauber und die

Magie der Weihnachtszeit an diesem Ort zusammen auf uns wirken zu lassen. Das Emporium war so viel mehr als ein simpler Spielzeugladen – es war eine Bühne, auf welcher der erfindungsreiche und fantasiebegabte John Wood wie ein Impresario ein Gesamtkunstwerk inszenierte, für die Kinder natürlich, aber ebenso für die Erwachsenen, die hier die verlorenen Wunder ihrer Kindheit wiederfinden konnten.

John brachte uns einen Tee, den ich dankbar entgegennahm. Wir unterhielten uns leise, während Archie das ganze Weihnachtsemporium erkundete und uns immer mal wieder mit einem «Schaut mal!» eine Entdeckung entgegenhielt, woraufhin wir bewundernd nickten. Kindliche Begeisterung ist unerschöpflich.

Als Archie jedes Spielzeug einmal in der Hand gehabt haben musste, drehte er sich im Kreis, um sich das ganze «Zauberzelt» anzuschauen. Schon befiel mich die Befürchtung, ihm könnte schwindlig werden, doch kaum war ich aufgesprungen, um ihn zu retten, hielt er inne. Archie hatte einfach immer ein perfektes Gefühl für Timing.

«Hast du das alles selbst gemalt und genäht, Grandpa John ... den ganzen Himmel?» John ging wie immer mit einem generösen Lächeln über das «Grandpa» hinweg.

«Oh nein. Ich ... ich habe nur aufgemalt, wie ich mir das vorstelle, und dann haben fleißige Hände daraus dieses wunderschöne Zelt gemacht.»

«Ja, es ist wunderwunderschön. Bei Mum ist das auch immer so, weißt du, sie malt ein paar Bilder, und die anderen machen dann daraus ein Buch.» Er blickte mich an, stolz auf seine profunden Kenntnisse der Buchproduktion.

«Na ja, ganz so ist es nicht, mein Schatz», sagte ich. «Ich schreibe auch die Geschichte, denke mir einen Titel aus, und dann kommt das Ganze in eine Druckerei, wo es auf großen

Maschinen gedruckt und schließlich zusammengebunden wird. So entstehen die Bücher.»

«Sag ich doch, ganz einfach», beharrte er.

John schüttelte grinsend den Kopf. «Ja, so einfach wie Malen nach Zahlen, nicht wahr, Julie?»

Archie zeigte auf das Orchestrion. «Kannst du auch mal den Musikautomaten anmachen?»

«Heute Abend nicht, mein Freund. Aber ich zeige euch etwas anderes.»

John ging zur Wand neben der Kasse. «Schaut euch das mal an!» Mit einem Drehen des Lichtschalters dimmte er die großen Lampen an der Decke langsam herunter, bis ihre Lichter ganz erloschen. Und mit einem Knipsen des Schalters daneben brachte er eine große Kugel, die mitten im Raum auf einem kleinen Drehregal stand, zum Leuchten. Und auch zum Drehen, wie bei einem Kinderzimmerprojektor, mit dem man einen Nachthimmel an die Zimmerdecke zaubern konnte. Doch hier war der Effekt grandios, die Lichter zogen über die riesigen dunkelblauen Stoffbahnen, ließen ein ganzes Universum aus Mond und Sternen erstrahlen, dazu weitere eingestickte Figuren, die ohne Licht auf dem Tuch gar nicht erkennbar gewesen waren. Vincent van Goghs Sternennacht war nichts dagegen.

«Na, wie findet ihr das?»

Archie war sprachlos. Ich fasste meine Überwältigung kurz und bündig zusammen.

«Wow!»

John hatte seinen Weihnachtszauber wieder einmal wirken lassen. Fast unwillkürlich griff ich nach Archies Hand, und er drückte meine.

Damit begann für uns die Saison, die wir beide so sehr liebten. Bald würde auch der Christmas Market seine Tore öffnen, der dieses Jahr unter dem Motto «Markt der Wünsche» stand. Und wir würden uns in die Weihnachtsvorbereitungen stürzen: Archie, Adrienne und ich – unsere kleine zusammengewürfelte und alles andere als «normale» Familie.

2

FAMILIENBANDE

In meiner Kindheit hatte ich es geliebt, mir vorzustellen, Adrienne sei meine Mutter, nicht meine eigentliche Mutter Vivienne. Die beiden Schwestern waren grundverschieden, hatten völlig unterschiedliche Auffassungen vom Leben und auch von der Liebe. Und auch davon, was ein Kind vielleicht brauchte.

Dieses Kind war ich. Während ich Stabilität und ein Zuhause gebraucht hätte, zog ich stattdessen mit meiner Mutter wie ein Hippiemädchen durch die Mittelmeerwelt. Was aufregend klingt, war es nur bis zu einem gewissen Punkt. Und wie sehr ich mich auch bisweilen danach sehnte, bei Adrienne im fernen Bath aufzuwachsen oder wenigstens meine Ferienaufenthalte in England so lange wie möglich auszudehnen, es war doch ein Ding der Unmöglichkeit.

Adrienne hatte keine eigenen Kinder, und ich wusste nicht einmal, ob sie das bedauerte. Im Mittelpunkt ihres Lebens stand die Musik.

Meine Tante hatte ein Gespür für Melodien und Rhythmus, überhaupt dafür, wie das Leben klingen musste. Mutter sein dagegen, dafür hielt sie sich denkbar ungeeignet. Nie habe sie den Wunsch verspürt, gestand sie mir später einmal, sich über eine Wiege zu beugen, um mit dem kleinen Zeh eines Neugeborenen zu spielen oder an sein Näschen zu stupsen. Kinder fand sie ziemlich langweilig, zumindest redete sie sich das ein. Sie war eine wunderbare Musiklehrerin, doch über diesen professionellen Umgang hinaus schien sie wenig Ahnung davon zu haben, wie man mit ihnen redete. Oder davon, wie man ihnen sein Herz öffnete.

«Erst schreien sie, dann lallen sie, dann brabbeln sie vollkommen unverständlich, in einer Sprache, die angeblich nur Mütter verstehen. Was um Himmels willen soll ich damit anfangen?»

Erst später wurde mir klar, dass das wohl nicht ganz ernst gemeint war, denn mit mir, der Tochter ihrer jüngeren und einzigen Schwester, war es doch etwas anderes – wahrscheinlich war sie selbst überrascht darüber, wie vertraut wir uns mit der Zeit werden sollten, viel vertrauter, als ich es mit Vivienne je erlebt hatte.

Ich hätte nicht behaupten können, dass Vivienne sich nichts aus mir machte oder dass ich ihr auf unseren Reisen lästig war. Wir lachten und alberten viel herum. Meine vagabundierende Mutter zog mich hinter sich her, wie Christopher Robin seinen Bären Winnie-the-Pooh in dem einzigen Kinderbuch, das ich besaß. Es war oft aufregend, es war immer überraschend, und in gewisser Weise spürte ich auch, welch freier Mensch Vivienne war. Wir kamen immer irgendwo an, zogen aber bald wieder weiter, und diese unentwegten Ortswechsel taten meinem Gemüt, meiner Seele nicht gut. Ganz zu schweigen von meinen Schulnoten.

Abends lag ich oft wach in meinem Bett oder auf der Luftmatratze in irgendeinem Zelt, in der Koje eines Hausboots oder auf der schmalen Liege eines Campers, und das Gefühl der Verlorenheit nahm mir fast den Atem. Ich sehnte mich nach Heimat, nach Geborgenheit, ohne zu wissen, wie sich so etwas überhaupt anfühlte.

In beinahe verzweifelter Anhänglichkeit kuschelte ich mich an Vivienne, wenn sie neben mir im Bett einen ihrer sanften Räusche ausschlief, und versuchte, in ihrem Rhythmus zu atmen. Dann empfand ich doch so etwas wie eine Ahnung von Zugehörigkeit, wenigstens ein bisschen.

Trotz allem hing ich wie kaum ein anderes Kind an meiner Mutter, deren Wesen ich nicht verstand, deren Sehnsüchte ich nicht kannte, deren Wünsche mir fremd blieben. Ich liebte sie auf eine geradezu herzzerreißende Weise.

«Unsere kleine Familie», sagte Vivi manchmal in einem seltenen Anflug von Stolz und drückte mich an sich. «Du und ich ... wir halten zusammen, nicht wahr?» Ich nickte und versuchte, so etwas wie Vertrauen zu empfinden, was mir nicht immer gelang. Gewiss, Vivi war meine Mutter, doch als einziger Bestandteil meiner Familie beunruhigend unstet. Tante Adrienne lebte weit weg, meinen Vater kannte ich nicht, er war offensichtlich schon kurz nach meiner Geburt «weitergezogen», wie Vivienne es lapidar ausdrückte, ohne Bedauern und ohne einen Gedanken daran zu verschwenden, ob ich ihn nicht vielleicht brauchte oder vermisste. Andere Verwandte gab es nicht mehr.

Wenn ich abends neben meiner Mutter am Strand von Saint-Tropez lag, den Blick in den Sternenhimmel gerichtet, der sich glitzernd über uns ausbreitete, verlor ich mich in Fantasien, irgendwo auf der Welt im Bett eines normalen Kinderzimmers zu liegen, mich über die Schule, meine Freundinnen oder Geschwister zu ärgern, Geräusche im Haus zu hören, die irgendwie zum Einschlafen dazugehörten, zu einem Leben als Familie. Vielleicht hätte ich mich dann nicht so abgrundtief einsam und mir selbst überlassen gefühlt.

Auf unserer Odyssee stürzte Vivi sich in immer neue Aktivitäten: Sie gestaltete Schmuck und bedruckte Stoffe, eröffnete kleine Strandbars und schloss sie wieder. Wir lebten in Pensionen, in Kaschemmen, in Wohngemeinschaften und einmal für ein ganzes Jahr in einem alten, heruntergekommenen Zirkuswagen, der an irgendeinem Ortsrand stand und den sie begeistert okkupierte. Wir lebten im Luxus, wenn einer ihrer in hohem Tempo wechselnden Liebhaber uns in seiner Villa wohnen ließ, und in Armut, wenn sie mal wieder verlassen wurde und wir weiterzogen.

Es war immer ein Glück für mich, wenn Vivi mich mal wieder in Bath, bei ihrer Schwester, abgab. «Kannst du sie nehmen ... nur für ein paar Wochen?» Jedes Mal nahm Adrienne mich bei sich auf. Sie seufzte zwar theatralisch, doch ich spürte, dass sie sich insgeheim über meine Anwesenheit freute.

Sie verlor nie die Verbindung zu mir, blieb über Post und Telefon mit mir in Kontakt, wenn Vivi mich wieder abholte. Immer wieder schickte ich Adrienne Briefchen, Postkarten, Zeichnungen von unterwegs, nur am Poststempel konnte sie erkennen, wo wir uns gerade aufhielten. Und ich wünschte mir nichts sehnlicher, als dass sie kommen und mich abholen möge.

Ein bisschen Ablenkung und Trost fand ich nur, wenn ich etwas in mein kleines, abgegriffenes Notizbuch kritzelte, auf dessen Umschlag ich in Schönschrift *Aus Julies Wolkenschiff*

gemalt hatte. Diesem Büchlein vertraute ich meine Gedanken, Erlebnisse und Gefühle an und illustrierte sie mit Buntstiftzeichnungen.

Eines Abends, als Vivi mich mal wieder allein gelassen hatte, schrieb ich meinen Wunsch auf eine neue Seite und schickte es meiner Tante.

Es sollte mein Leben verändern. Denn das Wolkenschiff rührte Adrienne wohl so sehr, dass sie sich auf den Plan gerufen fühlte, die Dinge in die Hand zu nehmen. Nichts und niemand würde sie davon abhalten, «Julie abzuholen und ihr ein richtiges Zuhause zu geben».

Als sie an der Côte d'Azur auftauchte, ihre aufmüpfige Schwester zur Rede stellte und ihr eröffnete, dass ich ab sofort bei ihr leben würde, stieß sie bei meiner Mutter auf keinen sonderlich großen Widerstand. Da beugte sich Adrienne zu mir herunter und lächelte mich an, in ihren Augen war nichts als Zuneigung, und ich war völlig überrascht, wie sehr ich ihr vertraute. Sie fasste mich an der Hand und zog mich mit. Ich warf keinen Blick zurück, nicht im Zorn, nicht in Liebe. Es schien mir, dass in diesem Augenblick das größte Abenteuer meines Lebens begann.

Ich hatte noch nicht mal meinen Koffer ausgepackt, da warteten in Bath schon Überraschungen auf mich.

Die erste war das Zimmer, das Adrienne mir im Dachgeschoss eingerichtet hatte. Mit Laura-Ashley-Stoffen und gemütlichem Mobiliar, einem alten Himmelbett, wie geschaffen zum Träumen, und einem kleinen Regency-Bücherregal, in dem anfangs nur mein *Winnie-the-Pooh*-Buch stand, das sich aber bald mehr und mehr füllte.

«Du hast eigentlich gar nichts zum Anziehen», seufzte Adrienne, als sie die Sommerkleider, Shorts, Badeanzüge und Pareos inspizierte, die für die Strände der Côte d'Azur sicherlich perfekt waren, nicht aber für ein mondänes Städtchen wie Bath. «Aber das werden wir ändern ... sofort.»

Ich konnte mich nicht erinnern, dass ich bei meinen früheren Ferienaufenthalten mehr von Bath gesehen hatte als die Durchschnittstouristin. Jetzt allerdings wurde Adrienne nicht müde, mir «ihre» Stadt zu zeigen, durch die lieblich der Avon floss, überwölbt von der historischen Pulteney Bridge. Ich erfuhr, dass meine Tante bei ihrer Ankunft damals, «vor langer, langer Zeit», ein verschlafenes Provinzstädtchen erwartet hatte, das von seinem «etwas angestaubten Jane-Austen-Ruhm» zehrte (wie sie es nannte), beschauliche Regency-Romantik verströmte und ansonsten kaum Attraktionen bot. Das kosmopolitische Paris, in dem sie anscheinend nie etwas anderes getrunken hatte als Champagner, hatte Adrienne eingetauscht gegen den gemächlichen Trott und die unaufgeregte Liebenswürdigkeit einer englischen Kleinstadt. Sie hatte sich damit getröstet, dass Bath zwar nicht direkt am von ihr so geliebten Meer lag, aber auch nicht arg weit entfernt. Nur rund zwanzig Kilometer waren es bis zur Hafenstadt Bristol, und nur etwas mehr als eine Zugstunde bis nach London.

Natürlich hatte auch Adrienne den Satz gelesen, der in fast jedem Reiseführer oder -magazin stand: «Wenn Sie nur eine Stadt in England besuchen, dann sollte es Bath sein.» Gleich gefolgt von: «Bath muss man einfach lieben.» Die zahlreichen Besucherinnen und Besucher der immerhin ungefähr 85000 Einwohner zählenden Stadt schienen den Behauptungen recht zu geben, dass dieses Fleckchen zweifellos zu den schönsten Orten des Landes zählte. Doch Adrienne hatte ihre eigene Art gefunden, Bath zu lieben und diese Liebe weiterzugeben.

Als ich mit ihr durch die Stadt flanierte und sie mich mit meiner «neuen Heimat» vertraut machte, fühlte ich mich auf undefinierbare Weise wie verzaubert. Adrienne zeigte mir alles, von dem sie glaubte, ein Neuankömmling sollte es kennenlernen.

Staunend stand ich vor den um die Quellen erbauten Thermen, ein Erbe der römischen Besatzung, das sich bis heute erhalten hatte, «eine Art riesiges Spa», wie meine Tante es nannte. Ich hörte nur mit halbem Ohr zu, als sie weiterdozierte, dass Bath sich unter Queen Elizabeth I. endgültig zur Kurstadt und zum Treffpunkt für die gehobene britische Klasse zu entwickeln begann. Davon kündeten noch immer die prachtvollen, zumeist von georgianischen Bauten geprägten Straßen der Stadt. Bath wirkte wie eine Kulisse, in der man einen Kostümfilm drehen konnte. Bei «einer Dichte von über fünftausend denkmalgeschützten Gebäuden», wie Adrienne stolz verkündete, konnte man gar nicht anders, als ständig in die Vergangenheit einzutauchen – The Circus, Queen Square und Royal Crescent waren die architektonischen Highlights, die Adrienne mir mit einem Enthusiasmus zeigte, als hätte sie sie selbst erbaut. Malerisch gebettet in die Hügelkette der Cotswolds, strahlte die charmante Universitätsstadt an sonnigen Tagen in unglaublichem Honiggelb. Und auf dem Fluss tuckerten die Narrowboats auf ihren beschaulichen Erkundungsfahrten ...

Mein persönliches Highlight in Bath war jedoch Adriennes Haus in der Blueberry Lane. Hier erlebte ich zum ersten

Mal in meinem Leben, dass jemand wirklich für mich da war, wenn ich ihn brauchte. Bei meiner ansonsten ziemlich spröden Tante fand ich Verlässlichkeit und Freundschaft, womit ich wesentlich besser zurechtkam als mit der ständigen Abenteuerlust und der innerlichen wie äußerlichen Ungebundenheit, die meine Mutter mir vorgelebt hatte. In den folgenden Jahren sah ich Vivienne nicht mehr oft – es gab nur ein paar halbherzige Ferienbesuche meinerseits, und in Bath ließ sie sich in den nächsten fast zwanzig Jahren vielleicht drei- oder viermal blicken.

Über den Tag, als ich von Adrienne abgeholt wurde, sprachen wir nie. Sie hatte es wohl – ebenso wie ich – ohne Probleme akzeptiert. Vivienne war und blieb meine Mutter, aber diese Rolle füllte sie nicht mehr aus. Sie war nun eher wie eine entfernte Verwandte für mich, die mir mit ihren Reiseanekdoten sympathisch war, mehr aber auch nicht. Zum Abschied winkte ich ihr immer lächelnd nach.

«Nun bist du wieder allein», sagte Adrienne dann, wenn das Taxi um die Ecke bog und ich mich in ihre Umarmung fallen ließ.

«Mit dir bin ich nie allein.»

Auch in der Schule lebte ich mich rasch ein. In Kunst, in Französisch, in Geschichte war ich Klassenbeste, eine «Streberin», wie meine Freundin Nelly mich immer neckisch nannte.

Zu Hause bekam ich Musikunterricht von Adrienne. Um ihr einen Gefallen zu tun, gab ich mir wirklich Mühe und spielte mit Herzblut. Doch mein Talent lag auf einem ganz anderen Feld, wie Adrienne schon durch mein *Wolkenschiff* erkannt hatte. «Ein künstlerisches Naturtalent», sagte sie oft stolz, als hätte ich es von ihr geerbt.

Als sie mir zu meinem ersten Weihnachtsfest in Bath eine Kollektion Buntstifte und einen Skizzenblock schenkte, stürzte ich mich darauf, als hätte ich seit Langem auf nichts anderes gewartet. Schon vorher hatte ich für mein Leben gern gemalt und gezeichnet. Als kleines Kind kritzelte ich auf allem herum, was ich finden konnte: auf den Rändern der Tageszeitung, auf Bierdeckeln, auf Servietten, Briefumschlägen und Einkaufszetteln. Kein Fitzelchen Papier war vor mir sicher, ich verbrachte Stunden damit, mich ins Malen zu vertiefen. Und ich liebte es, kleine Szenen dazu zu erfinden. Inspiriert von meinen Büchern, dachte ich mir bald schon ganze Geschichten aus, die ich liebevoll in Bilder umsetzte. Dann war ich in meinem Element, und Adrienne lobte mich mit der ihr eigenen subtilen Ironie, dass sich hier wohl etwas Großes anbahne. «Irgendwann wird dein Frühwerk in Museen hängen und auf dem Kunstmarkt hoch gehandelt werden», neckte sie mich.

«Das will ich auch hoffen», sagte ich ernsthaft. So ernsthaft, wie ein Mädchen nur sein kann, das sich seine Welt erobert. Ich tat es mit den Stiften, die ich über das Papier tanzen ließ. Es bestand kein Zweifel: Ich hatte mein Land der Möglichkeiten entdeckt.

Doch die Kunst macht einsam, das musste auch ich feststellen. In der Schule galt ich als irgendwie sonderlich, bestenfalls skurril. Und der übliche «Mädchenkram» meiner Freundinnen interessierte mich wenig.

Nach der Pubertät trat meine erste «Schaffenspause» ein. Ich konzentrierte mich auf den Schulabschluss. Doch als ich mit achtzehn die A-Levels der Secondary School mit durchaus passablen Noten abschloss, konnte ich mir keinen schöneren Beruf als den der Illustratorin und Grafikerin vorstellen. Adrienne empfahl mir die Bath Spa University, die ich nach einem Studium der bildenden Kunst mit einem Bachelorabschluss verließ.

Der Adventskalender, den ich schließlich für John Wood's Fabulous Emporium gestaltete, war mein erstes richtiges Projekt. Der Erfolg, den ich damit hatte, ermutigte mich. Die großen Illustratorinnen – vor allem Kate Greenaway, Beatrix Potter, Helen Stratton, Elizabeth Shippen Green und Ida Rentoul Outhwaite – inspirierten mich. Und irgendwann – es war kurz nach dem Examen – wagte ich mich an mein erstes Kinderbuch, *Professor Halifax erfindet den Sonntag*. Weil ich keinen Verlag dafür fand, brachten Adrienne und John das Buch als Privatedition heraus, und es wurde zunächst ausschließlich im Emporium und im Buchhandel von Bath verkauft.

Beflügelt von meinem ersten, wenn auch noch sehr überschaubaren Einkommen, schrieb und zeichnete ich beinahe unentwegt. Ich erschuf mir meine eigene kleine Welt, in der ich angekommen war und bleiben würde. Ich war glücklich über jeden Strich, jeden Farbklecks, mit dem ich meine Welt zum Leben und meine Gefühle zum Leuchten brachte.

Und dann gab es jemandem, dem dies ebenfalls gelang.

Romeo Garzanti – Sohn einer englischen Mutter und eines italienischen Vaters – trat ganz beiläufig und unerwartet in mein Leben, an der Essensausgabe in der Mensa, in der ich einen flirrend heißen Sommer über jobbte. Ich reichte ihm lächelnd das Tablett mit Fish & Chips über die Theke. Dieses Lächeln war ein Fehler, wie ich später einsehen musste.

Doch mit seinem schwarzen Haar, den dunkelgrünen Augen und dem Körperbau einer griechischen Statue war Romeo ein Hingucker. Und ich war hingerissen von ihm – und geschmeichelt, dass er sich ausgerechnet für mich zu interessieren schien.

In den Semesterferien verbummelten wir die Zeit an den Stränden im Südwesten Englands. Wir betranken uns und hatten dann aufregenden Sex an den unmöglichsten Orten. «Ihr passt zusammen wie Bonnie und Clyde», meinte Nelly einmal – und ich wusste nicht, ob sie das als Kompliment meinte.

Von Anfang an ließ Romeo keinen Zweifel daran, dass Bath für ihn nur ein Durchgangsort war. Als Architekturstudent wollte er noch einiges von der Welt sehen, schwärmte vom katalanischen Jugendstil in Barcelona. Ich ließ mich von seiner Begeisterung anstecken und freute mich, als er mich bat, ihn zu begleiten. In meinem Glückszustand des Verliebtseins meinte ich, auf Wolken zu schweben, die überall und nirgends hinziehen konnten. Und auch wenn Adrienne und Nelly mich des Öfteren darauf hinwiesen, dass nur immer ich es war, die sich nach ihm zu richten hatte, spielte ich sein Spiel mit. Ich wollte keine Spielverderberin sein.

Als ich es einmal doch wagte, von meinen Zukunftsträumen zu sprechen, und erwähnte, dass darin auch ein Kind vorkam, zuckte er nur mit den Achseln und schüttelte verständnislos den Kopf. «Tja ... ich will kein Kind», sagte er. «Wirklich nicht, Honey. Auch mit dir nicht. Dann ist die Liebe zu Ende, unausweichlich. Vielleicht nicht gleich, aber doch irgendwann. Ich will das Leben mit dir genießen. Was ist daran falsch?»

Die Seifenblase zerplatzte, noch ehe sie zu fliegen begonnen hatte.

Dann, anderthalb Jahre nach unserem Kennenlernen, wurde ich ungeplant schwanger. Ich schwebte im siebten Himmel, fand jedoch wochenlang nicht den Mut, es Romeo zu sagen. Nachdem ich dann doch über meinen Schatten sprang und eines Abends die Karten offen auf den Tisch legte, stand er lange vor dem Fenster, ohne etwas zu sagen.

Ein innerliches Zittern erfasste mich. Ich versprach ihm, wir würden glücklich sein, bat ihn, Vertrauen zu haben. Er nickte und schenkte mir einen unergründlichen Blick, in dem aber etwas Wärme zu spüren war.

In den Wochen darauf war er sanft und aufmerksam. Er brachte mir kleine Geschenke mit. Er schien sich wirklich um mich zu bemühen. Als feststand, dass wir einen Jungen bekommen würden, dachten wir gemeinsam über seinen Namen nach und einigten uns auf Archie.

Ich atmete auf. Mein Zittern ließ nach, die leise Angst legte sich schlafen und flackerte immer seltener auf, wie wirre Träume, die man am nächsten Morgen erleichtert wieder abschüttelt. Die Schwangerschaft flog in einem Rausch aus Aufmerksamkeit und Glücksgefühlen an mir vorbei.

Dann kam der Morgen des 24. Dezember, als die ersten Wehen plötzlich heranrollten und an Heftigkeit zunahmen. Würde ich mein Kind ausgerechnet an Weihnachten zur Welt bringen, wie Maria in Bethlehem?

Wir hatten nie darüber gesprochen, doch ich fand die Vorstellung romantisch, dass Romeo alles stehen und liegen lassen würde, um mich in der Blueberry Lane abzuholen und in die Klinik zu fahren. Als ich ihn zwischen zwei Wehen, mit heftig klopfendem Herzen und mit aufgeregter Stimme, anrief, hatte er allerdings «noch etwas zu tun».

«Bitte warte nicht auf mich, Liebes. Ruf dir doch ein Taxi und fahr schon mal los. Es wird wahrscheinlich noch Stunden dauern, bis dein Kind kommt. Ich werde pünktlich da sein. Du kannst dich auf mich verlassen.»

Mein Kind? Es war doch *unser Kind*! Doch bevor ich protestieren konnte, lenkte mich eine schmerzhafte Wehe von meinen Gedanken ab, und ich legte einfach auf. Ich war allein, Adrienne war zu einer Freundin nach Bristol gefahren. Also schickte ich Romeo eine mit fliegenden Fingern verfasste SMS und rief dann ein Taxi, das mich in die Klinik bringen sollte.

Auf der Entbindungsstation wurde ich von einer Hebamme begrüßt. Emily Carlyle, wie ihr Namensschild verriet. Obwohl sie nur wenig älter zu sein schien als ich, strahlte sie Erfahrung und Kompetenz aus, was mich beruhigte. Doch ich hörte kaum, was sie zu mir sagte, alle meine Sinne waren auf die Tür gerichtet. Wo blieb nur Romeo?

Dann wurde ich in den Kreißsaal geschoben, in einen überhellen Raum voller chromblitzender Schränke, Armaturen, Geräte und Instrumente, die mich einschüchterten.

«Einen Moment Geduld noch, mein Liebstes», sagte ich leise zu meinem Kind, das sich heftig bemerkbar machte, voller Ungeduld auf die ihm unbekannte Welt, die ihn erwartete. «Dein Vater ist unterwegs, er wird jeden Moment hier sein.»

«Wir können nicht mehr warten. Sie müssen Ihrem Kind jetzt helfen», sagte Emily. «Tief atmen ... und ... mitgehen!»

Und ich ging mit, Minute um Minute, Viertelstunde um Viertelstunde, einen endlosen Weg durch Schmerz und Enttäuschung, wie es mir schien. Bis um achtzehn Uhr fünfzehn Archie seinen ersten Schrei tat. Pünktlich zum Weihnachtsfest. Er schrie sich ins Leben, ohne seinen Vater.

Romeo hatte es nicht rechtzeitig geschafft.

«Was für ein wunderbarer Junge ... schauen Sie», sagte Emily, die das winzige Menschlein hochnahm und zufrieden anblickte. «Sie können stolz auf ihn sein, Julie. Gewicht, Größe, alles ideal – schlicht und einfach vollkommen!»

Ich ließ mich in eine tiefe Erleichterung fallen, doch das Gefühl überwältigenden Glücks, das ich erwartet hatte, wollte sich nicht einstellen.

Ich blickte auf mein Neugeborenes, das die junge Hebamme mir mit leuchtenden Augen entgegenhielt, als hätte sie es selbst zur Welt gebracht. Dann wurde mir Archie schon wieder weggenommen, von einer anderen Krankenschwester, die ihn wohin auch immer trug. Unruhig blickte ich mich um, sah dann meine Tasche in der Ecke stehen.

«Ob ich vielleicht ... ob Sie mir vielleicht mein Handy geben könnten.» Ich zeigte auf die Tasche. Es war mir peinlich. Aber Emily verzog keine Miene, als sie das Smartphone hervorkramte und mir brachte.

Mit zittrigen Fingern prüfte ich alle Nachrichten und Anrufe in Abwesenheit, auf der Suche nach irgendeinem Lebenszeichen, einem Glückwunsch von Romeo. Dann fand ich es. Aber ein Glückwunsch war es nicht, ganz und gar nicht.

Fassungslos starrte ich auf seine Nachricht, die nur aus zehn Wörtern bestand:

«Du musst es allein schaffen. Verzeih mir, wenn du kannst.»

Die Geräusche im Kreißsaal verstummten. Emily setzte sich zu mir aufs Bett, sie spürte wohl, dass etwas ganz und gar nicht in bester Ordnung war. Ich zeigte ihr die Nachricht. Liebevoll ergriff sie meine Hand und suchte nach Worten. Ein paar hilflose Floskeln war alles, was sie fand.

Dann legte mir die Krankenschwester den winzigen, rosigen Archie in den Arm. Der Kleine ruderte unbeholfen mit den Ärmchen und Beinchen, wie ein auf dem Rücken liegender Käfer. Die Augen hielt er geschlossen, sein Mund aber war in ständiger, unkontrollierter Bewegung, was ziemlich drollig aussah. Als würde er mit mir sprechen, mir etwas sagen wollen. In diesem Augenblick wusste ich mit erschütternder Gewissheit, dass Archie die Liebe meines Lebens war. Ich würde ihn niemals enttäuschen und auch niemals zulassen, dass es irgendjemand anderes tat.

Irgendwann trat eine aufgelöste Adrienne an mein Bett in dem pastellfarbenen Zimmer, in das man mich gebracht hatte. Sie war sprachlos vor Entsetzen, als sie erfuhr, dass Archies Erzeuger sich aus dem Staub gemacht hatte. «Das ist ja wohl die schlimmste und unverzeihlichste Art der Trennung, die man einer Frau und einem Kind antun kann», empörte sie sich. Sie trank vor lauter Empörung die ganze Flasche Mineralwasser leer, die auf meinem Nachttisch stand.

Mit leiser, erschöpfter Stimme nahm ich meiner Tante das Versprechen ab, niemals jemandem von dieser bodenlosen Feigheit zu erzählen. Und Adrienne versprach feierlich, es würde ein Geheimnis zwischen uns bleiben. Romeo war weg, aber es sollte niemand je erfahren, unter welchen Umständen er das Weite gesucht, unseren Kleinen und mich im Stich gelassen hatte.

Als Adrienne ihren Großneffen das erste Mal tragen durfte, war sie ganz aus dem Häuschen. Sie hatte noch nie ein Baby im Arm gehalten, ihr Gesichtsausdruck wurde so weich, wie ich es noch nie an ihr gesehen hatte. In einem Anflug völlig verrückter Zuversicht war ich mir plötzlich sicher, mit mir und Adrienne an seiner Seite würde Archie seinen Vater nicht vermissen.

Die ersten Wochen mit ihm waren wunderbar. Er schrie wenig, erkundete nur staunend mit seinen aufmerksamen Augen seine neue kleine Welt. Er liebte mich und vertraute mir bedingungslos, das spürte ich genau. Ich würde klarkommen, mich allein zurechtfinden, schließlich war ich auf diesem Planeten nicht die einzige alleinerziehende Mutter. Ich würde mein Bestes geben, um meinem Kind jeden Tag ein Lächeln zu entlocken.

Wenn ich Archie auf den Arm nahm, wurde der Kleine verlässlich ruhig. Meine rechte Hand an seinen Kopf gestützt, weinte ich an seiner Wange. Trotzig wischte ich mir die Tränen ab: «Da siehst du, Archie, was für eine Hasenmama ich bin», sagte ich, und Archie ließ einen kleinen Seufzer hören, als hätte er mich verstanden. «Ich weine und weiß gar nicht einmal, warum noch. Bitte sag mir, dass es dir gut geht, dass du deinen Vater nicht vermisst ... nicht sehr, wenigstens.» Und wieder seufzte Archie und schlief dann an meiner Wange ein. Voller Zartgefühl und Wärme und mit einem Lächeln, das mich ganz ausfüllte, legte ich Archie in seine Wiege und

deckte ihn mit der Kuscheldecke zu, in die ein kleiner schla-
fender Hase eingestickt war.

Die Hasenmama und ihr Häschen.

So fand ich auch mein eigenes Lächeln wieder. Aber die
Wunde, ausgerechnet in der wichtigsten Stunde meines Lebens, in der ich selbst Leben gegeben hatte, verlassen worden
zu sein, war tief und weigerte sich beharrlich, sich zu schließen. Doch die Zeit heilt alle Wunden, besonders mit der Hilfe
guter Freunde, und davon hatte ich Bath glücklicherweise
einige gefunden – nicht zuletzt in John Wood's Fabulous
Emporium.

WIE ALLES BEGANN

Es gibt Geschichten, die beginnen mit einem Unglück. Oder mit dem Glück einer Begegnung. Mit einem großartigen Plan oder einem dummen Zufall. Mit einer ungewöhnlichen Beobachtung, die ungeahnte Dinge in Bewegung bringt, oder mit einem ganz gewöhnlichen Morgen, der sich zu einem außergewöhnlichen Tag entwickelt. Und manchmal beginnt sie sogar mit einem Happy End, obwohl sie gerade erst anfängt.

Eine solche Geschichte hatte John Wood mit seinem Emporium erlebt, wie er schon ein paarmal angedeutet hatte. Niemand, nicht einmal Charlotte, wusste jedoch Genaueres. Wir puzzelten uns aus den Bruchstücken, die John – Meister der Andeutungen – fallen ließ, unsere eigene Version zusammen und versuchten bei jeder Gelegenheit, mehr aus ihm herauszubekommen.

Besonders ich war erpicht auf jedes Detail, denn schon seit Längerem bewegte ich die Idee in meinem Herzen, ein kleines Buch über John und seinen magischen Laden zu schreiben und zu illustrieren. Diese Idee wollte ich bei unserer alljährlichen kleinen Feier zum Erscheinen meines Adventskalenders zur Sprache bringen.

«Hooray!», rief John, während er ein Exemplar des frisch gedruckten, gerade eingetroffenen Kalenders wie einen Pokal in die Höhe hielt. Charlotte, die schon mit der Abrechnung begonnen hatte, zuckte zusammen und lächelte dann. Es war ein trüber Novemberabend, jeden Tag wurde es nun früher dunkel. Aber für uns alle war das Erscheinen des Adventskalenders ein Lichtblick. Das Emporiumsteam und ich feierten ihn gewöhnlich mit einem Umtrunk im *Armory Inn*, aber diesmal schien John die Spendierhosen anziehen zu wollen.

«Immerhin ist es ein Jubiläum!», stellte er fest. «Das müssen wir besonders würdigen. Also los, ihr aufrechten Heldinnen des Emporiums ... auf ins Sally Lunn's!»

Allerdings dauerte es noch eine Weile, bis die letzte Kundin den Laden verlassen hatte, mit drei vollgepackten Papiertaschen, auf deren Gestaltung ich besonders stolz war. In kunstvollem Handlettering hatte ich sie mit Johns Wahlspruch geschmückt: *Believe in the Magic of Christmas*.

Charlotte war an der Kasse beschäftigt, John kramte wieder einmal in seinem Office herum, Nelly war noch einmal kurz verschwunden, um ein paar Besorgungen zu machen.

Nelly Briggs war meine beste Freundin. Und meine älteste, um genau zu sein. Ich hatte sie in meinem ersten Jahr in Bath kennengelernt, als wir gemeinsam die Schulbank drückten, und sie war von Anfang an offen und herzlich zu mir, als alles noch neu und ungewohnt für mich war und ich ziemlichen Bammel vor der Eingewöhnung hatte. Ziemlich unbegründet, wie sich herausgestellt hatte.

«Was kann dir schon passieren ... mit mir an deiner Seite? Nichts! Wir beide sind un-schlag-bar!», hatte sie stets gesagt. Wie ein Wirbelwind löste sie alle meine kleinen Befürchtungen im Handumdrehen in Luft auf.

Nelly war bedeutend umtriebiger und unruhiger als ich (die ich genug Unruhe in meiner Kindheit erlebt hatte). Sie meinte, man müsse alles ausprobieren, und zog nach der Schule erst einmal für längere Zeit durch halb Europa. Sie besuchte sogar meine Mutter in Saint-Tropez und meinte anschließend, Vivienne sei genauso, wie ich sie beschrieben hatte. Dann fing sie bei John und Charlotte im Emporium an, zunächst als Aushilfe. Was sich aber bald änderte, als sich die stets gut gelaunte Nelly unentbehrlich gemacht hatte.

Jedes Jahr im Dezember waren wir beide sogar geschäftlich verbandelt, wenn Nelly mit mir zusammen den Stand des Emporiums auf dem von mir heiß geliebten Weihnachtsmarkt betrieb. Ich verkaufte dort unter anderem meine jährliche Kollektion Grußkarten und andere Papeterie, Nelly präsentierte ihre selbst gehäkelten Püppchen sowie Topflappen mit witzigen Motiven und Sprüchen, die reißenden Absatz fanden und die sie daher jedes Jahr in stattlicher Stückzahl fabrizierte. Nach dem Weihnachtsmarkt lief ihr Geschäft über ihre eigens dafür angelegte Website.

Auch privat lief es für sie rund, seit sie sich vor einigen Jahren Adrian Briggs, den attraktiven und handfesten Leiter des Bath Christmas Market, geangelt hatte. Die beiden waren absolute Weihnachtsfans und gaben immer in der Vorweihnachtszeit ihre berühmte Christmas Party, für die Nelly jedes Jahr einen Großeinkauf hinlegte.

Gerade stürmte sie mit diversen Päckchen und Tüten bepackt durch die freundlich knarrende Tür und ließ sich in den nächstbesten Sessel fallen, wobei sie einem Weihnachtsteddy den Platz streitig machte.

«Puh! Da kommt man sich schlau vor und will den Rieseneinkauf vor allen anderen hinter sich bringen, und dann muss man feststellen, dass alle anderen die gleiche Idee hatten. Und das bei dem Nieselwetter. Ich brauche jetzt dringend was zu trinken.»

Ich warf ihr einen übertrieben mitleidigen Blick zu und schob die Unterlippe nach vorn, was sie damit quittierte, dass sie mir die Zunge herausstreckte und den Weihnachtsteddy nach mir warf – glücklicherweise bemerkte Charlotte es nicht.

«John lädt uns ins Sally Lunn's ein, da bekommst du deinen Drink. Und ich glaube, es geht auch gleich los», sagte ich, während ich beobachtete, wie Charlotte liebevoll die Schneekugelsammlung sortierte, bevor sie das Licht löschte.

Das Sally Lunn's war eine Institution in Bath. John nannte es einen «Ort mit historischer Bedeutung». Nelly nannte es einen «Touristenschuppen». Das schmale Haus lag ganz in der Nähe des Emporiums, nur ein paar Schritte die Abbey Street hinunter und dann über den Platz Abbey Green, schon war man da. Auf dem kurzen Spaziergang dorthin verriet John uns, dass in diesem Jahr die Vorbestellungen des Kalenders besonders hoch ausgefallen waren. Er habe sogar die Auflage erhöht, um mit den jeweils gewünschten Mengen auch die anderen Städte und Dörfer der Grafschaft Somerset bis hin zu den großen Londoner Warenhaus-Flaggschiffen Harrods und Liberty beliefern zu können.

Entsprechend hochgestimmt betraten wir das älteste Gebäude in Bath, wo die legendäre Sally Lunn vor Jahrhunderten einst ihre berühmte Bäckerei gegründet hatte. Noch immer wurden diese köstlichen Buns nach ihrem Originalrezept gebacken, sie waren vergleichbar mit den süßen Brioches, die ich aus meiner französischen Heimat kannte.

Tagsüber war das Sally Lunn's ein Café, das Teespezialitäten, Kaffee und kleine Gerichte servierte, abends wurde das Haus – wie jetzt – in Kerzenlicht getaucht, und man konnte in stimmungsvollem Rahmen die *Traditional Trencher Main Courses* genießen. «Trencher hießen die traditionellen Brote, die man als Untersetzer benutzte, bevor man im sechzehnten Jahrhundert die Speiseplatten erfand; sie hatten den Vorzug, Aroma und Geschmack der Gerichte aufzunehmen und schließlich mitgegessen werden zu können», erzählte uns John, der gern sein lexikonartiges Wissen sowie die Liebe zu seiner Heimatstadt Bath mit uns teilte.

Wir saßen an unserem reservierten Tisch, mit John in unserer Mitte. Er schien sich mit seinen drei Ladys wie der Hahn im Korb zu fühlen und würde sicher nicht widerstehen können, wieder den Chefcharmeur zu geben – seine Lieblingsrolle. Er begann damit, eine Flasche Champagner zu bestellen. «Auf unsere Julie und ihren zauberhaften Adventskalender! Du hast dich diesmal selbst übertroffen, meine Liebe.» Nachdem wir angestoßen hatten, fragte er: «Was planst du denn als nächstes Projekt?»

Ich zögerte kurz, erzählte dann aber von meiner Idee, ein kleines, von mir illustriertes Büchlein über das Emporium herauszugeben. Ich hatte dazu schon recherchiert, was es zu recherchieren gab, und brannte darauf, die anderen – vor allem John – von meinem Projekt zu überzeugen.

«Das ist eine fantastische Idee!», meinte Charlotte.

Gleichzeitig rief Nelly: «Prima! Vielleicht rückt John jetzt endlich einmal mit der Geschichte heraus, wie das Emporium entstanden ist. Nicht wahr, alter Geheimniskrämer?» Sie knuffte ihn gutmütig in die Seite.

John wiegte bedächtig den Kopf. «Ja, das könnte interessant werden ... vor allem, wenn Julie es hübsch illustriert.

Ich bin auf jeden Fall dabei ... wenn du meine Unterstützung gebrauchen kannst. Irgendwie haben diese Geschichten von der Gründung ungewöhnlicher Geschäfte ja oft etwas Magisches.» Er blickte versonnen in die Runde.

In diesem Augenblick trat eine Kellnerin mit Speisekarten im Arm an unseren Tisch und fragte, ob wir noch etwas bestellen wollten.

«Aber sicher», sagte Nelly. «Darum sind wir ja hier. Also, nur her mit Ihren Karten, wir werden uns etwas Schönes aussuchen.»

«Du hast uns nie erzählt, wie es eigentlich angefangen hat mit deinem Emporium.» Gespannt blickte ich John an. Nichts hörte ich lieber als Geschichten aus der Vergangenheit. Und sicher würde ich einiges erfahren können, was für mein Buchprojekt wichtig sein könnte.

«Ja, das würde mich auch interessieren, Chef», sagte Nelly.

Charlotte verdrehte nur die Augen. «Aber mich lassen Sie dabei aus dem Spiel, Sir John ... wenn Sie mir diese kleine Bitte erfüllen wollen.»

«Das wird wohl kaum möglich sein.» John setzte eine pfiffige Miene auf.

«Oh doch, das wird es. Geben Sie sich einfach etwas Mühe.»

Nachdem uns die Kellnerin Trenchers mit Hühnchen, Ente und Lachs sowie vegane Savoury Pies gebracht hatte und wir alle uns nach Herzenslust bedient hatten, brach John zu einer Expedition in seine Erinnerung auf, der wir gebannt folgten.

Der Tag, an dem er vor über dreißig Jahren sein Geschäft eröffnet hatte, war – wie er bekannte – einer der glücklichsten seines Lebens gewesen. Ihm war klar, dass man ihn damals für einen Verrückten gehalten haben musste: Warum nur sollte sich ein Mittdreißiger mit altem Spielzeug und Weihnachtsdekoration abgeben?

«Jahrelang hatte ich keine Idee, was ich mit meinem Leben eigentlich anfangen sollte. Nach der Schule begann ich ein Literatur- und Musikstudium, doch ich brachte es nicht zu Ende, sondern warf es nach sieben Semestern hin. Ich las so gerne, und nun zerpflückten sie meine Lieblingsbücher vor meinen Augen. Für mich war das alles andere als eine Freude, ich sah meine Zukunft nicht als Dozent oder als Lehrer. Meine Zukunft lag im Leben und nicht in einer Institution.»

Er erzählte, wie er sich in den verschiedensten Jobs versucht hatte. Er war Kellner in einem Pub gewesen (dem *Armory Inn*, das er seither fast täglich frequentierte), Nachhilfelehrer (mit vielleicht allzu viel Verständnis für Kinder, die in der Schule nicht mitkamen), Croupier im Century Casino (immer trostbereit für schöne Frauen, die dort ihr Vermögen verspielten), sogar Assistent des Dirigenten des Bath Symphony Orchestra.

«Und dann erbte ich eines unverhofften Tages die Hinterlassenschaft meiner Tante Aurelia, bei der ich nach dem Unfalltod meiner Eltern fast meine gesamte Kindheit verbracht hatte. Im biblischen Alter von 92 Jahren hatte meine geliebte Auntie dem Leben und ihrem Neffen Adieu gesagt und ihren Wohnsitz in die Ewigkeit verlegt. Die Erbschaft bestand aus einem überraschend ansehnlichen Vermögen und Tausenden von antiken Gegenständen. Ja, es waren wirklich Tausende. Stundenlang saß ich in Aurelias Wohnung und überlegte fieberhaft, was ich mit all dem Krempel anfangen sollte, den sie im Laufe ihres langen Lebens angesammelt hatte. Ich schrieb mir aus dem Telefonbuch schon die Adressen von Entrümpelungs-Firmen heraus. Vorher wollte ich mir jedoch noch das ein oder andere Erinnerungsstück aussuchen.»

Er machte eine kleine Pause, um sich seinem Hühnchen im Brot und der famosen Hunter Sauce zu widmen.

«Doch dann geschah etwas Seltsames», fuhr er fort, «um nicht zu sagen Wunderbares: Ich konnte mich nämlich schlichtweg nicht entscheiden. Die Puppensammlung war einfach zu beeindruckend, als sie irgendwelchen Trödlern zu überlassen, die Teddybären schauten mich geradezu vorwurfsvoll an, als ahnten sie das Schicksal, das ich ihnen zudachte.»

Er schwieg einen Augenblick, um den Bildern, die er in unser Herz gezaubert hatte, Raum zu geben. Mir wurde ganz warm, und das konnte nicht allein am heißen Trencher oder am Wein liegen.

«Auntie Aurelias Wohnung hatte auf mich immer wie ein Museum gewirkt», erinnerte sich John. «Ein Ort erhält nun mal seinen Charakter und seine Ausstrahlung durch die Dinge, die sich dort befinden. Und sobald mir das aufging, war es um die Bereitschaft, mich all dieser Dinge zu entledigen, geschehen.

Ich blätterte die Alben mit den alten Porträtfotografien von Unbekannten durch und ertappte mich dabei, wie ich für jeden von ihnen ein Leben erfand. Vielleicht, um mich nicht so allein zu fühlen. Ich nahm die alten Puppen in die Hand, eine nach der anderen, schaute in ihre Porzellangesichter und sah in ihnen eine Lebendigkeit, die mich rührte.»

Stunden verbrachte John in dieser Wohnung. Die Zeit tropfte so langsam, als sabotierte sie ihren Auftrag, einfach nur stetig zu vergehen. Sein Blick fiel auf die alte an der Wand hängende Spieluhr, bei der sich zu jeder vollen Stunde ein Tanzpaar zeigte, das sich nach den hellen Glockenschlägen in Bewegung setzte und dann zu einer Mozart-Melodie übers Parkett schwebte.

Auntie Aurelia musste sich stunden-, ja tagelang auf Flohmärkten und in Antiquitätengeschäften umgetan haben, um ihre beeindruckende Sammlung zusammenzutragen. Obwohl sie nicht rauchte und nur wenig trank, sammelte sie Aschenbecher und unzählige geschliffene Gläser aus Böhmen. In den Vitrinen und Schränken befanden sich noch Dutzende andere Kollektionen. Sie liebte es, sich ihre Preziosen anzuschauen, sie zu berühren und sogar mit ihnen zu sprechen, als wären sie das Einzige, woran sie sich festhalten konnte. Oft verlor sie sich in ihren verblassenden Erinnerungen an Gefühle, die sie einst gehabt, jedoch nicht zu retten vermocht hatte.

«Dann fiel mein Blick auf einen schon halb blinden Spiegel», erzählte John weiter. «Und als ich mein eigenes Spiegelbild betrachtete, fiel mir auf, dass und wie sehr ich ein Teil von all dem war, was mich hier umgab. Ich würde alles behalten, obwohl ich noch keine Idee hatte, was ich damit anfangen sollte. Ich brachte es nicht über mich, eine Auswahl zu treffen und den Rest einer ungewissen Zukunft zu überlassen. Würde sie sorgsam damit umgehen, diese Zukunft? Nein, sie würde diese Dinge in alle Winde verstreuen.» John machte wieder eine Pause, dieses Eintauchen in seine Erinnerungen schien ihn zu erschöpfen. «Ja, ich weiß», fuhr er dann fort, «das ist alles ziemlich sentimental. Warum hängt man eigentlich sein Herz an Dinge? Ich kann es euch nicht sagen. Vielleicht, weil diese Dinge selbst ein Herz haben.»

Kurze Zeit später entdeckte John Wood in der kleinen Abbey Street einen Laden. Die Schaufenster waren mit braunem

Packpapier beklebt, auf das jemand *Zu verkaufen* geschrieben hatte. Das Geschäft gehörte zu einem Häuschen, das sich zwischen größere Gebäude geduckt hatte, und wirkte auf John wie ein Relikt, das der Zeitgeist übersehen oder links liegen gelassen hatte. Einer Eingebung folgend, wählte John die auf dem Packpapier aufgemalte Nummer.

Am Telefon meldete sich ein Mr Ansley, der Johns Interesse an seinem früheren Geschäft – es war eine Papeterie gewesen – mürrisch zur Kenntnis nahm.

Sie vereinbarten einen Besichtigungstermin.

«Pünktlich zur verabredeten Zeit stand ich vor dem Laden und wartete auf den Besitzer. Die Schaufenster waren eher nachlässig zugeklebt worden, es gab ein paar Risse, durch die man ins Innere spähen konnte. Seltsamerweise brannte drinnen über der Ladentür diese kleine Laterne. Ihr kennt sie ja, sie warf schon damals nur ein spärliches Licht. Doch es war dieses Licht, das etwas Unglaubliches geschehen ließ: Wie eine Laterna magica verwandelte es den alten Laden vor meinen Augen in ein Geschäft, in dem ich Auntie Aurelias sämtliche Habseligkeiten versammelt sah. Als hätten sie hier eine Zuflucht gefunden und warteten nur auf mich.»

Der schon ziemlich betagte und vom Alter arg gebeugte Mr Ansley ließ John schließlich ein, damit er sich umsehen konnte. Es gab noch die alten Holzregale und Vitrinen, auch ein paar Verkaufstische mit Intarsien und einen wahrhaft prächtigen Tresen mit einer alten, goldglänzenden Registrierkasse aus Messing. Und jede Menge Staub und Vergeblichkeit, erloschene Erinnerungen und verlorene Hoffnungen.

Doch vor seinem inneren Auge sah John sich schon die Spinnweben entfernen, den Staub abwischen, die Wände neu streichen und das Herz dieses alten Geschäfts wieder zum Schlagen bringen. Vor allem spürte er sein eigenes Herz klopfen, in einem euphorischen, übermütigen Takt, der ihm ganz ungewohnt war.

«Die Wohnung ist im ersten Stock», sagte Mr Ansley, «drei Zimmer, nichts Besonderes, aber ganz hübsch. Darüber befinden sich noch zwei Dachstübchen, da könnten Sie Ihr Personal unterbringen.» Er kicherte. «Und hier hinten gibt es ein Büro.»

Gesprächig war der einstige Besitzer nicht, Persönliches gab er nicht preis. Was hätte es auch für einen Sinn, jedem Interessenten langweilige Auskünfte über das Warum und Wozu zu geben – letzten Endes hatten noch alle abgewunken und sich freundlich empfohlen. John Wood jedoch nickte nur, beinahe unablässig, er schien wirklich angetan zu sein, sodass Mr Ansley schließlich Hoffnung schöpfte, dieser Termin werde womöglich nicht ergebnislos bleiben. Und so war es auch. Er nannte einen Kaufpreis, den John als akzeptabel empfand, und das Geschäft kam mit einem Handschlag unter Dach und Fach. Ein Gentlemen's Agreement.

«Als Mr Ansley mir seinen Ladenschlüssel überreicht und sich verabschiedet hatte, stellte ich mich in die Mitte des Ladens, drehte mich langsam einmal im Kreis und ließ meinen Blick schweifen. *Das wird ein fabelhaftes Emporium sein*, dachte ich. Ich hatte das gleiche Gefühl wie früher als kleiner Junge an Weihnachten: nicht nur Überraschung oder Freude, sondern Glück. Reines, ungetrübtes Glück, das in meinem Inneren immer größer wurde und mich ausfüllte, je deutlicher ich begriff, dass dies ein besonderer Tag in meinem Leben war. Bis heute habe ich dieses Gefühl nicht verloren.»

Auch jetzt wirkte er glücklich, wenn auch ein wenig wehmütig. Wir hatten seine Reise in die Vergangenheit mit wachsender Spannung verfolgt, ihn nicht ein einziges Mal unterbrochen. Er hatte mit seinen Worten bereits Bilder vor meinem inneren Auge heraufbeschworen, und am liebsten hätte ich mich gleich an meinen Zeichentisch gesetzt und sie zu Papier gebracht.

«Ich bin pappsatt», befand Charlotte schließlich und legte eine Hand schützend auf ihren Bauch.

«Ich bin auch satt», sagte Nelly. «Aber nicht papp. Ein bisschen Platz für ein Dessert hätte ich noch. Ist jemand mit dabei?»

«Ach, was diese jungen Leute essen können», wunderte sich Charlotte und winkte ab. John und ich jedoch nickten und schlossen uns Nellys Bestellung an.

«Und wie bist du ins Spiel gekommen?», wandte sich Nelly an die neben ihr sitzende Charlotte, als Apricot Brownie und Somerset Apple and Pear Crumble, beides mit hausgemachter Vanillesoße, serviert worden waren. Nelly hatte die Frage mit etwas befangener Stimme gestellt, denn sie kannte die Unlust ihrer Kollegin, über persönliche Dinge zu sprechen. Charlotte war eine berühmt-berüchtigte Bescheidenheitsangeberin.

«Ach ... na ja ... Als ich zum ersten Mal im Emporium war, hatte ich den Eindruck, dass ich für ihn gar nicht infrage kam.»

«Na, na», rief John.

«Aber ja, Sie haben mir all diese seltsamen Fragen gestellt ...»

«Was für Fragen? Daran erinnere ich mich nicht mehr.» John hüstelte verlegen.

«Jedenfalls fing es für mich damit an, dass ich eines Tages diesen Zettel an seiner Ladentür entdeckte», fuhr Charlotte fort.

Das Fabulous Emporium sucht eine liebenswürdige Fee,
die Freude daran hat, unsere Kundschaft zu verzaubern.
Bitte hier im Laden melden und nach Mr John Wood fragen.

«Typisch John eben. Aus dieser Stellenanzeige war jedenfalls kaum ersichtlich, wen oder was er eigentlich suchte – eine Verkäuferin oder vielleicht doch eher eine Schauspielerin. Doch wie auch immer, ich war zu beidem bereit.»

Und zum Glück schien Charlotte mit ihrem aufgelösten Haar und den von der Kälte geröteten Wangen für John vom ersten Augenblick an die perfekte Besetzung zu sein. Sie zeigte sich voller Bewunderung für diesen zauberhaften Ort und das Sortiment. Auch für sie schien hier alles zu leben, die Puppen, die Teddybären, die Elfen und Einhörner und anderen magischen Wesen, sogar die kleinen Blechfahrzeuge und Brummkreisel. Ein perfektes Wirkungsfeld für eine «Fee».

Auch der Inhaber wirkte – trotz einer Salve an skurrilen Fragen, die er auf sie abfeuerte – durchaus charmant. Obwohl er aussah wie aus dem neunzehnten Jahrhundert entsprungen, war er nur wenig älter als sie selbst, und da er eine gewisse Ähnlichkeit mit dem damals angesagten und auch von ihr angeschwärmten Schauspieler Peter O'Toole hatte, hielt sie ihn für gut aussehend.

«Hoho», sagte John nun, sichtlich verlegen. «Wusste gar nicht, dass ich diese Wirkung habe.»

«Nun stapeln Sie mal nicht tief, Sir John. Ich bin mir ziemlich sicher, dass Sie um Ihre Wirkung wussten ... und es immer noch tun.»

John winkte ab. Er wurde sogar ein bisschen rot und blickte verlegen in sein leeres Glas.

Man hätte Charlotte Sumner, wie sie damals noch hieß, für ein wenig naiv halten können, doch unbedarft war sie nicht die Spur. Sie schien sofort zu erfassen, worauf es diesem großen Jungen ankam, was er mit seinem Laden im Sinn hatte. John Wood's Fabulous Emporium, schon der Name des Geschäfts schien vollkommen aus der Zeit gefallen. Aber er war auch wunderbar, verheißungsvoll. Das Flattern in ihrem Brustkorb verriet ihr, dass sie genau hierhergehörte, an diesen ganz und gar seltsamen Ort. Zwischen all dem Spielzeug und all den Antiquitäten, die man nicht braucht, aber liebt, könnte sie ein zweites Zuhause finden. Und vielleicht ihr Herz verlieren.

«Und dann kamen Sie einfach zu mir herüber und küssten mir überschwänglich die Hand», sagte Charlotte mit einem verschämten Lächeln, als hätte John es erst gerade eben getan. «Womöglich war Ihnen gar nicht bewusst, dass solche alten Gentleman-Manieren schon damals ziemlich oldschool waren. Trotzdem, Sie konnten wohl nicht anders. Und irgendwie war ich gerührt von dieser Galanterie.»

Und so entspann sich in etwa folgender Dialog:

«Was muss ich tun, um den Job zu bekommen, Mr Wood?», fragte Charlotte geradeheraus.

«Nichts», sagte John Wood mit einem unergründlichen Lächeln.

«Nichts?», fragte sie ungläubig.

Er schüttelte den Kopf. «Na ja, Sie scheinen mir schon alles mitzubringen, was es hier braucht. Nur sollten Sie es vielleicht nicht Job nennen.»

Charlotte hob die Augenbrauen. «Ach, nein? Wie denn sonst?»

«Nennen wir es eine ... Mission. Einverstanden?»

Sie nickte, erleichtert über die Zusage. «Und wann soll's hier für mich losgehen?»

«Wie wäre es mit morgen um die gleiche Zeit?»

«Wirklich, Mr Wood?», fragte Charlotte erfreut. Ein Strahlen ging über ihr Gesicht.

«Es würde mich freuen, Charlotte. Und noch etwas ...»

«Ja, Mr Wood?»

«Nennen Sie mich John, bitte. Und schauen Sie nicht so verblüfft. Machen Sie ein glückliches Gesicht, Charlotte. Denn wir verkaufen hier Freude.»

Das war der Augenblick, von dem an Charlotte für ihren neuen Chef bereits so etwas wie Zuneigung empfand. Was sie so natürlich niemals zugegeben hätte.

So lange war Charlotte nun schon hier beschäftigt, dass sie inzwischen längst zum Inventar gehörte. In ihrer Anfangszeit war sie wohl tatsächlich ein bisschen in John verliebt gewesen, hatte es aber dann doch vorgezogen, mit Matthew Hadley einen herzensguten Mann zu heiraten, der mit den Beinen etwas fester auf dem Boden der Tatsachen stand. Charlotte beherrschte die ganze Klaviatur des Umgangs mit ihrer Kundschaft, und sie kannte das Sortiment besser als den Inhalt ihrer Handtasche. Sie behauptete, stets zu wissen, was eine Kundin suchte, sobald diese den Laden betrat. Oder was sie sich insgeheim wünschte. Im Umgang mit Kindern war sie bewundernswert geduldig. Niemand – nicht einmal John Wood – ging auf ihre kleinen Wünsche und Bedürfnisse so nachsichtig und liebevoll ein. Ihr Lächeln strahlte eine unglaubliche Wärme aus.

Diese beiden inzwischen betagten Leute bildeten das Herz des Emporiums und seine Geschichte.

«Damit ist es beschlossene Sache», sagte ich, als John und Charlotte geendet hatten. «Diese Story ist es allemal wert, erzählt zu werden. Seit heute Abend bin ich felsenfest überzeugt davon. Ich werde ein Buch über das Emporium schreiben.»

«Tatsächlich? Das wäre ja ... das wäre ja wirklich famos ... Ich muss schon sagen ...»

«Ich habe schon so viel für dich illustriert und gestaltet, John, nicht nur unseren Adventskalender, und ich glaube, dass ich für dieses Buch die Richtige wäre. Meinst du nicht auch?»

«Absolut ... absolut, meine liebe Julie. Wer, wenn nicht du? Ich ... ich bin ganz sprachlos.»

Wir stießen mit seinem Lieblingsausruf «Hooray!» an.

«Hast du schon einen Titel für das Buch?», fragte Nelly.

«Ich denke, es kann gar nicht anders heißen als John Wood's Fabulous Emporium. Schließlich geht es um John und sein fabelhaftes Kaufhaus.»

«Mein lieber Sir John», sagte Charlotte, «nun bleibt Ihnen wohl gar nichts anderes übrig, als eine weitere Runde zu bestellen. Ich fürchte, wir werden unseren schönen Laden noch in den Ruin trinken. Hoffen wir auf ein gutes Weihnachtsgeschäft.»

4

BELIEVE IN THE MAGIC
OF CHRISTMAS

Das von Charlotte erhoffte Weihnachtsgeschäft war bereits angelaufen, als – wie jedes Jahr – wenige Tage vor der Eröffnung des Weihnachtsmarkts eine illustre Gruppe im Emporium zusammenkam. Sie bestand im Wesentlichen aus John Wood, Charlotte, Nelly und mir, den «Marketenderinnen», sowie Oscar Morris und Jake Montgomery, den beiden «Schnapsdrosseln von Abbey Green», die ihre Holzbude auf diesem ehrwürdigen Platz wieder bis unter die Decke mit Hochprozentigem füllen würden.

Das Treffen fand im Salon der über dem Emporium gelegenen Wohnung statt. Unten im Geschäft war alles so gedrängt voll, dass man nicht einmal ein paar Stühle hätte aufstellen können, und auch das Office bot zu wenig Platz, ganz zu schweigen davon, dass John wohl wenig Lust verspürte, seinen Lieblingsraum durch die muntere Runde in Beschlag nehmen zu lassen.

Nachdem auch Oscar und Jake die Weihnachtsdekoration gebührend bewundert hatten, stiegen wir alle in fröhlicher Erwartung die enge gewundene Holztreppe zu Johns Wohnzimmer hoch und machten es uns auf diversen Sofas und

Sesseln bequem. Wie immer verbreiteten Duftkerzen von Crabtree & Evelyn weihnachtliche Gerüche nach Zimt und Vanille. Auf den alten Holzdielen lagen schon etwas zerschlissene Teppiche, ein kleiner, offen stehender Sekretär diente als Ablage für Schlüssel, Briefe und ein schon verstaubtes Potpourri. Mehrere kleine Lampen waren angegangen, als John den Lichtschalter betätigt hatte, und verbreiteten helle Wärme. Hier sah es nicht viel anders aus als unten im Laden, und wie die Räumlichkeiten im Parterre hatte auch Johns Salon etwas von einem Nostalgieladen, nur dass all die Bücherstapel, Aschenbecher, Briefbeschwerer, gerahmten Fotos und Vasen, in denen Weihnachtsgestecke blühten, nicht zum Verkauf standen.

Als Letzter kam Oscar, der ächzend eine Tasche nach oben schleppte, in der es ebenso verdächtig wie vielversprechend klirrte. Durstig würde hier niemand bleiben. John holte Gläser aus der Vitrine, und Charlotte bot – wie jedes Jahr – einen großen Teller mit selbst gebackenen Plätzchen und Keksen an, «damit wir alle eine gute Grundlage bekommen».

«Unter einer guten Grundlage stelle ich mir eigentlich etwas ganz anderes vor», grummelte Jake.

Charlotte rümpfte nur die Nase.

«Ich sehe, wir sind vollzählig und beschlussfähig», stellte John nach einem Blick in die Runde zufrieden fest.

«Noch», sagte Jake und hob sein Glas zu einem ironischen Cheers. Oscar und er hatten eigentlich keine Funktion bei diesem «Strategiemeeting», wie Nelly es hochtrabend nannte. Sie war es, die die beiden «ziemlich besten Freunde» jedes Jahr mit einlud, wahrscheinlich, um die Stimmung zu heben und sicherzustellen, dass hier nicht allzu ernsthaft gearbeitet wurde – das Treffen sollte eine fröhliche Angelegenheit bleiben (in ihrem Fall sogar eine feuchtfröhliche).

Dieses Meeting war Tradition, seit das Emporium auf dem Weihnachtsmarkt seinen eigenen Stand hatte, in der Abbey Street, unweit des Ladens. Und weil es Tradition war, gab es auch nicht allzu viel zu besprechen. *The same procedure as every year*. Wer den Stand bestückte (Nelly und ich) oder wer wann dort «Dienst» hatte (natürlich Nelly und ich), wer was zum Angebot beitrug (nämlich Nelly und ich) und – ganz wichtig! – ob man nicht endlich mal was an der Dekoration ändern sollte. Letzteres allerdings wurde stets kontrovers diskutiert, denn Nellys alljährlich neue, ausgefallene Vorschläge zur «Verschönerung» stießen eher auf Befremden als auf Zustimmung. Auch das war schon traditionell.

Insgeheim vermutete ich ja, dass Nelly ihre bisweilen abgedrehten «Ideen» gar nicht ernst meinte, sondern sie nur zur Erheiterung in die Runde warf. Diesmal schlug sie vor, die Buchstaben auf dem Chalet-Schild mit der Aufschrift *Believe in the Magic of Christmas* als bunte LED-Lämpchen aneinanderzureihen. Man könne sie blinken oder flackern oder als Band laufen lassen.

Während Charlotte sich entrüstete («Soll aus unserem Chalet etwa eine Kirmesbude werden?»), musste ich mir ein Grinsen verkneifen, weil ich wusste, dass das nicht wirklich ihr Ernst sein konnte. Nelly war als eine besonders aktive Vertreterin der weihnachtlichen Spaßfraktion bekannt. Sie hatte zu Hause einen ganzen Schrank voll Strickpullover mit unfassbar schrägen Motiven, die seit Langem schon von keiner Christmas Party mehr wegzudenken waren. Diesmal trug sie ein Teil mit zwei Einhörnern, die sich unter dem Mistelzweig küssten. Immerhin hatte sie auf ihre rote Mütze mit den nervigen Blinklichtern verzichtet.

John warf zunächst einen amüsierten Blick auf ihr Outfit, dann sprach er gelassen sein Urteil.

«*No way*, meine liebe Nelly. Dein Geschmack in allen Ehren, aber ich reiße persönlich allen meinen Teddybären Arme und Beine aus, sollte diese Entgleisung hier eine Mehrheit finden.»

«Und wenn doch eine Mehrheit dafür ist?», wandte Nelly ein und schaute trotzig in die Runde, aber in ihren Mundwinkeln zuckte es verräterisch.

«Dann darfst du mir bei der Amputation assistieren.»

«Hoho», rief Oscar, «fragt sich nur, wer mehr darunter leidet, John, die Teddys oder du?»

John stöhnte auf. «Lasst uns diese wichtige Frage für einen Moment zurückstellen und zunächst ein paar Punkte auf unserer Liste abarbeiten, die weniger strittig sein dürften.»

Die «paar Punkte» auf der Tagesordnung wurden rasch abgehakt, der «Dienstplan» war ebenfalls Routine, und dann waren wir alle nur noch neugierig darauf, was der Weihnachtsmarkt in diesem Jahr Neues zu bieten hatte. Auch hier war Nelly die allererste Quelle, schließlich war sie mit Adrian Briggs, dem Marktleiter, verheiratet. Und der gab seiner geliebten Frau jeden Abend ein Update zu all den Problemen, die es wieder gegeben hatte, und den Streitereien, die er hatte schlichten müssen. So erfuhr Nelly auch immer als Erste von den neuen Attraktionen, die das Komitee beschlossen hatte.

In diesem Jahr war es – der «Wunschbaum». Dieser Neuankömmling in der kaum noch überschaubaren Schar der üppig dekorierten Weihnachtsbäume in dieser Stadt sollte seinen Platz in einer Ecke von Abbey Chambers finden und dort von den Besucherinnen und Besuchern des Marktes mit ihren Wunschzetteln behängt werden. Wie Nelly uns berichtete, hatte es angesichts des Aufwands einiger Überzeugung bedurft, bevor sich das Komitee dazu durchrang, dem «Wunschbaum» zuzustimmen. Zum Schluss gab wohl das energische Votum von Adrian Briggs den Ausschlag: Er hatte mit Nachdruck für den Mut zum Experiment plädiert – etwas Ähnliches gebe es auf keinem anderen Weihnachtsmarkt in England, es könnte sich zu einer Attraktion, sogar zu einer Tradition entwickeln, so sein Argument. Nichts fürchtete das Komitee mehr, als die jährliche Prämierung zum «Schönsten Weihnachtsmarkt Großbritanniens» zu verlieren. Sie war inzwischen zu einem Gütesiegel, zu einer Marke geworden, Adrian scheute sich nicht, das großspurige Wort von der *Benchmark* in den Mund zu nehmen. Und so hatten die Verantwortlichen schließlich zugestimmt.

«Benchmark ... die übertreiben es aber nun wirklich mit ihrem Marketingsprech», ereiferte sich Jake, was ihm ein beifälliges Nicken von John und Charlotte eintrug.

«Wie auch immer», fuhr Nelly ungerührt fort, «richtig kontrovers wurde es aber erst bei der Frage, was eigentlich mit all den Wunschzetteln geschehen soll. Man müsste diese Zettel täglich abnehmen, zumindest zum größten Teil, sollte der Wunschbaum auch nur annähernd so beliebt werden, wie sie sich das erhoffen.»

«Du meinst, man will den Baum jeden Tag abräumen ... um Platz für neue Zettel zu schaffen?», fragte Jake.

«So in etwa», bestätigte Nelly, «aber das ist kein Problem, wenn man es nicht gerade tagsüber macht, sondern spätabends, meint Adrian. Oder nachts, wenn niemand mehr bei Abbey Chambers unterwegs ist. Wir wollen ja den Weihnachtszauber erhalten und die Leute nicht denken lassen, wir würden ihre Zettel einfach entsorgen.»

«Ja ... und dann?», fragte John irritiert.

«Dann stellt sich die Frage, was man eben mit all den Zetteln anstellt.»

«Oh mein Gott», seufzte Charlotte und begann aufgeregt an einem weiß bestäubten Lebkuchen zu knabbern. Der Puderzucker rieselte wie Schnee auf ihren Rock, wo sie ihn hektisch wegzureiben versuchte, aber nur einen Fleck produzierte. «Das ist ja wirklich ein Dilemma. Erst fragt man die Leute nach ihren persönlichsten Wünschen ... und dann kommen all diese Zettel womöglich in Müllsäcke? Und werden von der städtischen Müllabfuhr entsorgt? Eine grauenhafte Vorstellung.»

«Natürlich», pflichtete John ihr bei.

«Ich finde, man sollte sie verbrennen ... in einem kultischen Feuer ... der Bischof könnte dazu Beschwörungs- oder Segensformeln murmeln», schlug Oscar, der Spaßvogel, vor, dessen kirchenkritische Einstellung allgemein bekannt war. Er schien offenbar eine düstere Inquisitionsszene vor Augen zu haben, *Der Name der Rose* war einer seiner Lieblingsfilme.

«Bath hat schon lange keinen Bischof mehr», belehrte ihn John.

«Na, dann halt der Rektor oder der Pfarrer ... was weiß ich ... irgendeiner von den Reverends in ihren schlumpfigen Gewändern.»

«Du hast eine ziemlich mittelalterliche Vorstellung von den geistlichen Herren unserer Stadt», wies ihn Nelly mit ironischem Augenzwinkern zurecht und grinste ihn an.

Oscar brummte nur und goss sich einen neuen Whisky ein, den er wie gewohnt in einem beherzten Schluck herunterstürzte.

«Und was hat nun das Komitee beschlossen ... in dieser weltbewegenden Angelegenheit? Sicherlich hat dir dein Mann, dieser mittelalterliche Marktscherge, auch dieses dunkle Geheimnis verraten ...», schaltete er sich wieder ein.

Nelly hob amüsiert die Augenbrauen. «Höre ich da vielleicht Neid auf meine exklusiven Insiderkenntnisse heraus? Oder Missgunst wegen meines Informationsvorsprungs?»

«Ach was ... Neid. Nichts wäre mir unwillkommener, als mir jeden Abend Adrians Tiraden anhören zu müssen.»

«Ihr seid heute Abend aber wirklich nicht nett zu unserer Nelly», warf ich ein. «Wir können froh sein, eine solch toughe Agentin unter uns zu haben. Sonst wüssten wir gar nichts über diesen mysteriösen Wunschbaum.»

Beifälliges Nicken der anderen, bis auf Oscar, der einen letzten Versuch unternahm. «Dann wäre es doch vielleicht am besten, wenn wir die Wünsche einfach alle erfüllten.»

«Wer ... wir?» Allgemeines Unverständnis.

«Na, wir ... die Leute vom Weihnachtsmarkt. *Believe in the Magic of Christmas*! Die Weihnachtswünsche, die erfüllen wir ... soweit es uns möglich ist, natürlich. Und wo werden Wünsche erfüllt, wenn nicht auf einem Weihnachtsmarkt?»

«Der Markt der Wünsche», murmelte John. «Und wir sollen so etwas wie geheime Wunscherfüller sein?» Seltsamerweise schien er sich mit dieser verrückten Idee anzufreunden. Eigentlich war sie sogar ganz nach seinem Geschmack. Ich hingegen war da etwas skeptischer, welche Wünsche ein zusammengewürfeltes Wunschkomitee erfüllen könnte.

«Wenn man so will ... ja», sagte Oscar.

«Und wie sollten wir das anstellen?»

«Na, das ist doch nicht weiter schwierig. Wir schauen uns die Zettel an und überlegen, was wir tun können. Den einen oder anderen Wunsch werden wir schon erfüllen können.»

John seufzte. «Bei dir klingt alles immer so einfach!»

«Ich bin ja auch beseelt vom Geist der Weihnacht.» Oscar ergriff eine der Flaschen und schwenkte sie vor Johns Gesicht hin und her. «Bei mir bringt er außerdem immer ein paar Prozent mit.»

Die Sache ging noch eine ganze Weile hin und her. Bis Nelly einfiel, dass ihr «Verschönerungsvorschlag» gar nicht mehr zur Sprache gekommen war.

«Und was ist nun mit den Leuchtbuchstaben auf unserem Standschild?»

«Was soll damit sein? Diesen Wunsch erfüllen wir natürlich auch», krähte Oscar. Alle lachten.

«Von wegen. Das kommt überhaupt nicht infrage», rief John.

«Spielverderber», meinte Nelly und ergriff das Glas, das Jake ihr aufgefüllt hatte. Auch sie leerte es in einem Zug und stellte es mit einem zufriedenen Blick in die Runde wieder ab, der zu sagen schien: Ich nehme es locker mit euch allen auf. Es war genau dieser Blick, der sie mir damals in der Schule auf Anhieb so sympathisch gemacht hatte. «Aber ich gebe mich geschlagen, wenn wir dafür die Idee mit dem Wunschteam durchziehen.»

Die beiden Distillery-Oldies packten sofort einen Vorschlag nach dem nächsten auf den Tisch, sie waren überhaupt nicht mehr zu halten. Auch John und Charlotte waren Feuer und Flamme. Ich übernahm tapfer die Rolle der Bedenkenträgerin, wurde aber immer wieder unter Gelächter und Gejohle ausgebremst.

«Du wirst sehen, Julie, das wird ein Spaß!», rief Nelly. «Zieh nicht so ein Gesicht. Wir beide als Wunschfeen – das ist doch un-schlag-bar!»

Ich konnte Nelly wirklich nichts abschlagen. Und Oscars Idee hatte viel Schönes, das musste selbst ich zugeben.

«Na gut», lenkte ich schließlich ein. «Ich bin dabei. Aber ich kostümiere mich nicht als Fee und ziehe auch keinen deiner idiotischen Mottopullover an.»

«Schade, das wäre ganz klar der Höhepunkt der Saison:

Julie Marin im Weihnachtsfee-Kostüm erfüllt den Honoratioren von Bath ihre sehnlichsten Wünsche!»

Ich war drauf und dran, Nelly mein Punschglas an den Kopf zu werfen, doch John legte begütigend eine Hand auf meinen Arm.

«Lass nur, Julie. Wir wissen doch alle, dass Nelly ein Kobold ist. Wer hat schon jemals einen Kobold ernst genommen?»

«Pffft», machte Nelly. «Wenn ihr nicht sofort aufhört mit diesem Unsinn, verzaubere ich euch wie der Kobold Puck in dumme Esel ... aber halt, die seid ihr ja schon.»

«Willkommen im Winternachtstraum!»

Mit diesen Worten schloss John unsere Versammlung.

Winternachtstraum – das gefiel mir. Noch immer befürchtete ich, dass es vielleicht doch nicht so einfach werden könnte mit den Zetteln vom Wunschbaum. Aber wie hieß es im Emporium immer so schön? *Believe in the Magic of Christmas*!

5

WINTERWUNDERLAND

Doch es gab jemanden, der mit *Believe in the Magic of Christmas* so gut wie gar nichts anfangen konnte. Meine Tante hielt den Leitspruch des Emporiums, den Oscar Morris zitiert hatte, für ausgemachten Unsinn, und auch John, der Lordsiegelbewahrer dieses Mottos, fand in ihren Augen nur wenig Gnade.

«Na, wie war's bei dem alten Zausel?», fragte Adrienne, als ich aus dem Emporium zurückkam, vor mich hin pfeifend, beschwingt von ein paar Drinks und beflügelt von der Aussicht, dass Weihnachten nun in greifbare Nähe rückte.

«Nenn ihn nicht immer so», wies ich sie zurecht, während ich meinen Mantel auszog. «Weder ist John ein alter Zausel, noch entspricht das deiner wahren Meinung über ihn.»

«Oh, du kennst also meine wahre Meinung ...», spottete Adrienne.

«Natürlich kenne ich die. Du bist außerordentlich erfinderisch darin, dir immer neue schreckliche Bezeichnungen für ihn auszudenken und dich über ihn lustig zu machen. Dabei tust du das nur, weil du dir nicht eingestehen willst, dass du für ihn weit mehr empfindest, als du mir gegenüber zugibst.»

Meine Tante bemühte sich, nicht allzu sichtbar zu schlucken, doch mir entging es nicht. Natürlich hielt sie John Wood nicht für einen alten Zausel oder was ihr sonst an sarkastischen Bezeichnungen einfiel (sie war da tatsächlich sehr kreativ). Doch sie schien sich von ihm immer wieder herausgefordert zu fühlen, so zurückhaltend, wie er war, so linkisch, skurril und schmallippig – das Klischee eines englischen Gentlemans. Vor allem missfielen ihr seine hilflosen Versuche, ihr Komplimente zu machen, die auch mir schon seit Langem aufgefallen waren. Falls er ihr auf diese verquere Art zeigen wollte, dass er mehr für sie empfand als Sympathie, war es genau der falsche Weg. John war immer so ... verdruckst. Und Adrienne war in diesem Punkt nun mal empfindlich und reagierte allergisch auf Verklemmtheit. Sie selbst war stets geradeheraus, allerdings – wie sie zugeben musste – mit einer Ausnahme. Und diese Ausnahme war John Wood. Immerzu fühlte sie sich genötigt, ihn auf Abstand zu halten, mal mit Sarkasmus, mal mit Ironie. Vermutlich hing sie immer noch an ihrem früheren Geliebten Richard Ward, dem Unantastbaren.

«Ach, du bist eine unverbesserliche Romantikerin, meine Liebe. Du willst immer und überall große Gefühle wecken. Nur in deinem eigenen Liebesleben nicht», schoss sie zurück.

«Das hat seine Gründe», konterte ich. «Wie du genau weißt. Ich habe nun mal schlechte Erfahrungen mit Männern.»

«Mit einem Mann, um genau zu sein. Und du schließt von diesem Mann, dessen Namen wir nicht mehr aussprechen dürfen, auf alle anderen.»

«Aber das tust du doch auch. Gegen deinen Richard kommt einfach keiner an. Er ist der Elefant in jedem Raum, den du betrittst. Im Vergleich zu deinem Helden kann einfach keiner bestehen. Und weißt du auch, warum? Weil keiner bestehen soll!»

«Das ist doch Unfug, Julie. Kaum ist Weihnachten in Sichtweite, wirst du sentimental. Das war schon immer so. Aber führe nur weiter deinen Elefanten spazieren – ich will dir den Gefallen tun und ihn nicht weiter erwähnen.»

Ich seufzte und verdrehte die Augen. Diese Diskussion hatten wir schon oft geführt. Ich wusste, dass ich da bei meiner Tante nicht weiterkommen würde. Und was sie über Weihnachten, das Fest der Liebe, dachte, wusste ich ebenfalls nur allzu genau.

Ich erinnerte mich an das erste Weihnachtsfest, das ich mit Tante Adrienne in Bath erlebt hatte, während meine Mutter mal wieder auf irgendeiner kanarischen Insel «überwinterte». Vivi war allergisch gegen Schnee und Kälte, nichts schlug ihr mehr aufs Gemüt als düstere Wolkenformationen nördlicher Breitengrade, aus denen trostloser Niederschlag fiel. Und als ich mich heiser gebettelt hatte, mich doch Weihnachten bei Tante Adrienne feiern zu lassen, hatte sie seufzend nachgegeben.

«Na schön, wenn du unbedingt willst. Adrienne holt dich in Bristol am Flughafen ab, und dann bleibst du eine Zeit lang bei ihr. Macht es euch schön ... an *Weihnachten*!» Sie betonte das letzte Wort, als bezeichnete es etwas Grauenvolles, dem sich niemand, der bei klarem Verstand war, freiwillig aussetzen würde. «Julie, niemand weiß besser als ich, dass Einsamkeit wie ein dunkles Zimmer ist, das einem ganz allein gehört. Doch Familie ... das ist ein Leben, in dem einem nichts allein gehört. Gar nichts. Das ist furchtbar.»

Ich fand diese Vorstellung nicht so furchtbar wie meine Mutter. Im Grunde fand ich sie ... wunderbar. Jedenfalls malte ich es mir wunderbar aus. Und im Malen hatte ich nun mal ein gewisses Talent.

Natürlich war ich auch mit Adrienne allein, nachdem ihr Mann Richard erst ein Jahr zuvor an einem plötzlichen Herzinfarkt gestorben war. Aber es fühlte sich nach Familie an, und es war aufregend. Meine Tante hatte in Bath einen großen Freundeskreis und führte ein gesellschaftliches Dasein, gab Dinners, schleppte mich mit in den Konzertsaal, ins Theater oder zu Lesungen. Ihr Haus in der Blueberry Lane war belebt. Sie nahm mich einfach mit in ihr geselliges Leben, ließ mich daran teilnehmen, als sei diese Großzügigkeit das Allerselbstverständlichste. Und wahrscheinlich war es das für sie auch.

Es stellte sich jedenfalls heraus, dass Bath im Winter keineswegs der schreckliche Ort war, den meine Mutter mir prophezeit hatte. In jenem ersten Jahr hatte es sogar geschneit, rechtzeitig vor Weihnachten. Aus den Wolkengebilden eines düsteren Himmels fielen seit Stunden dicke Flocken, die im Licht der Straßenlaternen tanzend zu Boden sanken, als ließen sie sich nach langer Reise in einen ersehnten Schlaf fallen.

Ich lief aus dem Haus, hob den Kopf und streckte die Zunge heraus, um die Schneeflocken direkt in meinen Mund rieseln zu lassen und zu spüren, wie sie schmolzen.

Adrienne, die mich vom Fenster des Salons aus beobachtete, schüttelte nur belustigt-nachsichtig den Kopf. Ich winkte ihr zu, und sie winkte zurück, aber es sah eher wie ein Abwinken aus.

Dieser Wintereinbruch vor den Festtagen war derart ungewohnt, dass alle in Bath zu befürchten schienen, die weiße

Pracht würde niemals bis zum Fest halten. Auch Adrienne zeigte sich von dem «Miracle» ziemlich unbeeindruckt und meinte nur, das Schneegestöber werde sicherlich wie so oft in meteorologischem Trübsinn versinken.

«Freu dich nicht zu früh, Liebes. Pünktlich zum Christmas Eve wird wieder warmer Nieselregen herrschen, verlass dich drauf.»

Allerdings wurde ausgerechnet in jenem Jahr Adriennes Pessimismus widerlegt. Der Schneefall dauerte an und überzog die Stadt mit Zuckerguss, die Autos duckten sich unter dicke Mützen, und von den Gehwegen war das Scharren emsig betätigter Schneeschaufeln zu hören – ein Geräusch, das jeden, der es von drinnen, aus der Sicherheit und Geborgenheit seines gemütlichen Heims, vernahm, sogleich in Vorfreude auf allerlei Winterfreuden versetzte. Die Vorstellung von ausgedehnten Wanderungen durch schneeglitzernde Parks und Wälder, sozusagen durch ein wirkliches Narnia, ließ meine Augen leuchten. Weiße Weihnachten – nie zuvor hatte ich so etwas erlebt. Es war tatsächlich wie ein Wunder, das ich kaum glauben konnte. Und doch geschah es vor meinen Augen.

Seit jenem ersten Weihnachtsfest war meine Schneebegeisterung ungebrochen, mittlerweile allerdings war «Fräulein Julies Gespür für Schnee», wie meine Tante es scherzhaft nannte, eher zu einem Spleen geworden. Und Bath war gewiss nicht das kleine unerschrockene Dorf, vor dem der Klimawandel haltmachte. Heutzutage, vermutete ich, fiel Schnee nur noch in Weihnachtsromanen und -filmen vom Himmel.

Dennoch ließ mich die Hoffnung auf ein Winterwunderland jedes Mal aufleben, sobald es kälter wurde und ich Wollmütze und Handschuhe aus der Schublade hervorkramte.

Ich genoss es, wenn ich morgens aus dem Haus trat und die Kälte meine Wangen rötete. Wenn der schneidende Wind mich den dicken Wollschal enger um meine Schultern ziehen ließ. Und erst recht, wenn doch mal lautlos die Schneeflocken vom Himmel wirbelten, in einem heiteren Tanz, und auch meine Gefühle in Bewegung brachten.

So schön wie in jenem ersten verzauberten Jahr in Bath wurde es jedoch nie. Dabei hätte ich es Archie von Herzen gegönnt, einmal ein weißes Weihnachtsfest zu erleben. Vor meinem inneren Auge sah ich ihn auf dem Schlitten eine Anhöhe im Park herabsausen, uns beide auf stundenlangen Streifzügen durch gleißendes Weiß fröhlich vor uns hin stapfen.

«All dieses sentimentale Getue um die weiße Pampe», brummte Adrienne, als ich meine Fantasie bei einer Tasse Tee vorm Zubettgehen mit ihr teilte (sie hatte lautstark protestiert, als ich vorschlug, einen Topf Mulled Wine aufzusetzen). «Ich habe nie verstanden, welchen Zweck das haben soll.»

«Der Schnee ist der Auftakt zur Weihnachtssaison?», schlug ich vor.

«Papperlapapp! Die Saison beginnt, wenn die Coca-Cola-Werbung mit den Weihnachtstrucks im Fernsehen läuft.»

Ich musste über ihren Zynismus lachen. «Gibt es überhaupt etwas, das du an Weihnachten magst?», fragte ich, halb ironisch, halb aus ehrlicher Neugier.

«Ach, nicht viel. Mulled Wine jedenfalls nicht», antwortete Adrienne und verzog den Mund. «Dieses pappsüße Zeug ist ein Verbrechen an der Menschheit. Ein grässliches Gebräu. Weihnachten ist überhaupt eine kulinarische Sünde! Der ganze Süßkram, all das Zuckrige, Klebrige. Als ob es nicht reichte, dass sie den Weihnachtsmarkt aus Deutschland importiert haben, musste es auch noch die Bratwurst sein ... *Mon Dieu*, Bratwurst! ... Ganz abgesehen von dem ganzen exzessiven Kitsch, gepaart mit aufgesetzter Fröhlichkeit und Knallbonbons ... Christmas Cracker! ... und all dem Hochprozentigen, das man schlucken muss, um am Plumpudding keinen Schaden zu nehmen. Glaub mir, Julie, irgendwann wird dein französisches Temperament durchschlagen, und du wirst dein Haus ein bisschen dekorieren und deinen Gästen am Weihnachtsabend ein anständiges Menü anbieten, dessen du dich nicht zu schämen brauchst. *Joyeux Noël ... Santé*!»

Damit wandte sie sich ab, um sich einen Armagnac einzuschenken. Solche Diskussionen machten sie immer durstig.

Ich gab es auf. Im Grunde, musste ich wieder einmal feststellen, gab meine Tante einfach nicht viel auf Weihnachten. Ihre französische Herkunft immunisierte sie gegen allzu triviale Gefühligkeit. So verfolgte Adrienne jedes Jahr meine Weihnachtsvorbereitungen mit einer entsprechend großen Portion Skepsis. Sie konnte es nicht verstehen und erst recht nichts daran ändern, doch ich war nun einmal ein ausgesprochener «Weihnachtstyp», und in den Wochen vor dem Fest lief ich zur Hochform auf.

Es gab in der Tat vieles, was ich an Weihnachten mochte. Vor allem war es für mich ein Symbol für Heimat, für Zuhause, für kindliches Vertrauen. In diesen Wochen vor dem Fest fühlte ich mich immer besonders geborgen, es war, als hüllte mich schon der Gedanke daran in eine Decke wohliger Empfindungen ein. Wenn ich Glühwein zubereitete, hielt ich die Nase in den Dampf, der aus dem Topf aufstieg. Und wenn die Tage kälter und kürzer wurden, sorgte ich für Wärme und Licht. Im Überfluss, zugegeben.

So auch in diesem Jahr. Immer wenn ich bei John Wood meinen Kalender für den Druck abgegeben hatte, fühlte ich mich befreit, ja, wie entfesselt. Ich platzte vor Energie, das Weihnachtsfest zu einem der schönsten zu machen – für Archie, für mich selbst, auch für Adrienne und für Francesca, unser Au-pair. Anfang Dezember war es dann so weit, dass ich wieder an die Dekoration gehen wollte, die meiner Tante von Jahr zu Jahr üppiger auszufallen schien. Sie nahm das schmallippig zur Kenntnis, enthielt sich aber kritischer Kommentare. Allenfalls zog sie eine Augenbraue hoch, darin war sie eine unangefochtene Meisterin. Vielleicht gefällt es ihr ja insgeheim doch, dachte ich, sie kann es nur nicht zugeben. Ich überschritt jedenfalls nie die Grenze zum hemmungslosen Kitsch, das musste sie mir lassen. Nicht in einem besorgniserregenden Ausmaß jedenfalls.

«*Very british* ... und doch irgendwie französisch», sagte sie einmal. Es war wohl als Kompliment gemeint.

Nur wenige Tage nach unserem Treffen bei John stand auch dieses Jahr endlich die weihnachtliche Schmückung des Hauses an – mit der ich allerdings allein auf weiter Flur bleiben würde. Adrienne hatte für «den ganzen Dekowahn» nicht viel übrig, ließ mich aber gewähren, und Francesca hob nur verschämt die Schultern, englische Weihnachtsdekoration erschien ihr als Italienerin wohl allzu *bizzarra* zu sein.

Für mich aber war diese Prozedur ein Fest, auf das ich mich freute. Und als dann eines schönen Morgens alle aus dem Haus waren, schien mir der Augenblick gekommen, mich in ungestörte Betriebsamkeit zu stürzen.

Ich holte die Kisten mit dem Weihnachtsschmuck vom Dachboden, es war viel Antikes dabei, das die Familie Ward im Laufe der Jahrzehnte gesammelt hatte. Bei meinem Lieblingsblumenladen Fleurs & Flowers hatte ich mich mit reichlich Ilex, Tannenzweigen, Poinsettia und natürlich Mistelzweigen eingedeckt. Die Lichterketten befanden sich allerdings in einem desaströsen Zustand, etliche Lämpchen waren defekt, und ich brauchte Stunden und eine übergroße Portion Geduld, um sie überhaupt zu entwirren.

Draußen wartete in einer Ecke des Gartens der bereits am ersten Verkaufstag erworbene Tannenbaum auf seinen Einsatz. Ich zog ihn in den Salon, befreite ihn aus seinem Netz, das ihn wie eine schlanke Pinie hatte aussehen lassen, schüttelte ihn kräftig, damit seine Zweige sich entfalteten, und gab ihm schließlich in dem alten, gusseisernen Baumständer festen Halt.

Dann dekorierte ich den Baum, wofür ich mir alle Zeit der Welt nahm. Nach den Lichterketten arrangierte ich den restlichen traditionellen Schmuck an der Tanne: die kunstvollen Zierschleifen, die farbenprächtigen Kugeln, die geflochtenen Strohsterne. Dann befreite ich die kleinen geschnitzten, gegossenen und bemalten Figürchen aus ihrer schützenden Holzwolle und hängte sie nach und nach in die Zweige: Engelchen, Feen, Rentiere, ein Weihnachtsmann, ein paar Musikanten, zwei Kinder auf einem Schlitten, eine winzige, mit Geschenken gefüllte Truhe. Dazu alte Blechanhänger mit weihnachtlichen Symbolen, ein bisschen Glasschmuck und zum Schluss, so hoch nach oben wie möglich, eine handgeschnitzte Krippenszene, die von einem Stern beleuchtet wurde und der absolute Hingucker war.

Noch ein bisschen Dekoration auf den Kaminsims – zu überladen durfte es in diesem wichtigsten Raum des Hauses nicht werden, sonst bekam ich von Adrienne zu hören, dass es bei ihr ja schon aussehe wie im Fabulous Emporium. «Und noch bin ich nicht mit John Wood verheiratet», hatte sie letztes Jahr sarkastisch ergänzt.

Was aber nicht fehlen durfte, unter keinen Umständen und ganz egal, was Adrienne und Francesca davon hielten, war der Christmas Bow, eine prächtige Girlande aus Tannenzweigen, Ilex und kleinen roten Schleifen, die ich um das Treppengeländer aus dunklem Holz wand und bis in die zweite Etage hochzog. Auch die Türrahmen wurden auf diese Weise dekoriert. Mit dem Christmas Bow gab ich mir immer besonders viel Mühe, er war ziemlich schwierig anzufertigen und zu befestigen, aber schließlich gelang mir auch dieses Kunststück. Und als ich langsam von oben nach unten durch das weihnachtlich geschmückte Haus ging und alles noch einmal mit zärtlichen Fingern berührte, schlug mein Herz Purzelbäume. Noch ein paar Duftkerzen, und das ganze Haus würde nach Zimt und Orangen und Zedernholz duften. Die schließlich mit den übrig gebliebenen Tannenzweigen gefüllten Krüge und Schalen verströmten bereits ihren würzigen Geruch.

Und zum krönenden Abschluss: die Mistelzweige. Mit einem zufriedenen Seufzer hängte ich die mit roten Samtschleifen verzierten Zweige in die Türöffnung des Salons. Mein sentimentales Zugeständnis an die vielleicht englischste aller Traditionen. Noch nie – das bestätigte mir Adrienne – war darunter jemals irgendwer von irgendwem geküsst worden, auch wenn wohl jeder schon mal einen

Weihnachtsfilm gesehen hatte, in dem dieses Immergrün eine nicht unwesentliche Rolle spielte.

Als ich fertig war, lugte Archie vorsichtig ins Zimmer, ich winkte ihn herein. Staunend blickte er sich um, ganz anders als Adrienne, die ihm folgte und sich um einen indifferenten Blick bemühte.

«Na, gefällt's dir, mein Schatz?», fragte ich meinen Sohn.

«Oh ja ... sehr.» Sein Blick fiel auf die Mistelzweige, und er zog fragend die Augenbrauen zusammen. «Aber was ist das für ein grünes Gestrüpp, Mum?»

«Kennst du die Geschichte etwa nicht? Wer auf der Türschwelle unter einem Mistelzweig stehen bleibt, darf darauf hoffen, geküsst zu werden.»

«Oder muss es befürchten», ergänzte Adrienne brummig.

Ich war überrascht von Archies Reaktion. Er war sofort Feuer und Flamme bei der Vorstellung, dass seine Freundin Emma sich unter den Zweig stellte und dann ...

«Na, na», sagte Adrienne, «du bist ja ein richtiger kleiner Casanova!»

«Was ist ein Castramofa?» Die Frage wurde natürlich an mich gestellt, die überforderte Mutter, der mal wieder auf Anhieb keine kindgerechte Antwort einfiel.

Ich entschied mich für die Kurzfassung. «Casanova war ein Mann, der die Frauen liebte.»

«Dann bin ich auch ein Castranova!»

Ich seufzte. Das fing ja früh an. Dass Archie in einem Drei-Frauen-Haushalt aufwuchs, würde zweifellos Spuren hinterlassen. Ich musste mich wohl auf einiges gefasst machen.

Nach dem Erfolg meiner Weihnachtsdekoration war ich so animiert, dass ich mich in der Hoffnung an meinen Zeichentisch setzte, endlich den brillanten Einfall für meine Illustration von *The Night Before Christmas* zu haben, auf den ich schon so lange wartete.

Auch ich liebte dieses stimmungsvolle Weihnachtsgedicht von Clement Clarke Moore – ein Dichter des frühen neunzehnten Jahrhunderts – ebenso wie Archie, dem ich es jedes Jahr wieder vorlas. Es gab wohl niemanden im Vereinigten Königreich, der diese in wenigen Versen erzählte Geschichte nicht kannte oder sogar auswendig aufsagen kann. Kein Wunder – wer hatte nicht als Kind in der Weihnachtszeit davon geträumt, einmal den Weihnachtsmann dabei zu überraschen, wenn er mit seinen von Rentieren gezogenen und mit Geschenken vollgepackten Schlitten über den Dächern der Städte und Dörfer durch die Nacht fliegt? Der Klassiker sprühte nur so vor Überraschung und Magie. Schon zahlreiche Künstler und Illustratorinnen hatten sich davon inspiriert gefühlt und diese alte Geschichte immer wieder von Neuem bebildert. Und obwohl es unzählige Ausgaben der *Night Before Christmas* in den Buchhandlungen gab, hatte auch mich der Ehrgeiz gepackt, sie in meiner eigenen Bildsprache zu erzählen. Mir fehlte nur noch eine zündende Idee …

Auf der Suche nach Inspiration blätterte ich in der alten Ausgabe, die ich in der Hausbibliothek gefunden hatte, und blieb an den vertrauten Bildern hängen: Eltern und Kinder liegen in ihren Betten, versunken in Träume darüber, was der Weihnachtsmann morgen wohl bringen wird. Ein plötzlicher Lärm von draußen weckt den Vater auf. Was hat ihn aus dem Schlaf gerissen? Neugierig tritt er ans Fenster, schaut mit erstaunt aufgerissenen Augen hinaus in die Nacht und erblickt ein wahres Wunder: Auf dem Dach des Nachbarhauses ist der heilige Nikolaus mit seinem Schlitten gelandet. Auf Zehenspitzen schleicht sich der Vater ins Wohnzimmer und überrascht den «Weihnachtsmann» schließlich dabei, wie er auch hier den Baum schmückt und seine Geschenke darunterlegt.

Mit dem Bild des auf seinem Rentierschlitten durch die Nacht davonjagenden Weihnachtsmanns hatte Moore etwas Ikonisches geschaffen. Und ich wünschte mir, mit meinen Zeichnungen etwas Ähnliches zu erreichen.

Eins nach dem anderen, sagte ich mir. Zunächst wollte ich ein Storyboard skizzieren. Später würde ich dann die detailliert mit Zeichenstift ausgearbeiteten Bilder mithilfe des Grafikprogramms am Computer fertigstellen. Doch die Phase des Entwerfens in raschen Skizzen war mir die liebste, so konnte ich meiner Kreativität freien Lauf lassen, alles Weitere war dann zeichnerisches und schließlich digitales Handwerk. Ich goss mir eine Tasse Tee mit «Weihnachtsaroma» auf, zündete zwei dicke Duftkerzen an und ließ mich gleichsam in diese Geschichte fallen, die Moore vor über hundert Jahren der englischsprachigen Welt geschenkt hatte.

It was the night before Christmas,
when all through the house
not a creature was stirring,
not even a mouse.

Immer wieder las ich diesen Vers, mit dem das Gedicht begann, und suchte nach einem originellen Ansatz. *Not even a mouse ... not even a mouse ...* «Kein Wesen rührte sich, nicht einmal eine Maus.» Dann hatte ich es – ich würde diese altbekannte Geschichte aus dem Blickwinkel einer Mäusefamilie erzählen!

Im letzten Bild würde ich den Schlussvers mit dem traditionellen Weihnachtsgruß illustrieren:

Happy Christmas to all,
and to all a good night!

In meiner Version würden die Kinder an diesem lichterfüllten Weihnachtsmorgen ihre Geschenke auspacken, während die Mäuse unter dem Tisch tanzten. Ich nahm mir vor, ihnen sogar einen eigenen kleinen, mit Käsestückchen behängten Tannenbaum zu spendieren. Weihnachten geht eben nur zusammen, bei den Menschen wie bei den Tieren.

Vor Begeisterung hätte ich beinahe meine Teetasse umgeworfen. Bald würde ich die Weihnachtsmäuse in die Welt schicken! Ins Winterwunderland.

6

WEIHNACHTEN WIRD
WUNDERBAR

Wie jedes Jahr war es für mich ein privates Weltereignis, wenn der Christmas Market in der historischen Altstadt von Bath seine Pforten öffnete. Die Marktleute hatten sich wieder mächtig ins Zeug gelegt, die Buden und Stände – die hier «Chalets» genannt wurden – säumten stimmungsvoll die Plätze und Gassen.

In den Tagen vor der Eröffnung hatte die Anspannung spürbar zugenommen, nicht nur bei mir. Die Männer wurden etwas brummiger, die Frauen etwas nervöser, vielleicht war es auch umgekehrt. Jedenfalls vibrierte die Innenstadt, als die festliche Dekoration mit dem Aufstellen der großen Weihnachtsbäume ihren letzten Schliff bekam.

Seit mehr als zwanzig Jahren gab es diesen Christmas Market in Bath nun schon, über die Hälfte dieser Zeit hatte ich ihn miterlebt – wie er sich aus den kleinen Anfängen, als er noch quasi ein «Import» aus Deutschland war, zu dem Event entwickelte, das aus gutem Grund alljährlich als «Schönster Weihnachtsmarkt Großbritanniens» ausgezeichnet wurde. Er beeindruckte seine Besucher aus nah und fern nicht nur, weil er sich fast durch die gesamte historische Altstadt zog, sondern vor allem wegen seiner unvergleichlichen Atmosphäre, die hier Jahr für Jahr im Schatten der imposanten Bath Abbey geschaffen wurde: Die Stadt glitzerte unter Zehntausenden von Lichtern, köstliche Aromen wie der süße Duft von gerösteten Kastanien, kandierten Nüssen und Gewürzwein erfüllten die Luft, Bath in der Adventszeit war ein einziges – und einzigartiges – Fest.

In vorfreudiger Stimmung machte ich mich am Tag der Eröffnung auf den Weg zum Weihnachtsmarkt. Die allzu milde Luft, die in den vergangenen Wochen das Wetter bestimmt hatte, war von einem unerwartet scharfen Wind abgelöst worden. Ich klappte den Kragen meines blauen Lieblingsmantels hoch und zog die Mütze tiefer in die Stirn. Schneefall war allerdings wohl auch dieses Jahr nicht zu erwarten, da waren sich die Meteorologen einig. Aber die Wetterfrösche konnten sich immer noch irren. *Warten wir's ab*, dachte ich.

Doch der Weihnachtsmarkt war auch ohne Schneehäubchen eine Attraktion. Über einhundertsiebzig funkelnde Chalets säumten die pittoresken Plätze und georgianischen Straßen vor imposanter Kulisse: Abbey Churchyard, Abbeygate Street, York Street, Bath Street, das Oval des Abbey Green mit seinem grünen Herz ebenso wie die prächtige Milsom Street, die so etwas wie die Hauptschlagader Baths war. Die Chalets boten handgefertigte Geschenke, Weihnachtsschmuck, Papierlaternen, Keramik, Duftkerzen und -stäbchen, Weihnachtsdeko und überhaupt viel Selbstgemachtes.

Billige Importware aus Fernost war hier kaum vertreten: In Bath wurde nicht nur besonders auf Nachhaltigkeit und Verantwortung für die Umwelt geachtet, sondern auch auf die besten lokalen und regionalen Hersteller und Handwerker aus dem englischen Südwesten Wert gelegt, auf kleine, unabhängige Geschäfte und Verkäufer aus der Region.

Der Weihnachtsmarkt sprach alle Sinne an. Bei all dem, was hier in Kesseln siedete, in Öfen schmorte und sich an Spießen drehte, konnte man sich gar nicht entscheiden. Schon die originellen Schilder der Chalets, an denen ich vorbeiging, weckten Appetit: *Sweets & Treats, Creative Crèpes, Vegan Spices, Gourmet Donuts, Waffle Company, Churros & Chocolate Company, Suzette Pancakes* und *The Great Yorkshire Pudding.* Ich freute mich auf die traditionellen kulinarischen Genüsse, die an kalten Wintertagen Herz und Magen wärmen würden: Spanferkel am Spieß, süße Leckereien, Honigkuchen, karamellisierte Früchte, German Bratwurst, warmer Apfelwein und heiße Schokolade. Und nicht zuletzt die Brandys und Schnäpse, die Oscar und Jake an ihrem Stand *The Crazy Distillery* anboten.

Schon bald würden die Straßen und Gassen von festlicher Musik erfüllt sein: Carol Singers würden auftreten, Schulkinder zum Mitsingen ihrer Lieblingsweihnachtslieder auffordern, ein Klavier auf der Straße zum freien Musizieren einladen. In der New Bond Street war eine Bühne für moderneres Entertainment aufgebaut worden, hier befand sich auch das Areal für Straßentheater und Karussells. Nur wenige Schritte von Bath Abbey, in der Nähe der alten Pulteney Bridge mit ihrer idyllischen Silhouette, entdeckte ich Nellys Mann Adrian Briggs, den Marktleiter, und Nick Barley, seinen Assistenten, die mit ihrem Team alle Hände voll zu tun hatten, dass in der historischen Guildhall ein großer viktorianischer Indoor Market seine Tore öffnen konnte. Ich winkte den beiden zu. Adrian war zu beschäftigt, um mich wahrzunehmen, aber Nick winkte lächelnd zurück. Bis zum Rand der Altstadt ging ich nicht, wo auf tausend Quadratmetern das Eislaufareal *Bath on Ice* Gelegenheit für sportive Aktivitäten bot. Einmal war ich mit meinem Sohn da gewesen. Zunächst hatte Archie dem Treiben auf dem Eis fasziniert zugeschaut, dann hatte er gebettelt, selbst Schlittschuh fahren zu dürfen. Doch es war klar, dass ich ihm das nicht erlauben durfte. Es war schlicht zu gefährlich für ihn. Und so zogen wir traurig wieder ab.

Ein bisschen fühlte ich mich wie eine Königin, die ihr kleines Reich inspizierte, während ich meine Lieblingsplätze abging und einen Großteil meiner Lieblingsmenschen traf, die mir im Laufe der Jahre wirklich sehr ans Herz gewachsen waren. Ja, sie waren so etwas wie eine verschworene Gemeinschaft, zu der Adrian und Nick ebenso gehörten wie die beiden Freunde Oscar Morris und Jake Montgomery. Auch Felicity Clarke vom German-Bratwurst-Stand und Violet Farnsworth mit ihren Kräuter-Kreationen waren mit von der Partie. Und natürlich Nelly.

Felicity Clarke war die Erste auf meinem Weg, die mich zu sich heranwinkte. Und zwar mit einer Bratwurst! Sie hatte probeweise den großen Schwenkgrill mit Holzkohle in Betrieb genommen, natürlich noch nicht mit der ganzen Fläche, sondern nur mit einem Eckchen, in dem kleine Flämmchen züngelten und sich anschickten, glühende Asche zu werden.

Felicity nahm es mit dem Grillen sehr genau, und mit Fug und Recht konnte sie behaupten, auf dem Markt die mit Abstand besten Bratwürste anzubieten. Ich trat an ihren Stand, eine Umarmung der rundlichen und rotwangigen Bratwurst-Frau kam nicht infrage, denn sie fuchtelte mit der ersten gegrillten Superwurst vor meinem Gesicht, sodass ihren kräftigen Aromen gar nichts anderes übrig blieb, als mir in die Nase zu steigen.

«Hey, Julie! Schön, dich zu sehen! Komm her, du darfst probieren ...», rief sie und legte die knusprige Bratwurst auf einem Pappteller ab.

«Oh, Felicity, das ist lieb von dir. Aber ich habe gerade erst gefrühstückt.»

«Ach, was wirst du schon gefrühstückt haben – ein halbes Croissant oder ein Müsli, zu einer Tasse Kaffee, womöglich noch mit Süßstoff. Das ist kein Frühstück!»

Sie hielt mir den Pappteller hin, mit einem so breiten Lächeln, dass ich gar nicht anders konnte, als ihn entgegenzunehmen.

«Aber nur einen Bissen, ja?», sagte ich. «Wir teilen uns das gute Stück. Schließlich musst du es ja auch testen ...»

«Ich brauche meine Würste nicht zu testen, ich weiß, wie sie schmecken. Na komm, einen Bissen für die liebe Felicity ...»

Seufzend ergriff ich die Bratwurst und biss hinein. Sofort schnappte ich nach Luft.

«Ui, ist die heiß ...»

Felicity lachte. «Erstaunlich, nicht wahr? Dabei kommt sie direkt vom Grill. Siehst du das muntere Feuerchen? Das hat ihr mächtig zugesetzt ... und jetzt ist sie perfekt durchgebraten.»

Ich nickte, versuchte, das Kauen zu vermeiden, und rang nach Luft. Schließlich gelang es mir, das abgebissene Stück in einem Rutsch hinunterzuschlingen. Es zog eine Feuerspur auf seinem langen Weg durch Rachen und Hals bis zum Magen, wo es wohl endgültig verglühte.

«Schmeckt wunderbar», krächzte ich, «toll ... wie immer.»

«Na siehst du», sagte Felicity zufrieden und nahm nun auch einen Bissen, auf dem sie ausgiebig herumkaute, ohne schmerzhaft das Gesicht zu verziehen.

«Kommen die wirklich aus Deutschland, deine Bratwürste?»

«Natürlich, was denkst du denn? Direkt aus einer weltbekannten Metzgerei in Nürnberg. Sind zwar jetzt nach dem Brexit nicht mehr so unproblematisch zu bekommen, aber ich kenne meine Mittel und Wege ...»

«Und der Senf?», fragte ich rasch, damit sie mir die Bratwurst nicht gleich wieder hinhielt. Die Taktik ging auf, denn Felicity biss ungerührt ein weiteres Stück ab.

«Der nicht», sagte sie mit vollem Mund. «Unser Mustard kommt aus heimischen Gefilden, ein anderer kommt für mich nicht infrage ...»

Ja, der berühmt-berüchtigte Mustard ... der wurde an diesem Stand in fünf verschiedenen Schärfegraden angeboten. Von 1 (gerade noch genießbar) bis 5 (direkt aus der Hölle). Felicity Clarke war mit Abstand die schärfste Frau auf dem Weihnachtsmarkt.

«Na, dann bist du ja für heute Abend bestens gerüstet.»

«Das kannst du laut sagen. Die Kühltruhen sind voll, die Säcke mit der Holzkohle auch. Es kann losgehen!»

«Ich muss jetzt leider weiter, Felicity. Einen schönen Markt wünsche ich dir ... und uns.»

«Werde ich haben, mein Schatz. Komm nur jeden Tag vorbei, hier wartet immer eine besonders gut durchgebratene Wurst auf dich!»

Ich nickte begeistert und machte mich wieder auf den Weg, nicht ohne ihr über die Schulter hinweg noch einmal zuzuwinken.

Nur ein paar Schritte weiter, und ich erreichte das Chalet von Violet Farnsworth. Verschiedenste Kräuteraromen wehten mir entgegen und begannen sich schon munter mit den würzigen Holzkohle- und Bratdurstdüften zu vermischen, die aus Felicitys Stand drangen. Zwischen diesen beiden Chalets entwickelte sich alljährlich ein respektabler Geruchswettstreit, in dem von weiter weg auch noch gebrannte Mandeln, Mulled Wine, Zuckerwatte und Flammlachs von anderen Ständen kräftig mitmischten.

Violet Farnsworth war ein zierliches Persönchen. Wenn sie mich umarmte, reichte sie mir gerade bis zur Brust. Sie betrieb einen kleinen, versteckten Laden in der Altstadt, in einem nicht leicht auffindbaren Gässchen, das – mit etwas Fantasie – der berühmten Winkelgasse aus *Harry Potter* ähnelte. Der Standort war mit Bedacht gewählt, Violet war ein großer Fan des magischen Hogwarts-Universums, und natürlich war Pomona Sprout, die skurrile Lehrerin für Kräuterkunde, ihr großes Vorbild, wenn man eine literarische Figur überhaupt so nennen konnte. Wie sie hielt sich Violet am liebsten in ihrem Gewächshaus auf, wo sie seltene Kräuter züchtete. Ob es auch magische Pflanzen waren, wie sie behauptete, musste dahingestellt bleiben. Ich hätte es Violet zugetraut. Wie alle, die viel mit Pflanzen und Erde zu tun hatten, umgab sie ein verführerischer Kräuterduft.

In ihrem Chalet, genau wie in ihrem Laden, bot sie alle möglichen herbologischen Produkte an, die sie aus ihren «Heilkräutern» und «Zauberpflanzen» selbst herstellte: Seifen, Salben, Tinkturen, Badesalze, getrocknete Gewürze, aber auch Wässerchen, Öle und Cremes und nicht zuletzt ihre ebenso berühmte wie beliebte «Murmeltiersalbe», eine Art Allheilmittel, das man auf alles schmieren konnte, was Beschwerden und Wehwehchen verursachte. Violet war überdies der festen Überzeugung, dass es so etwas wie Unkraut gar nicht gab. Alles konnte der Heilung, der Linderung oder dem allgemeinen Wohlbefinden dienen.

«Oh, Julie ... für dich habe ich dieses Jahr etwas ganz Besonderes», kündigte sie mir mit einem gewissen hintergründigen Lächeln an, als wir uns aus unserer Umarmung lösten. «Es ist etwas ganz Neues. Du wirst es lieben!»

Mit übertrieben mysteriösem Trara zog Violet aus ihrer Schürze ein Fläschchen hervor, auf dem ausnahmsweise keines der kleinen Schildchen auf ihren anderen Produkten klebte. Eine grüne Flüssigkeit glitzerte darin, es sah aus wie eine Giftphiole für adelige Kundschaft, die eine heimliche Bosheit im Schilde führte.

«Was ist das denn?», fragte ich misstrauisch. «Haben Sie es etwa aus einer kreischenden Alraune destilliert, Professor Sprout?»

«Ach, was du immer denkst», wehrte Violet kichernd ab, konnte aber eine gewisse Befriedigung nicht verbergen, weil ich ihr offensichtlich magische Fähigkeiten zuschrieb. «Es ist ein Tinktürchen, das einen Liebeszauber bewirkt», raunte sie. «Nicht mehr und nicht weniger. Mit garantierter Wirkung!»

«Oh, sogar mit Garantie», spöttelte ich. «Also so etwas wie ein Aphrodisiakum, meinst du das?»

«Pst ... nicht so laut», ermahnte mich Violet und blickte sich vorsichtig um. «Das ist noch geheim. Muss nicht jeder mitbekommen, sonst bin ich morgen Abend schon ausverkauft.»

«Und du glaubst, so etwas hätte ich nötig?»

Um Violets Lippen spielte ein etwas verschlagenes Grinsen.

«Man hört so allerhand ...»

«Soso, hört man ...»

«Ja ... hier, ich schenke es dir. Probier es einfach aus. Aber nur drei Tropfen pro Anwendung, hörst du? Und lass mich wissen, wie es gewirkt hat.»

Dass es wirkte, daran schien sie nicht zu zweifeln. Ich machte ihr die Freude und nahm das «Geschenk» mit einem erfreuten Kopfnicken entgegen, damit meine leicht skeptische Miene nicht auffiel.

«Steck es schnell ein. Zeig es niemandem!», flüsterte sie und wandte sich dann einer Standnachbarin zu, die Violets Chalet inspizierte und ganz offensichtlich die sachkundige Beratung der Kräuterfrau suchte.

Ich zog weiter durch die Gassen, grüßte hier und schwatzte dort ein bisschen. Oscar und Jake winkten mich an ihre *Crazy Distillery* und riefen mir «Was wollte denn die alte Kräuterhexe von dir?» entgegen.

«Nichts Besonderes», wich ich aus. «Ihr kennt ja Violets Sortiment ... sie hat wieder ein paar neue Kreationen im Angebot.»

«Ihre Kräuterliköre sind eine Katastrophe ... die fallen unter das Betäubungsmittelgesetz! Reine Scharlatanerie! Wir hingegen destillieren nach strengsten Reinheitskriterien. Ein Schlückchen in Ehren?»

Sie schwenkten beide eine Flasche in der einen und ein Gläschen in der anderen Hand, doch mir war nicht nach weiterem Probieren zumute, sonst würde ich noch als das «Versuchskaninchen des Jahres» in die Annalen des Christmas Market eingehen.

«Nein danke. Nehmt es mir nicht übel, meine wackeren Trinkkumpane, aber ich muss zu meinem Stand. Und irgendwann will ich dort auch mal ankommen.»

Jake grinste über das ganze Gesicht. «Nun denn, dann ziehe dahin, *my beautiful fairy*. Wir sehen uns!»

«Wir sehen uns. Einen schönen Markt euch beiden!»

Aber da hatten sie bereits andere Abnehmer für ihre Proben gefunden, und ich bog in die Abbey Street ein, wo ich von Weitem schon Nelly entdeckte.

Es war wenig erstaunlich, dass sie sogar auf diesem bunten Markt auffiel, schließlich hatte sie sich wieder eines dieser Ungetüme auf den Kopf gesetzt, von denen sie eine ganze Kollektion besaß. Weiß der Himmel, wo sie die immer herbekam, vielleicht war sie Stammkundin bei einem dieser mit X-mas-Gruselkitsch vollgestopften Christmas Shops.

Diesmal war es ein Rentiergeweih, das sie sich ins Haar gesteckt hatte, mit einer kleinen bunten Lichtergirlande, die ununterbrochen blinkte und sich geradezu in die Netzhaut brannte, wenn man sie länger als drei Sekunden anblickte.

«Hey, Rudolph!», grüßte ich in Anspielung auf das berühmteste Rentier der Welt und nahm meine Mütze ab.

«Hey, Vintage-Mädchen!»

«Was soll das denn?»

Sie zeigte auf den grün-rot geflochtenen Haarreif, das einzige weihnachtlich anmutende Accessoire, das ich besaß. «Jeden Tag kommst du mit Großmütterchens Kopfschmuck hier an. Vollkommen aus der Zeit gefallen. Kannst du dir nicht mal etwas Modischeres zulegen, das ein bisschen was hermacht?»

«Könnte ich, will ich aber nicht. Was ist an meinem Haarreif auszusetzen? Immerhin gebe ich mich damit nicht täglich der Lächerlichkeit preis.»

Ich schaffte es nie, ihren Frohsinn zu erschüttern, aber so richtig wollte ich das auch gar nicht.

Nelly lachte mir frech ins Gesicht. «Ich auch nicht. Ich versuche nur, auf der Höhe der Zeit zu bleiben. Und die Zeit erfordert nun mal aktuellen Weihnachtsschmuck mit Special Effects.»

Ich stöhnte auf. «Mit dieser Blinkerei könntest du die Marsmännchen anfunken.»

«Du bist wirklich witzig, Julie.»

«Ich weiß», erwiderte ich trocken. «Aber nichts geht über deinen weihnachtlichen Sinn für Humor!»

Immerhin war es diesmal ein Rentier und nicht eine der grenzwertigen Kreationen, die sie sonst auf dem Markt spazieren trug. In ihrem Arsenal befand sich auch ein unmöglicher Filzhut in Form eines Bierkrugs, dessen Schaumkrone ebenfalls glitzerte. Und ein Sternenkranz, mit dem sie aussah wie die Eiskönigin persönlich (keine Frage, dass auch diese Sterne blinkten, als müssten sie eine ganze Galaxie erhellen). Immerhin hatte sie diesmal auf die bunt schillernde Weste verzichtet, deren Knöpfe in verschiedenen Farben leuchteten. Wenn sie diese Knöpfe drückte, konnte sie musikalische Weihnachtsklassiker zum Erklingen bringen – von *Last Christmas* bis *Let It Snow*. Letztes Jahr hatte sie sich immer wieder einen Spaß daraus gemacht, die Kundschaft an unserem Stand damit in Verblüffung und Begeisterung zu versetzen. Und den einen oder anderen Besucher (natürlich nur attraktive junge Männer) forderte sie gern auch mal auf, selbst auf die Knöpfe ihrer Weste zu drücken, und erfreute sich dann diebisch an dem Gejohle.

Heute also das Rentier ... na schön. Nelly war unbestreitbar die lustigste Person auf dem Weihnachtsmarkt, daran gab es nicht den geringsten Zweifel. Ich setzte ein nachsichtiges Lächeln auf.

«Oh, Julie, das wird wieder schön dieses Jahr, nicht wahr?», rief Nelly voller Überschwang. «Ich wünsche uns einen wunderbaren Weihnachtsmarkt. *Happy Christmas Market*! Wir werden unser Chalet wieder rocken ...»

«Ja, *Happy Christmas Market*!» gab ich zurück und machte mich daran, die Auslage unseres Stands zu bestücken. Nelly hatte schon die Kisten aus dem Emporium herbeigeschafft, die nun darauf warteten, ausgepackt zu werden.

«Was ist eigentlich mit dem Wunschbaum?», fragte ich betont beiläufig, während ich zu guter Letzt unseren Adventskalender an die Rückwand hängte. «Steht er schon?»

Nella hatte ihre letzte Kiste ebenfalls ausgeräumt und stapelte sie auf die anderen, die bereits leer waren. «Keine Ahnung. Der Aufbau ist wohl erst heute, ziemlich spät, wenn du mich fragst ... auf den allerletzten Drücker.»

«Warum denn erst jetzt?»

«Adrian hatte ziemliche Probleme, noch ein großes, stattliches Exemplar aufzutreiben. Die Entscheidung für den Wunschbaum fiel ja erst spät, es gab Telefonate hin und her und etliche Begutachtungen, eine ganze Reihe Exemplare wurde in Erwägung gezogen, dann wieder verworfen. Erst vor ein paar Tagen haben sie sich für den Baum entschieden, der wohl gerade aufgestellt wird. Ist ja nur ein paar Schritte von hier ... warum schaust du's dir nicht an?»

«Ach, so wichtig ist mir dieser Baum nun auch nicht.»

«Warum hast du dann gefragt?»

«Weil ... ich ...»

«Weil du eigentlich Nick sehen willst, nicht wahr?»

«Ach, was du immer denkst ...»

«Ja, was ich immer denke. Ich denke, du solltest ihn dir anschauen, diesen Wunschbaum. Wir sind hier jetzt sowieso fertig. Na, geh schon. Dann kannst du auch gleich den ersten Zettel in die Zweige hängen.»

«Warum hast du eigentlich immer auf diese geradezu unerträgliche Weise recht?»

Ich lief die paar Schritte zu Abbey Chambers hinüber, wo Nick Barley offensichtlich seine liebe Not mit dem Aufbau des Baums hatte. Wie einer der neben mir stehenden Zuschauer seiner Begleiterin halblaut verriet, hatte es schon endlos lange gedauert, die stattliche Tanne mit dem Lastwagen heranzuschaffen. Nun ging es darum, sie mittels eines Krans in eine aufrechte Position zu manövrieren. Der sogenannte Wunschbaum war bei Weitem nicht so riesig wie der zentrale Christmas Tree auf dem Weihnachtsmarkt von Bath, er stand auch nicht in dessen Mittelpunkt, sondern in einer etwas ruhigeren Ecke. Dort aber sollte er seinen ganz eigenen Zauber entfalten.

Mit Engelsgeduld, wie es mir vorkam, dirigierte Nick den Baum in die gewünschte Position – laut gab er dem Kranführer und den Männern, die das Ungetüm in seiner Halterung befestigen sollten, Anweisungen. Immer wieder trat er ein paar Schritte zurück, um zu prüfen, dass es nicht nur kerzengerade stand, sondern auch auf seine «Schauseite» hin ausgerichtet war. Endlich, nach einer gefühlten Ewigkeit, stand der Baum.

Der Lastwagen fuhr davon, der Kran ebenfalls, zurück blieben die Dekorateure. Es gab die obligatorischen Lichterketten, aber sie sollten – wie mir Nelly verraten hatte – bewusst etwas sparsamer angelegt werden. Der Wunschbaum sollte nicht so überwältigend glänzen und glitzern wie sein großer Bruder vor der Abteikirche, sondern ein einladendes warmes Licht ausstrahlen. Ein bisschen geheimnisvoll. Auch die Dekoration war eher reduziert, kein Flitter, keine Kugeln und Girlanden, lediglich ein paar rote und goldene Schleifen. Schließlich würden hier jeden Tag Dutzende, wenn nicht Hunderte der Wunschzettel befestigt werden, die schon zusammen mit farbigen Bändern in einer an der Seite aufgestellten, mit weihnachtlichen Motiven bemalten Holzkiste zum Ausfüllen bereitlagen.

Nick nickte erst dann zufrieden, als das Ergebnis haargenau seiner Skizze entsprach, die er mir vor ein paar Wochen einmal gezeigt hatte: Der Wunschbaum sollte ein Gesamtkunstwerk werden, das Herzen rührte, Glanz in Kinderaugen zauberte und allgemein Freude verströmte. Der Wunderbaum stand schließlich in sattem Grün da, an seiner Spitze ein weithin leuchtender Stern. Die hohen Leitern wurden abgebaut, und Nick trat ein paar Schritte zurück, um das Ergebnis noch einmal in seiner Ganzheit in Augenschein zu nehmen. Er schob die Kappe zurück, kratzte sich an der Stirn, kniff die Augen zusammen.

Dann nickte er zufrieden. Es war ein bewölkter Tag, nirgends wurde es richtig hell, und so leuchteten die Lichter warm und einladend in der Dämmerung. Erleichtert gab Nick das Signal, die Leuchtprobe abzubrechen. Mission erfüllt.

Der Wunschbaum wartete.

Ich stellte mich neben Nick, und ohne den Kopf zu wenden, schien er bemerkt zu haben, dass ich es war.

«Hey, du Weihnachtsfee», sagte er.

«Hey, du Weihnachtstroll», sagte ich.

«Ist gut geworden ... oder?»

«Perfekt, würde ich sagen. Ein Prachtexemplar!»

Nick wiegte anerkennend den Kopf. «Was hast du noch vor ... kommst du mit ins *Armory*?»

«Heute nicht», gab ich bedauernd zurück. «Aber ich nehme an, wir sehen uns auf Nellys und Adrians Christmas Party?» Ich registrierte, wie seine Lippen sich zu einem zufriedenen Grinsen verzogen.

«Auf jeden Fall, ich freue mich drauf.»

Als ich Richtung Blueberry Lane nach Hause lief, bemerkte ich, wie sich auch auf meinem Gesicht ein Lächeln breitmachte.

7

CHRISTMAS PARTY

Die Christmas Party bei Nelly und Adrian war Tradition. Jedes Jahr in der Vorweihnachtszeit luden sie ihren Freundeskreis zu dieser in Merry Old England beliebten, feuchtfröhlichen Festivität ein. Die Gäste waren angehalten, sich weihnachtlich in Schale zu werfen, vom Mottopullover über einen schlichten rot-grünen Schal bis zu albernen Kopfbedeckungen war alles erlaubt. Die Party war eine zwanglose Angelegenheit, also wurde nichts vorbereitet, außer die Wohnung zu dekorieren und eine Batterie Flaschen aufzubauen sowie ein paar Häppchen bereitzustellen. Man traf dort immer halb Bath an und lernte jedes Jahr neue Leute kennen.

Auf einer dieser Christmas Partys hatte ich vor ein paar Jahren Nick Barley kennengelernt, der damals gerade zum Assistenten des Marktleiters befördert worden war und seitdem zu dessen Freundeskreis gehörte. Ich erinnerte mich noch genau, dass ich an jenem Abend zum ersten Mal meinen rot-grünen Haarreif trug.

Als Nelly mir die Tür öffnete, ging ein Strahlen über ihr Gesicht. Wie üblich drängte sich schon eine Menge bereits angeheiterter Gäste im Erdgeschoss des kleinen Hauses, das die Briggs-Family bewohnte.

«Oh, du bist es … endlich! Es sind schon alle da … Komm rein … was möchtest du trinken?»

«Vorerst nichts, danke. Lass mich erst mal in Ruhe ankommen.»

«Schicker Haarreif … mal ganz was Neues.»

Die Ironie entging mir nicht. «Danke», sagte ich trotzdem mit einem zuckersüßen Lächeln und bahnte mir einen Weg durch die Leute, die mir zum größten Teil bekannt waren, sodass ich mich auf freundliches Kopfnicken beschränken konnte.

Einen Gast kannte ich jedoch noch nicht. Er stand etwas abseits, wie ein Butler, der darauf wartet, dass ihm ein Wunsch zugeflüstert wird.

«Nick Barley.» Nelly hatte meinen forschenden Blick bemerkt und schob raunend «Adrians neuer Assistent» hinterher.

Ich nickte. Schon des Öfteren hatte ich ihn über den Weihnachtsmarkt eilen sehen, meistens mit einem Werkzeugkoffer. Er sah auf eine nicht ganz durchschnittliche Weise gut aus. Ein scharf geschnittenes Gesicht mit interessanten Zügen. Er verzog den Mund zu einem schiefen Lächeln, als er mich bemerkte, und hob kurz sein Glas zum Gruß.

Ich lächelte zurück. *Fang bloß nichts mit dem an*, ließ sich sofort die angstbesessene innere Stimme vernehmen, die ich einfach nicht zum Schweigen bringen konnte. Warum versuchte sie mich immer sogleich auszubremsen? Es war zum Verzweifeln.

Gütiger Himmel, es ist eine Christmas Party, sagte ich mir bestimmt, da würde ich doch etwas Small Talk machen müssen. Und sei es mit dem bei Weitem attraktivsten Mann unter all den Gästen.

Er war mir gleich aufgefallen, auch weil er sich – wie ich –

auf ein Minimum an anlassbezogener Kostümierung beschränkt hatte, ein kleines Zugeständnis an die Wünsche der Gastgeber. Er hatte sich eine witzige Fliege mit einem Weihnachtsmann umgebunden, die gut zu meinem Haarreif passte. Damit fielen wir schon aus dem Rahmen – und fanden gleich ein Thema, über das wir ins Gespräch kamen.

«Hübscher Haarreif, der ist ja Christmas Overkill», sagte Nick grinsend.

«Nette Fliege», lobte ich meinerseits. «Dass du es damit in diese heiligen Hallen geschafft hast, wundert mich allerdings.»

«Ach, Adrian hätte mich auch ohne dieses dämliche Ding reingelassen.»

«Adrian vielleicht, Nelly aber wohl kaum. Du musst noch andere Qualitäten haben, wenn sie wirklich darüber hinwegsieht, dass du so gar nicht in diese ästhetisch überkandidelte Runde passt, die fest entschlossen zu sein scheint, über die Stränge zu schlagen.»

«Du aber auch, würde ich meinen.»

«Nelly ist meine beste Freundin, musst du wissen. Sie verzeiht mir alles, sogar meinen Haarreif.»

«Ah ... beste Freundin ... alles klar. Dagegen komme ich beim besten Willen nicht an.» Ein ironisch anerkennender Blick traf mich. «Dann gesteht sie dir das natürlich zu. Du bist doch Julie Marin, oder?»

Ich nickte und hoffte darauf, dass mein Lächeln ebenso umwerfend war wie seins.

«Ich bin Nick ... Nick Barley. Aber du stehst ja ganz ohne Drink da. Darf ich dir etwas bringen?»

«Ja, da du hier schon herumstehst wie ein Butler ... oder dich vorstellst wie ein Geheimagent.»

«Und was darf es sein, Ma'am?» Er imitierte perfekt den

Tonfall, mit dem Daniel Craig als James Bond immer seine Vorgesetzte «M» anredete.

«Was trinken Sie denn, 007? Und dürfen Sie das überhaupt bei der Arbeit?»

«Machen Sie sich da keinen Kopf, Ma'am. Es ist Mulled Wine ... für den Anfang. Später soll es hier wohl härter zur Sache gehen, wie ich gehört habe.»

«Ach, dann bin ich schon längst weg und liege, in meine Weihnachtsdecke eingekuschelt, im warmen Bett.»

«Das ist auch mein Plan.» Er zögerte kurz. «In meinem Bett natürlich. Ohne Weihnachtsbettwäsche – dagegen bin ich allergisch. Allerdings ...»

«Allerdings?»

«... ist der Abend ja noch jung. Also, was darf ich dir bringen?»

Ich blickte ihn irritiert an. War das gerade etwa ein Flirtversuch gewesen? Was das anging, war ich dermaßen aus der Übung, dass ich mir nicht sicher sein konnte.

«Ach so, ja ... du darfst mir auch einen Glühwein holen ... für den Anfang.» Ich grinste. Irgendwie gefiel mir dieser muntere Schlagabtausch mit dem Fliegenträger.

«Bitte sehr, Ma'am ... kommt sofort.»

Mit Glühwein verhielt es sich bei mir immer wieder gleich. Der erste Schluck schmeckte so pappsüß, dass ich den Inhalt des Bechers sofort diskret in einen Blumentopf kippen wollte. Beim zweiten Schluck hielt ich das für übertrieben (und es wäre doch auch schade um die Pflanze). Der dritte Schluck überwältigte mich schließlich mit seinem würzigen Aroma, außerdem wärmte der Becher schön meine Hände. Der vierte Schluck wärmte schon mein Herz, und ab dem fünften Schluck schmeckte ich keinen Alkohol mehr, dafür war ich mit allem einverstanden, was die Zukunft für mich bereithielt.

Ich fühlte mich animiert und nippte viel zu schnell von meinem Drink mit dem unbekannten Alkoholgehalt.

Nick und ich standen etwas ungemütlich im Flur, an einer engen Stelle, sodass wir alle paar Sekunden angerempelt wurden. Was aber nicht weiter störte, irgendwie gehörte es dazu. Und ich fand es nicht einmal unangenehm, wenn wir immer mal wieder auf diese zufällige Weise körperlich aneinanderstießen. Aus dem Augenwinkel erspähte ich in einer der Türöffnungen den unvermeidlichen Mistelzweig, und ich nahm mir vor, höllisch aufzupassen, dass ich nicht in seine Richtung gedrängt wurde.

Ich nahm wieder einen Schluck von dem Glühwein, der nicht mehr ganz so heiß war wie zu Anfang und dessen umwerfende Süße mich nachgiebig zu stimmen begann.

«Hui, ist der heiß», sagte ich trotzdem. «Er treibt die Temperatur ganz schön nach oben.»

«Bist du sicher, dass das am Wein liegt?» Nick zwinkerte mir zu.

«Woran denn sonst, etwa an dir?»

«Du bist doch erst ein paar Minuten da, schöne Unbekannte», sagte Nick mit gespieltem Tadel. «Noch ein bisschen zu früh für heftige Flirts, findest du nicht? Aber gegen Flirtversuche bin ich sowieso immun.»

Da wärst du der Erste, dachte ich. Laut jedoch sagte ich: «Ich flirte überhaupt nicht. Kein bisschen. Ich versuche nur, etwas Konversation zu betreiben, um dich aufzulockern. Du hast seit mindestens zwei Minuten nichts gesagt.»

«Und du meinst, da sei es nötig ... mich aufzulockern?» Nick tat empört.

«Ja ... schon. Du scheinst etwas angespannt zu sein.»

Er hob erstaunt die Augenbrauen. «Das hat ja noch niemand von mir gesagt.»

«Es gibt immer ein erstes Mal ... Vielleicht hat dir nur noch nie jemand die Wahrheit zugemutet.»

«Hohoho, jetzt wird's aber lustig.» Er drehte übertrieben nervös an seiner Fliege, sodass es aussah, als ob der Weihnachtsmann tanzte.

Ich musste lachen.

«Ist das so lustig, einen schüchternen jungen Mann in Verlegenheit zu bringen?»

«Schüchtern habe ich nicht gesagt. Nur angespannt ...»

«Puh!» Er atmete geräuschvoll aus. «Jetzt bin ich wirklich angespannt. Wenn du so kritisch schaust, fühle ich mich wie bei einem Vorstellungsgespräch.»

«Also jetzt bin ich schuld?»

«Ja, schon.» Er nahm einen Schluck von seinem Glühwein, den er übertrieben in seinem Mund hin und her bewegte, als sei er bei einer Weinprobe und müsste ein fundiertes Urteil abgeben.

«Das tut mir leid. Mir war nicht klar, dass ich so spannend auf dich wirke.»

«Ja, irgendwie ist das so, Julie Marin. Muss ich ehrlicherweise zugeben. Aber wir wollen die Metaphorik nicht überstrapazieren. Einigen wir uns darauf: Unser Gespräch ist spannend.»

Ich lachte. «Okay, Nick Barley. Einigen wir uns darauf. Wollen wir jetzt vielleicht zu etwas anderem übergehen? Um die Spannung zu lockern?»

«Nein, die Spannung ist schon sehr angenehm. Aber damit sie nicht zur Anspannung führt, schlage ich als Nächstes den Weihnachtsbrandy vor, den ich vorhin an der Bar erspäht habe.»

«Was auch immer das für ein Gebräu ist, dazu sage ich nicht Nein.»

Es blieb natürlich nicht beim Weihnachtsbrandy. Ich kam überhaupt nicht in die Nähe der Bar, denn mein persönlicher Butler Nick schaffte zuverlässig alles heran, wonach ihm und mir der Sinn stand. Ehrlich gesagt, verlor ich ziemlich rasch den Überblick, was ich so alles in mich hineinschüttete an diesem Abend. Die innere Stimme hatte längst kapituliert. *Ich bin jetzt weg, aber ich habe dich gewarnt!* Ich kam auch kaum dazu, mit den anderen Gästen zu reden, Nick nahm mich beinahe ununterbrochen in Beschlag, als sei ich sein ihm persönlich zugeteilter Gast. Wohl bemerkte ich die erstaunten Blicke von John und Charlotte, Oscar und all den anderen, die wild entschlossen waren, sich hier einen soliden vorweihnachtlichen Schwips anzutrinken. Allen voran Nelly – sie schien geradezu aus dem Häuschen darüber, dass ich mich endlich mal zu amüsieren schien. Immer wieder nickte sie mir ermunternd zu, als sei sie die einzig legitime Nachfahrin von Emma, Jane Austens Heldin mit dem Kuppelkomplex. Nur dass es ihrer Ermunterung gar nicht bedurfte.

Ich bemerkte es wohl, aber es war mir egal. Die Drinks hatten alle meine inneren Stimmen zum Schweigen gebracht, alles weggeschwemmt, was sich zwischen mich und den MI6-Agenten mit der Weihnachtsmannfliege zu drängen drohte. Ich spürte genau den Punkt, an dem mein letztes bisschen Befangenheit wie ein Korken aus der Champagnerflasche schoss und mich in einen Überschwang versetzte, der mich selbst erstaunte.

Doch da war es schon zu spät.

Willkommen in meinem Leben. Nick Barley hatte es nicht ausgesprochen, doch ich hatte seine Einladung angenommen. Irgendwie.

Als ich merkte, dass meine Beine sich ziemlich unstabil anfühlten, dass meine Stimme etwas schwerfälliger und meine Wortwahl salopper wurde, fasste ich den heroischen Entschluss, mich zu verabschieden. Ich winkte Nelly zu, die fröhlich zurückwinkte, und sagte dann zu meinem persönlichen Agenten:

«Ich fürchte, 007, es ist Zeit zum Aufbruch für mich. Sie waren ein wunderbarer Begleiter. Danke für alles.»

«Jetzt geht es für Sie also ins Bettchen mit dem Weihnachtsdeckchen, Ma'am?»

«So ist es. Bis spätestens nächstes Jahr an dieser Stelle.»

«So lange werde ich nicht warten können.»

«Oh doch. Sie können es wohl, selbst wenn Sie es nicht wollen.»

«Wenn Sie das so sagen, Ma'am, wird es wohl stimmen. Schade. Dann bis zum nächsten Mal ... schon bald ... hoffentlich.»

Ich streifte den Haarreif ab, woraufhin mein Haar mir auf die Schultern fiel. Es war keine kalkulierte Geste, musste wohl aber so wirken. Nick lächelte jedenfalls.

Ich verließ ihn ebenfalls mit einem Lächeln, unmöglich zu sagen, ob es tatsächlich so kokett oder kapriziös ausfiel, wie es wohl doch meine heimliche Absicht war.

Tänzelnd lief ich zur Tür hinaus, und als ich ins Freie trat, breitete ich die Arme aus und atmete tief durch. Draußen war der Himmel übersät von glitzernden Sternen. Und meine inneren Stimmen waren allesamt schlafen gegangen, erschöpft, wie sie waren, nach diesem höchst unterhaltsamen Abend.

Wir mussten nicht bis zu Nellys Christmas Party im nächsten Jahr warten, bis wir uns wiedertrafen. Wir verabredeten uns zwar nicht, doch es geschah immer wieder, dass wir uns zufällig über den Weg liefen. Ich freute mich, wenn ich Nick sah. Widerwillig musste ich zugeben, dass er mir gefiel und dass ich gern mit ihm zusammen war. Er sah gut aus, hatte einen gewissen linkischen Charme, war aber auf eine unbekümmerte Weise auch witzig und selbstbewusst.

Mit der Zeit entwickelte sich zwischen uns eine Art Freundschaft, die sich immer in den letzten Monaten des Jahres verstärkte, wenn ich Nick auf dem Weihnachtsmarkt begegnete.

Manchmal wirkte Nick erstaunt, wenn ich seine Nähe suchte, als würde ich ihn damit überraschen. Er selbst hielt sich nach unserer ersten Begegnung deutlich mehr zurück. Er war nicht schüchtern, aber auch nicht draufgängerisch. Vielleicht spürte er auch einfach meine eigene Unsicherheit, was ihn anging. Ich konnte nicht umhin, mir einzugestehen, dass da etwas war, zwischen ihm und mir. Jede Unterhaltung mit ihm gab mir ein gutes Gefühl, und ich wollte mehr davon. Aber ich wusste auch, wie zerbrechlich solche Gefühle waren, ich wusste, wie zerbrechlich Herzen waren, nicht nur meines.

8
DAS KLEINE
ZERBRECHLICHE HERZ

Wenn du Mutter wirst, das hatte ich immer wieder gehört, passiert etwas mit dir – du glaubst, so stark zu sein, als könntest du es mit der ganzen Welt aufnehmen. Du bist es, die die Welt in dir wachsen lässt. Manchmal hatte ich dieses Gefühl, aber es war bei mir erschüttert worden. Nachdem mein Geliebter angesichts seiner Vaterschaft das Weite gesucht hatte, blieb ich zurück – ledig, Single, alleinerziehend. Meine ganze Liebe konzentrierte ich nun auf Archie.

Es begann mit ein paar der üblichen Kinderkrankheiten, die bei ihm allerdings nicht so schnell heilten wie bei den meisten seiner Gleichaltrigen. Es schien, als machten sie ihm mehr zu schaffen, als habe sein Körper nicht genug Kraft, sich von diesen Krankheiten zu erholen. Doktor Lyndon, unser Kinderarzt, versuchte, mich zu beruhigen, so etwas komme vor und sei nicht unbedingt Grund zur Besorgnis.

Nicht unbedingt.

Also versuchte ich, mich zu beruhigen, und meistens gelang es mir auch, sobald Archie wieder genesen war. Aber er aß wie ein Spatz, er verlor an Energie, wurde schnell müde und legte sich oft hin. Manchmal atmete er schwer, als erschöpfte ihn das Kindsein, aber ich konnte mir nicht erklären, wo genau seine Erschöpfung herrührte. Fest stand, er war so fragil, blass und schmal, dass der Kindergarten für ihn nicht infrage kam.

Ich trat mit ihm eine Odyssee durch die Arztpraxen an, weil mein Gefühl mir sagte, dass etwas mit ihm nicht stimmte. Ganz und gar nicht stimmte.

Die Untersuchungen verliefen allesamt ergebnislos. Immer wieder wurden wir mit kaum mehr als einem Schulterzucken und ein paar Ratschlägen, die ich mir auch selbst hätte geben können, wieder nach Hause geschickt. Ich kam mir wie eine Idiotin vor, die immer nur Panik verbreitete. Doch ich konnte mich nicht damit abfinden, dass mein Kleiner so lethargisch zu werden begann. Stundenlang saß er in der Spielecke seines Zimmers, ohne sich mit mehr zu beschäftigen, als ein paar Klötzchen übereinanderzustapeln oder die kleine Holzeisenbahn im Kreis fahren zu lassen. Alles andere schien ihn einfach zu sehr anzustrengen.

Ausflüge auf den Spielplatz waren nur noch selten möglich, gleichaltrige Freunde fand er nicht, da er das Haus nur selten verließ. Bewegung brachte ihn generell rasch außer Atem. Er war von einer ganz und gar unkindlichen Ruhe erfüllt, schien in sich gekehrt, in sein eigenes, geheimnisvolles Wesen. So wurde Archie mit der Zeit ein einsames Kind. Doch eines war ganz erstaunlich: Er lächelte auf so bezaubernde Weise, dass jeder, der ihn sah, sogleich schwach wurde und ihn umgehend ins Herz schloss. Es war eine Freude, ihm ins Gesicht zu blicken und dieses Lächeln zu sehen, das ihn geradezu leuchten ließ, auch wenn er einfach nur still dasaß und sein Gegenüber aus seinen großen Augen anblickte.

Nur mit einer Freundin aus Kindertagen war ich nach meiner Ankunft in Bath in Verbindung geblieben: Isabelle Delaunay, deren Eltern mit ihr jede Ferien an die Côte d'Azur gefahren waren, wo sie ein Sommerhaus hatten, und mit der ich daher oft zusammen gewesen war. Nach meiner Abreise mit Tante Adrienne hatte sie tagelang Tränen vergossen, wie sie mir in einem langen Brief gestand. Seither hielten wir Kontakt, schrieben uns zunächst Postkarten, später SMS und WhatsApps, schickten uns Sprachnachrichten und tauschten Neuigkeiten und Fotos aus, wann immer es etwas zu berichten gab. Und das gab es ziemlich oft, wenn man es genau nimmt.

Manchmal kam Isabelle auch zu Besuchen nach England, aber sie machte stets nur kurz in London Station, um dann nach Cornwall weiterzufahren, wo eine Cousine von ihr lebte. Oft unternahm ich dann einen Kurztrip nach London, um sie wiederzusehen, auch wenn ich es nur schwer übers Herz brachte, Archie zurückzulassen, obwohl er bei Adrienne natürlich in den besten Händen war.

Es war während eines solchen Trips, am Ende eines langen, von viel Wein, Snacks und Lachen begleiteten Treffens im *Ivy Covent Garden*, ich hatte schon bezahlt, als Adrienne mich anrief und mir ins Ohr schrie, Archie sei schwindlig und dann ohnmächtig geworden, sie habe den Rettungsdienst gerufen, der ihn in die Notaufnahme gebracht habe. Ihre Worte überschlugen sich geradezu, sie war kaum zu verstehen. Noch nie hatte ich meine Tante derart aufgelöst erlebt. Sie war so außer sich, dass der Notarzt ihr ein Beruhigungsmittel spritzen musste und strenge Bettruhe verordnete. Aber Adrienne wäre auch ohne diese ärztliche Anweisung nicht in der Lage gewesen, in die Klinik zu Archie zu fahren.

Ich verabschiedete mich hektisch von Isabelle, lief zu einem der vor dem Savoy an der Strand wartenden Cabs und ließ mich zur Paddington Station fahren. Zum Glück erreichte ich den nächsten Zug nach Bath gerade noch rechtzeitig. Eine gute Stunde später saß ich schon in einem anderen Taxi, das mich zum Royal United Hospital nach Weston am nordwestlichen Stadtrand brachte.

Instinktiv zog ich den Kopf zwischen die Schultern, als ich die Eingangshalle der Klinik durchquerte, in der hektische Betriebsamkeit herrschte. Ärztinnen und Pfleger, weiße und grüne Kittel, liefen hin und her, treppauf und treppab, Türen wurden aufgestoßen und schlugen wieder zu. Der Empfangstresen war von Patienten und ihren Angehörigen belagert, die einen aufgebracht, voller Ungeduld, die anderen resigniert und ergeben.

In diesem Wirrwarr konnte ich kaum auf Hilfe hoffen. Also drängte ich mich durch den Hauptflur, konsultierte die großen Wegweiser und Lagepläne und fragte mich durch. Überall standen Rollbetten mit vom Schmerz erschöpften Patienten. Besonders die ängstlich blickenden Kinder zogen mir das Herz zusammen.

Vorsichtig steckte ich den Kopf in den Wartesaal der Kardiologie. Hier musste es sein. Ringsum saßen Wartende auf Stühlen und Bänken, einige sogar auf dem Boden, sie unterhielten sich leise oder wischten gelangweilt auf ihrem Smartphone herum.

Ich wandte mich an die Frau, die gleich neben der Tür saß.

«Entschuldigen Sie bitte ... ich suche jemanden ... in der Kinderklinik. Wissen Sie, ob ich in diesem Warteraum richtig bin?»

«Die ganze Welt ist ein Wartesaal», erwiderte die Frau lapidar. «Aber hier ist die Kardiologie. Hoffe ich jedenfalls.»

Ich setzte mich auf eine Bank. Mein Herz schlug mir bis zum Hals, die Angst hatte mich im Griff, vergeblich versuchte ich, das Zittern meiner Hände zu unterdrücken. Dann stand plötzlich ein großer, grimmiger Pfleger vor mir und fixierte mich, den Neuankömmling, mit einem auffordernden Blick.

Ich rappelte mich auf und stolperte auf ihn zu.

«Ich muss zu Doktor Sherman», sagte ich. «Wir sind ... mein Sohn ist Patient bei ihm. Können Sie mir sagen ...»

«Nein, kann ich nicht», schnitt er mir das Wort ab, aber seine Miene wurde plötzlich etwas zugänglicher, als ihm etwas aufzugehen schien. «Sind Sie die Mutter von ... Archie?»

«Ja, genau ...»

«Dann kommen Sie gleich mit in die Pädiatrie. Dort können Sie auf den Doktor warten. Es dauert sicherlich nicht lange ...»

Wir kamen zu einem offenen Wartebereich, wo ich mich hinsetzte.

Ich war so erschöpft und überreizt, dass mich das ständige Flackern einer der Neonröhren nicht mehr störte, dass ich es kaum mehr wahrnahm. Die meisten Leute, die hier warteten, hatten einen abgekämpften Blick, eine resignierte Art, die Schultern nach unten und den Oberkörper nach vorn hängen zu lassen. Sie alle schienen erschöpft, trostlos Verlorene und verzweifelt Hoffende, denen man dabei zuschauen konnte, wie ihre Zuversicht Minute um Minute zerfiel wie Asche eines heruntergebrannten Feuers.

«Mrs Marin?»

Als ich mich umdrehte, stand vor mir einer der attraktivsten Männer, denen ich je begegnet war. Wichtiger war jedoch, dass er einen weißen Kittel trug und ein Stethoskop um seinen Hals baumelte wie ein Orden. Endlich ein Arzt! Er reichte mir eine Hand, die ich ergriff, als sei sie ein Rettungsring.

«Ich bin Doktor Alexander Sherman, Belegarzt in der Pädiatrischen Kardiologie. Kommen Sie bitte mit, wir sollten uns unterhalten. Später bringe ich Sie dann zu Archie.»

Ich stand auf und folgte dem Arzt, der mir mit raschen Schritten vorauslief. Auch später würde ich ihn nie anders als in Eile sehen, wie angetrieben, als liefe ihm die Zeit davon. Ich rannte hinter ihm her, bemüht, mit ihm Schritt zu halten. Bis er sein Sprechzimmer betrat und sich in den Sessel hinter dem Schreibtisch fallen ließ. Der Schreibtisch war fast völlig leer, nur ein Fotorahmen stand neben dem Telefon. Und in der Mitte lag eine dünne Akte, die Doktor Sherman nun aufschlug, ohne ihr weiter Aufmerksamkeit zu schenken. Er wusste wahrscheinlich schon alles, was drinstand, und sah mich unverwandt an.

«Mrs Marin», sagte er schließlich, «Ihr Kleiner hat lange durchgehalten. Er ist wirklich sehr tapfer. Aber Sie haben ja selbst gemerkt, dass er in letzter Zeit ... Symptome gezeigt hat. Es ist gut, dass jemand ... eine Verwandte von Ihnen? ... die Rettungssanitäter gerufen hat. So konnten wir uns rechtzeitig um ihn kümmern.»

«Ist er noch immer ohnmächtig?» Es fiel mir schwer, ruhig auf der anderen Seite des Schreibtisches sitzen zu bleiben, während ich doch am liebsten auf der Stelle zu Archie gelaufen wäre.

«Nein, nein ... es war ein Schwächeanfall, er ist jetzt stabil. Wir haben ihn auf unsere Kinderstation aufgenommen. Und er wird eine Zeit lang bei uns bleiben müssen. Wir ...»

«Was ist denn mit ihm? Was ist mit Archie?»

«Lassen Sie es mich so sagen ... sein Herz schlägt nicht so, wie es sollte.» Er seufzte, kaum merklich. In seine Augen trat ein Zug von Mitgefühl, von Anteilnahme, der mich vielleicht beruhigen sollte, jedoch das Gegenteil bewirkte. Ich starrte ihn nur mit schreckgeweiteten Augen an. Mein eigenes Herz hämmerte im Stakkato.

«Wir haben eine erste Reihe von Untersuchungen vorgenommen. Das Ergebnis ist besorgniserregend, muss ich leider sagen. Archies Herz arbeitet nicht richtig ...»

«Wird er ... muss er ...?», unterbrach ich ihn.

«Nein, er schwebt nicht in Lebensgefahr, wenn Sie das meinen. Es ist nicht akut lebensbedrohlich, aber doch eine sehr ernste Sache.»

Und dann erläuterte er mir mit fester Stimme, dass Archie an einer fortgeschrittenen Kardiomyopathie litt, bei der sich die Struktur des Herzmuskels verändert hatte.

«Bei einer Kardiomyopathie können sich die Herzkammern vergrößern, die Herzwände verdicken oder durch eingelagertes Bindegewebe versteifen. Das alles ist bei Archie der Fall und hat zu einer gravierenden Herzinsuffizienz geführt.»

«Das ist ja ... furchtbar! Was kann man dagegen tun?»

«Normalerweise, bei leichten oder minderschweren Verläufen, versucht man, die Krankheit mit einer konservativen Therapie, also medikamentös, in den Griff zu bekommen. Doch dafür ist sie bei Ihrem Sohn leider schon viel zu weit fortgeschritten. Auch für einen operativen Ersatz von Herzklappen ist es zu spät. Wir können jetzt die Symptome lindern, das Herzgewebe wird sich jedoch weiter verändern.

Das ist inoperabel. Außerdem haben sich bei Ihrem Sohn die Herzkammern und die Vorhöfe schon dramatisch verändert, zum Glück nicht so, dass man sofort eingreifen müsste, aber ...»

«Und Sie sind sich ganz sicher? Ich meine, vielleicht sollte ich eine zweite Meinung ...»

«Das können Sie gern tun, Mrs Marin. Aber am Befund wird es nichts ändern. Die Diagnose ist eindeutig, alle körperlichen Marker, die Laborergebnisse, Ultraschall und die ersten radiologischen Untersuchungen lassen nur einen ... nur *diesen* Schluss zu. Wir haben alle diagnostischen Möglichkeiten ausgeschöpft. Es tut mir leid ... es tut mir wirklich sehr leid für Sie.»

Hilfe suchend blickte ich Doktor Sherman an, der nachdenklich den Kopf wiegte, eine tiefe senkrechte Furche auf der Stirn. Dann huschte ihm wieder sein vages Lächeln über die Lippen, das mich verunsicherte. Ich fühlte dumpfe Angst in mir aufsteigen, denn ich erkannte: Auch Doktor Sherman ließ das Ganze nicht kalt.

«Und jetzt ... was wollen Sie nun unternehmen?», fragte ich und erkannte meine eigene Stimme nicht. Das Sprechzimmer flimmerte vor meinen Augen, auch der Arzt, den ich nur noch schemenhaft wahrnahm.

Er warf mir einen wohl aufmunternd gemeinten Blick zu.

«Nun, wir haben natürlich eine ganze Reihe von Möglichkeiten. Wir werden Archies weitere Entwicklung sehr engmaschig überwachen, zunächst hier in der Klinik, anschließend dann ambulant. Aber er wird in regelmäßigen Abständen zu uns kommen müssen, möglicherweise auch für längere Zeiträume. Doch machen Sie sich zum jetzigen Zeitpunkt nicht allzu viele Sorgen. Archie schwebt, wie gesagt, nicht in akuter Lebensgefahr.»

Wie überaus beruhigend.

Die letzten Worte hatte Sherman in einer Weise gesagt, als erwarte er keine weiteren Kommentare. Ich nestelte an meinem Mantel herum, klammerte mich an den Knöpfen fest, um den Kontakt mit der Wirklichkeit nicht zu verlieren. Dabei ließ ich voller Unruhe meine Blicke schweifen, als könnte mir ein Möbelstück, ein Bild oder sonst irgendein Gegenstand in diesem Zimmer die Antwort auf die vielen Fragen geben, die unausgesprochen im Raum standen.

«Das kann doch alles nicht wahr sein.» Ich hob die Hände und ließ sie fassungslos wieder sinken. «Ich meine ... habe ich vielleicht irgendetwas falsch gemacht?»

Sherman schüttelte den Kopf, als sei das völlig abwegig. «Nein ... nein, Mrs Marin, natürlich nicht. Der Fehler ist, wie gesagt, angeboren. Es ist überhaupt verwunderlich, dass Archie erst jetzt Symptome zeigt, in den allermeisten Fällen wird diese Krankheit viel früher diagnostiziert. Aber ich muss leider auch sagen, dass wir seinen Zustand bestenfalls stabil halten können, heilen lässt es sich nicht. Wir werden alles tun, um Archie zu helfen, mit dieser so schwierigen Situation umzugehen ... damit er nicht den Mut verliert, dass er bei Kräften bleibt ... Doch schlussendlich wird nichts anderes helfen, als ... Nun, er braucht ein neues Herz.»

Mir wurde schwindlig, das Zimmer begann sich um mich zu drehen. Verzweifelt fixierte ich irgendeinen Punkt, um nicht zusammenzuklappen.

«Sie meinen ... eine Herztransplantation?» Ich konnte das Wort kaum fehlerfrei über die Lippen bringen. «Und wie ... ich meine, wann?»

«Das kann niemand von uns prognostizieren. Der National Health Service führt eine Warteliste für Organtransplantationen, und sie ist ziemlich lang, wie Sie sich denken können. Trotzdem ... Ich weiß, das ist gerade viel zu verdauen, aber verlieren Sie nicht gleich alle Hoffnung, wirklich, dazu besteht kein Anlass. Bleiben Sie tapfer ...»

Tapfer ... tapfer ... Himmel, wie sollte mir das denn gelingen?

«Und wie geht das vor sich, mit der Warteliste?»

«Die Reihenfolge ist nicht chronologisch, wenn Sie das meinen. Die Liste wird ständig vom NHS priorisiert, unsere Empfehlungen fließen mit ein, aber einen direkten Einfluss haben und nehmen wir nicht. Und das ist auch gut so. In unserem Haus können wir die Herztransplantation nicht vornehmen, es gibt überhaupt nur fünf Städte in Großbritannien mit Kliniken, die für solche Operationen ausgestattet sind. Die nächstgelegene Stadt für uns ist London ...»

«London?»

«Ja, dort ist das Great Ormond Street Hospital für uns zuständig. Ich will Ihnen nichts vormachen, Mrs Marin, es kann länger dauern, wahrscheinlich Monate, vielleicht Jahre, bis für Archie ein Herz zur Verfügung steht. Aber er wird durchhalten. Und diese Geduld müssen wir einfach aufbringen ... wir alle.»

Ich konnte nicht mehr still sitzen, ich sprang auf und begann unruhig auf und ab zu gehen. «Das ist ein Albtraum», murmelte ich erregt. «Ein absoluter Albtraum.»

«Die klinische Überwachung erfolgt dann in regelmäßigen Abständen in Bristol», fuhr Sherman fort, «am Royal Hospital for Children. Aber wir in Bath sind ... und bleiben ... Ihre nächsten Ansprechpartner. Wir kümmern uns um Archie, wir behandeln ihn, wir geben ihm Medikamente. Und wir warten mit Ihnen auf das Herz.»

Ich lehnte mich gegen die Wand. Ich konnte nicht mehr.

«Darf ich zu meinem Sohn? Kann ich ihn jetzt sehen?»

«Selbstverständlich, Mrs Marin. Ich bringe Sie hin ... kommen Sie.»

Als ich Archie so klein und hilflos in dem Klinikbett sah, bemühte ich mich, hastig meine Tränen herunterzuschlucken. Aber ich empfand deutlich, dass dies eine Zäsur in unserem Leben war. Ein harter Einschnitt für uns alle.

Archie sagte nur ein einziges Wort, so leise, brüchig und kläglich, dass ich ihn kaum verstand.

«Mum ...»

Wenige Tage später wurde Archie auf die Kinderkardiologische Station der Universitätsklinik Bristol verlegt. Hier traf ich mich zum ersten Mal mit dem Consilium aller behandelnden Ärzte, die sich wie eine Phalanx rund um den Schreibtisch aufgebaut hatten, an dem Professor Andrew S. Crawley Platz genommen hatte, der Chefarzt.

«Mrs Marin ... mein Kollege hat Ihnen ja schon gesagt, dass Ihr Sohn um eine HTX nicht herumkommt.»

«HTX?»

«Eine Abkürzung für Heart Exchange ... eine Herztransplantation. Bei angeborenen Herzfehlern ist die HTX das letzte Glied in einer langen Behandlungskette. Und bei erworbenen Herzfehlern wird sie dann nötig, wenn die Herzmuskelerkrankung so weit fortgeschritten ist, dass sie mit den üblichen konservativen und auch operativen Mitteln nicht mehr behandelbar ist.»

Ich bemühte mich, langsam ein- und auszuatmen. Und einfach nur zuzuhören.

«Sie sind jetzt geschockt, können eine solche Diagnose in ihrer ganzen Tragweite vielleicht noch nicht erfassen. Das verstehen wir, glauben Sie es uns. Eine solche Belastung ist für Sie ... für Ihre ganze Familie extrem. Umso wichtiger ist es, dass Sie für Archie da sind, dass Sie ihn stützen und tragen. Die emotionale Nähe zu seiner Mutter ist jetzt das Allerwichtigste. Vermitteln Sie ihm die Hoffnung und die Zuversicht, dass Sie diese schwierige Situation gemeinsam durchstehen.»

«Aber das ... das kann ich nicht ... woher soll ich denn ... diese Hoffnung und ... diese Zuversicht nehmen?», stammelte ich.

«Vergessen Sie eines nicht, Mrs Marin: Ihrem Kind wird neues Leben geschenkt», sagte der Chefarzt eindringlich. «Mit einem neuen Herzen wird er auch neue Energie bekommen. Er wird endlich wieder ein lebhaftes Kind sein, mit Freunden zusammen spielen können. Versuchen Sie, es so zu sehen: Ein neues Leben, eine zweite Chance zu erhalten, ist das größte Geschenk, das einem Menschen zuteilwerden kann. Machen Sie sich nicht zu viele Sorgen, sondern freuen Sie sich mit Ihrem Kind und Ihrer Familie über dieses Wunder!»

«Und wenn es doch nicht zu ihm passt ... das neue Herz ... wenn es abgestoßen wird. So nennt man es doch wohl?»

«Ja, das kann passieren, aber dieser *worst case* ist doch eher selten, dass das Immunsystem des Kindes das Spenderherz nicht akzeptiert und es abstößt. Abgesehen davon, so weit sind wir noch nicht. Jetzt geht es erst einmal darum, dass Ihr Sohn gut durch die nächsten Wochen und Monate kommt. Wovon wir eigentlich alle überzeugt sind, nicht wahr?»

Er blickte seine Kollegen an, die unisono nickten. Wie ein Engelschor standen sie da in ihren weißen Kitteln. Wie Wächter vor einem Tor, das mir verschlossen war. Doch sie hatten den Schlüssel in der Hand. Ich musste ihnen vertrauen.

Nacheinander gaben sie mir die Hand, mit mehr oder weniger festem Druck. Zuletzt Doktor Alexander Sherman. Er hielt meine Hand besonders lange.

«Kopf hoch, Julie ... darf ich Julie sagen?»

Ich nickte.

«Heute beginnt ein neuer Weg für Sie. Er wird holprig und beschwerlich werden, das bestreitet niemand hier. Doch so, wie Sie für Archie da sind, werden wir an Ihrer Seite sein ... jederzeit. Das verspreche ich Ihnen.»

Dann ließ er sie doch los, meine Hand. Fast augenblicklich wurde sie wieder kalt. Und als ich draußen vor dem Sprechzimmer stand, fühlte ich mich, als stünde ich in eisiger Winternacht allein auf einer Waldlichtung. Unter einem Mond, dessen Licht mir irgendwie tröstlich vorkam. Doch er leuchtete in weiter Ferne ...

Zwei Tage später saß ich wieder im Sprechzimmer von Alexander Sherman. Er hatte mir gesagt, dass Archie nun auf der Warteliste der NHS Transplant stand. Der erste Schritt war getan.

«Wir werden Ihre kontinuierlichen Ansprechpartner sein, Julie. Ich in Bath, meine Kolleginnen und Kolleginnen in Bristol. Wir werden während der gesamten Wartezeit Kontrolluntersuchungen durchführen, Archie wird immer mal wieder zu uns in die Klinik müssen. Ich weiß, das wird von Angehörigen oft als extrem traumatisch und belastend empfunden. Umso hilfreicher, ja unerlässlicher sind gute Vertrauensbasis und Kooperation mit unserem Ärzteteam. Verstehen Sie das, Julie?»

Ich schwieg, knetete meine Hände und gab ihm dann mit

einem Kopfnicken zu verstehen, dass sie auf mich zählen konnten.

«Die Zahl der Spenderorgane ist natürlich limitiert. Wir müssen uns auf eine längere Wartezeit einstellen, schon wegen Archies Blutgruppe B Rhesus positiv ... nicht die seltenste, aber schon ziemlich rar ... und sie muss mit der des Spenders übereinstimmen, wie auch Thorax- und Herzgröße. Es kann also tatsächlich Jahre dauern, wie Professor Crawley bereits gesagt hat. Archie ist Gott sei Dank kein akuter Fall mit höchster Dringlichkeitsstufe. Aber wenn es so weit ist und wir Nachricht bekommen, dann tickt die Uhr. Wir haben nur zwei bis drei Stunden, um Archie nach London zu bringen ... also ein begrenztes Zeitfenster. Sie müssen daher jederzeit erreichbar sein. Wir werden Ihre Handynummer weitergeben. Ist ein Spenderherz für Archie gefunden, werden Sie informiert. Wenn man Sie nicht erreicht, wird NHS Transplant umgehend einen alternativen Empfänger ermitteln und das Herz anderweitig vergeben. Daher empfehlen wir Ihnen, dass Sie sich ein eigens für den Anruf des National Health Service ‹reserviertes› Mobiltelefon anschaffen und es immer bei sich tragen.»

«Das mache ich.»

«Wunderbar. Dann kann nichts schiefgehen, Julie.»

«Wie können Sie nur so optimistisch sein?»

«Optimismus ist die schärfste Waffe, die wir haben.» Er schaute mich mit blitzenden Augen an. «Wir ziehen gemeinsam in diesen Kampf, Sie und ich ... wir alle.»

Die Engel waren wohl doch eher Krieger.

Archie musste lange Zeit in der Klinik bleiben, die Ärzte taten sich schwer mit der Entscheidung, ihn nach Hause und damit in ambulante Behandlung zu entlassen. Für mich war es eine schwere Geduldsprobe, abgesehen von der Achterbahn der Gefühle, auf der ich mich befand.

Wochenlang saß ich an Archies Krankenhausbett und suchte in den Gesichtern des Personals nach Antwort auf die wichtigste Frage: *Wird mein Kind überleben?* Tagsüber, am Bett meines Sohnes, war ich stark, nachts weinte ich mich in den Schlaf.

Draußen herumtoben oder auch nur raus an die frische Luft konnte Archie nie. Manchmal, wenn es ihm besonders schlecht ging, durfte er nicht einmal sein Bett verlassen und sich mit anderen Kindern im Spielzimmer aufhalten. Das machte die Wochen und Monate in der Klinik für Archie unerträglich lang und auch einsam. Er wurde immer stiller und verschlossener, sein Lächeln, sein wunderbares, herzerwärmendes Lächeln immer schwächer.

Und ich machte die bestürzende Erfahrung, dass kleine Jungs weinen können, ohne eine Träne zu vergießen.

9

ES KANN AUCH ALLES NOCH GUT WERDEN

Die ersten Wochen und Monate nach der Diagnose waren auch für mich hart. Ich verlor meinen Elan, meinen Optimismus, mein Grundvertrauen in die Güte des Lebens und sank zu einem Häufchen Elend zusammen.

Meine Sorge ernährte sich von meiner Energie. Beruflich ging gar nichts mehr. Nur selten konnte ich mich aufraffen und mich an meinen Zeichentisch setzen. Irgendwie war meine Kreativität erloschen, und das machte mir zu schaffen, auch wenn es wahrlich nicht das Schlimmste war. Ich hatte gezeichnet und gemalt, seit ich wusste, wie man einen Stift hält und was man damit anstellt. Nun musste ich erleben, dass ich ihn in die Hand nahm und verwundert anblickte, als könnte ich mir beim besten Willen nicht vorstellen, ihn in Bewegung zu setzen. Was sollte ich denn noch zeichnen ... was? Ich wurde das Gefühl nicht los, als öffnete sich jeden Morgen von Neuem in meiner Brust ein kaltes Loch, in das kein Licht mehr fiel. Obwohl ich wusste, dass ich wach war, fühlte ich mich wie in einem Traum.

Die Tage fühlten sich bleischwer an. In der ersten Zeit musste Archie oft nach Bristol in die Klinik, wie Dr. Sherman – Alexander, wie ich ihn jetzt nannte – prophezeit hatte.

Während der wochenlangen Aufenthalte saß ich Tag für Tag an seinem Bett und versuchte, ihm einen Schimmer von Zuversicht oder Hoffnung zu vermitteln, die ich selten selbst verspürte.

Am schlimmsten für mich waren Archies Fragen, auf die ich kaum eine Antwort wusste. Ich erklärte ihm in einfachen Worten, dass sein Herz leider nicht sehr kräftig sei und er ein neues brauche. Dass er nun auf einer Warteliste für ein Spenderherz stehe. Und dass wir alle viel Geduld aufbringen müssten.

«Wann bekomme ich denn das Herz?», fragte er mit banger Stimme.

«Ich kann es dir nicht sagen. Das weiß niemand.»

«Auch die Ärzte nicht?»

«Nein, die auch nicht. Niemand weiß, wie lange du warten musst, denn das neue Herz muss genau zu deinem Körper passen, weißt du, es darf nicht zu groß sein, und noch andere Dinge wie zum Beispiel die Blutgruppe müssen stimmen, damit es auch bei dir funktioniert. Nur ganz bestimmte Spenderherzen sind für dich geeignet, die Auswahl ist nicht sehr groß ...»

«Wer wird mir denn sein Herz geben? Kenne ich den Jungen?»

«Nein, den kennst du nicht.»

«Nimmt man ihm einfach sein Herz weg und gibt es mir? Wie soll er denn dann weiterleben?»

Ich strich ihm über den Kopf. «Nein, so ist es nicht. Der Spender lebt nicht mehr, wenn man ihm sein Herz entnimmt.»

«Er ist ... tot?», fragte Archie mit weit aufgerissenen Augen.

«Ja, leider, das ist so, denn ...»

«Dann will ich das Herz nicht!»

«Archie ...»

«Nein, ich will es nicht haben. Ich ... ich will nicht schuld sein, dass er stirbt ... und dass man ihm dann sein Herz wegnimmt.»

«Aber er stirbt doch nicht deinetwegen. Vielleicht hat er einen schweren Unfall, daran bist du ganz gewiss nicht schuld. Du hast damit nichts zu tun, Schätzchen ... überhaupt nichts.»

«Aber wenn er tot ist, dann ist doch auch sein Herz gestorben, oder nicht?»

«Die Ärzte stellen den Tod fest, wenn das Gehirn nicht mehr funktioniert. Trotzdem kann das Herz noch weiterschlagen ... für eine bestimmte Zeit ... und dann ...»

«Dann nimmt man ihm sein noch lebendiges Herz weg ... und setzt es mir ein?»

«Ja, so in etwa muss man sich das vorstellen.»

«Das ist furchtbar, Mum. Das will ich nicht!»

Ich schluckte. Himmel, war das schwer zu erklären. Ich verstand es ja selbst kaum: dass ein Kind sterben muss, damit ein anderes überleben kann.

«Schätzchen, du bist nicht für seinen Tod verantwortlich, das musst du verstehen. Die Eltern des Spenders müssen Ja dazu sagen, dass man ihm sein Herz entnimmt. Das ist ganz, ganz schwer für sie ... sie haben gerade ihr Kind verloren. Doch sie tun es, damit ein anderes Kind weiterleben kann. Das ist ein großes Geschenk für dich!»

Archies Augen füllten sich mit Tränen. Er war so tapfer, weinte so selten, dass ich erschrak. Mit einer sachten Handbewegung wischte ich ihm die Tränen ab und streichelte seine Wangen.

«Schau mal, das alles passiert nicht heute und auch nicht morgen. Das Warten wird uns sicher schwerfallen. Aber wir alle stehen dir zur Seite, wir werden für dich da sein. Du bist nicht allein, und wenn du Angst hast, kommst du zu mir. Dann nehmen wir uns in den Arm und weinen zusammen. Aber wir schaffen das, wir alle. Du bist etwas ganz Besonderes ... du bist ein so tapferer Junge, Archie. Du schaffst es ganz bestimmt.»

Er schluckte und nickte dann, und ich staunte, wie rasch er sich wieder fasste. Er war so viel tapferer als ich, seine verzweifelte, hin- und hergerissene, panische Mutter. Und mir wurde klar: Ich würde die Tapferkeit, die Zuversicht lernen müssen. Von ihm, meinem Sohn.

Meistens fuhr ich abends nach Bath zurück, aber immer mit schlechtem Gewissen. Was, wenn ihm nachts etwas passierte? Wenn ich am nächsten Morgen nicht rechtzeitig zu ihm zurückkehrte? Als Adrienne merkte, wie sehr mich diese Unsicherheit quälte, fragte sie ihre Freundin Helen, die in Bristol wohnte, ob ich nicht dann und wann bei ihr übernachten könnte. Helen sagte sofort zu, und ich war ihr sehr dankbar, dass sie mich bei sich aufnahm. Ihr Haus war ganz in Archies Nähe, nur wenige Minuten Fußweg bis zum Klinikum, und so konnte ich mich morgens schon in aller Frühe wieder auf den Weg zu meinem Sohn machen.

Ich kämpfte um jedes Zeichen der Zuversicht. Ich wurde hungrig nach diesen Zeichen. Immer wenn Archie sich erholte oder auch nur einen «guten Tag» hatte, dann durchströmte mich ein Gefühl tiefer Dankbarkeit.

Oft packte mich die Angst, etwas Falsches zu tun oder zu sagen. Oder ich bemühte mich, einfach nur zu hoffen, zu vertrauen, wo es eigentlich gar nichts zu vertrauen und zu hoffen gab. Aber es liegt in der Sache dieser Gefühle, dass man sich ihrer eben nicht sicher sein kann. Hoffnung kann immer erlöschen, Vertrauen immer enttäuscht werden. Und doch kann man ohne sie nicht leben. Es ist nur so schwer, die Ungewissheit auszuhalten.

Ich fühlte mich wie in einer kleinen Nussschale auf dem weiten Meer, auf dem jede Nacht neue Stürme losbrechen konnten.

In diesen Herbsttagen kündigte sich der Winter bereits früh an. Wenn Archie schlief, unternahm ich lange Spaziergänge im Klinikpark, lauschte dem Rascheln des Laubs, betrachtete den Reif auf dem Rasen, das düstere Wolkenspiel am Himmel. Immer wieder stellte ich mir dieselben Fragen: Was würde aus Archie werden? Wie konnte ich ihn beschützen? Während sich die dunklen Wolken zu einem Gewitter zusammenzogen, rieb ich mir die Handflächen, atmete, suchte fieberhaft nach Ablenkung, nach einer Erklärung, nach Beruhigung meiner aufgewühlten Seele.

Doch vergeblich. Es half alles nichts.

Immer mehr steigerte ich mich in meine wahnhafte Angst hinein – erst hatte Romeo mich verlassen, bald würde es auch Archie tun, ich würde allein zurückbleiben, allein für den Rest meines Lebens. Warum ... warum ... warum? Ich fühlte mich so fern von allem Glück, von allem Lebensmut – wie auf einer anderen Umlaufbahn, unfähig, sie aus eigener Kraft zu verlassen.

Adrienne war mir kein Trost, nicht wirklich. Sie litt selbst zu sehr. Zum ersten Mal erlebte ich, dass auch sie die Traurigkeit einschloss. Natürlich legte sie die Arme um mich, stammelte sie ein paar mitfühlende Worte, stellte mir immer wieder heißen Tee in den unmöglichsten Geschmacksrichtungen hin, natürlich Tee, das englische Allheilmittel. Und nicht selten überzogen ihre Augen sich mit einem dunklen Schleier. Sie hatte ihren Mann durch einen Herzinfarkt verloren und wusste genau, wie es sich anfühlte, wenn das Herz eines geliebten Menschen in Gefahr schwebte. Adrienne verlor ihren zupackenden Optimismus, unfähig, mich zu trösten, mir Hoffnung zu schenken. Hoffnung wurde zur Mangelware in unserem Haus.

Doch ich erlebte auch einen unglaublichen Beistand, Vertrauens-, ja Liebesbeweise, die ich nicht für möglich gehalten hatte.

Nelly war fantastisch, sie war immer ansprechbar, auch dann, wenn ich in Bristol war und nicht selten drei-, viermal am Tag mit ihr telefonierte, manchmal stundenlang. Wann immer ich mich bei ihr ausheulte, reichte sie mir ein symbolisches Taschentuch. Wenn ich in ihren Armen zusammenbrach, bot sie mir keine billigen Aufmunterungssprüche, sondern den Trost ihrer körperlichen Nähe.

«*That's what friends are for*», sagte sie.

Und sie war nicht die Einzige.

Einer meiner wichtigsten Zufluchtsorte war das Emporium. Auch bei Charlotte fand ich stets Trost und Rückhalt, ihr lebenserfahrener, mütterlicher Pragmatismus tat mir gut, wenn ich wieder mal kurz davor war durchzudrehen. Sie spürte meine Verzweiflung, und in ihren Blicken war nichts als Anteilnahme und Mitgefühl zu lesen. Wenn sie meinen Arm streichelte, konnte ich wieder etwas durchatmen, und für ein paar kostbare Augenblicke war mir, als wäre nichts geschehen, vor dem ich Angst haben müsste. Als wäre alles nur ein böser Traum, ein Spuk, der im Morgengrauen das Weite suchen würde.

Und John, der große Zuversichtsfabrikant? Er war schon immer ein Meister darin gewesen, mich zu beruhigen, wenn meine Gefühle in Aufruhr waren. Und so war es auch diesmal, an jenem Abend, als ich wieder einmal bedrückt von der stetigen Unsicherheit die Nähe meines väterlichen Freundes suchte und er mich in seinem Office empfing.

John drängte mir keine banalen Alles-wird-gut-Floskeln auf. Er bot mir das Seltenste überhaupt an, nämlich alle Zeit der Welt, das, was ich jetzt am meisten brauchte.

«Ich weiß, wie es dir geht ... du musst große Angst haben, Julie», sagte John mit sanfter, ein bisschen brüchiger Stimme und begann, bedächtig wie immer, seine Pfeife zu stopfen, die er aber nicht in Brand setzte. «Mir ergeht es nicht anders. Wir glauben wohl beide, vollkommen ohnmächtig zu sein. Wir meinen, alles sei verloren, und am Ende des Weges warte nur die Verzweiflung. Aber so muss es nicht kommen. Manchmal genügt nur eine Winzigkeit, ein Lächeln, eine Erinnerung, bisweilen sogar ein einziges Wort – und dann lichten sich die Wolken. Glaub mir, Julie, es ist noch gar nichts verloren, im Gegenteil. Du kannst kämpfen. Ja, kämpfe um deinen Kleinen, zeige ihm, dass dein Herz auch für ihn schlägt.»

Ich schaute zweifelnd zu ihm auf, reagierte aber nur mit leichtem Schulterzucken auf seine Worte.

«Ich weiß nicht ...», begann ich kläglich. «Ich kann es einfach noch immer nicht fassen. Was kann ich schon tun?»

«Niemand kann so etwas fassen, Julie, aber du musst ... du wirst es akzeptieren müssen. Jetzt fällt es dir schwer, scheint es dir ganz und gar unmöglich. Wie sollte es auch anders sein? Du hältst dich für schwach, du glaubst, keine Waffen und keine Kräfte zu haben in diesem anscheinend aussichtslosen Kampf, der dir bevorsteht. Doch was du jetzt am dringendsten brauchst, meine Liebe, ist erst einmal mehr Nachsicht mit dir selbst. Du darfst sie annehmen, deine Trauer. Aber du musst auch die Herausforderung annehmen, für Archie. Vergiss nicht das Wichtigste, Julie: Es muss nicht das Schlimmste eintreten. Es kann auch alles noch gut werden. Und wenn du mich fragst: Das wird es auch!»

Dann nahm er ein Zündholz und steckte seine Pfeife an. Kleine Rauchwölkchen hervorpaffend, blickte er mich an, mit dem zuversichtlichsten Blick, den ich je an einem anderen Menschen gesehen hatte.

Diesen Satz sollte ich mir immer wieder vorsagen, wie ein Mantra. *Es kann auch alles noch gut werden.* John hatte recht – warum nehmen wir eigentlich nur immer das Schlimmste an? Warum nie das Beste? Weil man damit nicht rechnen kann. Doch aus diesem Grund – der vollkommenen Unberechenbarkeit des Schicksals – könnten wir genauso gut den Gedanken zulassen, es könnte doch auch gut enden.

Mitten auf stürmischer See, deren Wogen über mir zusammenschlugen, klammerte ich mich immer wieder an diesen Anker. Ich machte eine Atemübung daraus.

Es kann
auch alles
noch gut
werden.

In den Tagen nach diesem Gespräch mit John spürte ich, wie sich der Knoten, der mich gefesselt hielt, zu lockern begann. Ich erlaubte mir meine Trauer, wie er es mir aufgetragen hatte. Und dann, als ich vollkommen leer geweint war, baute ich mich eines Abends zu Hause vor dem Spiegel auf, sah mir fest in die Augen und befahl mir selbst, die Herausforderung anzunehmen. Die Lethargie fiel von mir ab, wenigstens ein bisschen. Wie hatte ich mich so gehen lassen können? Was gab mir das Recht, für meinen kranken Sohn nur das Schlimmste zu erwarten? Wo blieben meine Vertrauensbereitschaft, mein Widerspruchsgeist, mein Kampfeswille? Mein Blick wurde entschlossen, als ich zu meinem Spiegelbild sagte: *Schau dich an, Julie, schau dich an. Du bist stark genug. Du hast jetzt genug getrauert. So kann es nicht weitergehen, dieses Hin und Her in deinem Kopf, diese Gedankenschwärze, diese Hoffnungslosigkeit. Du wirst dich ein für alle Mal entscheiden müssen ... Zaudern oder Zuversicht. Und dann musst du zu deiner Entscheidung stehen. Come what may ...*

Und so geschah es, dass ich die Bitterkeit, die Verlorenheit immer öfter aufgeben, sie ablegen konnte wie ein unpassend gewordenes Kleid. Ich spürte, dass ich Archie mit der Verdopplung seiner Angst nicht würde helfen können. Nein, es würde meinem Sohn nicht guttun, wenn ich verzweifelter war als er selbst. Ich war seine Mutter, verdammt noch mal. Und ich sollte mich endlich wie eine Mutter verhalten – eine, die fest zu ihrem Kind steht, welche Steine, welche Riesenbrocken ihm das Leben auch in den Weg gelegt hatte. Ich musste endlich anfangen, diese Steine wegzuräumen, so gut es ging, musste die Sache anpacken. In Sorge vielleicht, aber nicht in Panik. Ich würde ihm nur helfen können, wenn er mich an seiner Seite wusste, unerschütterlich, mit unbedingter Liebe.

Die Lähmung fiel von mir ab, mein Körper erwachte, als

hätte sich mein Kreislauf nach allzu langem Schlaf wieder in Gang gesetzt, als träte ich endlich wieder in Kontakt mit mir selbst. Ein Schauder lief mir über den Rücken, ein Kribbeln über meine Arme, es war, als würde endlich wieder Energie durch mich hindurchfließen.

Ich zwang mich dazu, meine Arbeit wieder aufzunehmen. Und so schwer es mir anfangs auch fiel – schließlich es gelang mir. Fortan teilte ich mein Leben zwischen dem Zeichentisch zu Hause und Besuchen im Krankenhaus ein. Mit meinen Bildern schuf ich mir eine Gegenwelt. Ich stürzte mich in die Arbeit, zeichnete und illustrierte wie wild, wie besessen.

Meine Sorgen, aber auch meine Hoffnungen verarbeitete ich in einem Bilderbuch mit dem Titel *Die kleine Sorgenmaus*. Ohne Johns Zuspruch hätte ich nie den Mut dazu gefunden. Diese Geschichte hatte ein Happy End, das ich mir auch für Archie und mich selbst erhoffte. Sie erschien in einem renommierten Kinderbuchverlag, ich bekam meinen ersten richtigen Buchvertrag. *Die kleine Sorgenmaus* wurde ein großer Erfolg, mein Durchbruch. Und sie erschien mir wie ein Zeichen, dass John Wood am Ende unserer Reise ins Ungewisse doch recht behalten würde: Es kann auch alles noch gut werden. Wie bei Sophie, der kleinen Maus, die ihren großen Wendepunkt erlebte, der alles für sie änderte.

Manchmal fuhr ich nach London zu Gesprächen bei meinem Verlag, dem ich neue Projekte vorstellte. *Die kleine Sorgenmaus* hatte meine Karriere – wenn man es denn so nennen wollte – ans Laufen gebracht. Ja, es lief für mich wie am Schnürchen. Das beruhigte mich nicht nur in finanzieller Hinsicht. Immerhin wollte ich sicherstellen, dass ich für

Archies Wohl sorgen konnte. Ich freute mich auch auf das wachsende Interesse an meinen Ideen, handelte Verträge aus, entwickelte grafische Konzepte für Kinder- und Geschenkbücher, Grußkarten und Papeterie. Es gab immer genug Gesprächsstoff für die sporadischen Verlagsbesuche, auf die ich mich besonders freute, weil sie mir neue Energie gaben, die ich für die Krankenhausbesuche brauchte.

Vor allem in der Klinik ließ das zermürbende Warten auf ein Spenderherz für Archie die Zeit nach neuen Regeln vergehen, sie zerrann mir buchstäblich zwischen den Fingern, doch unendlich langsam. Und hätte nicht bereits Salvador Dalí die zerlaufende Uhr gemalt, wahrscheinlich wäre auch ich nun auf die Idee gekommen.

Wenn Archie dann nach wochenlangen Aufenthalten auf der Kinderstation wieder nach Hause entlassen wurde, war das für mich jedes Mal wie ein Fest, und ich schwebte wie auf Wolken. Obwohl er zumeist ziemlich schwach und erschöpft bei uns ankam, erholte er sich jedes Mal rasch wieder, als ob hier, zu Hause, Zauberkräfte walten würden.

Genau an diesem Punkt trat Francesca Melandri in unser Leben, und sie hatte tatsächlich Zauberkräfte. Adrienne hatte die Studentin aus Italien an der Hochschule, wo sie ab und zu Lehraufträge übernahm, kennengelernt und auch unterrichtet. Den Zettel, auf dem Francesca einen Job als Aupair suchte, hatte meine Tante kurzerhand von der Pinnwand gerissen und eingesteckt.

«Ich werde sie nach unserer nächsten Stunde ansprechen», kündigte sie an, mit einem entschlossenen Zug um die Lippen.

«Tatsächlich? Aber ...»

«Kein Aber, Julie, wir brauchen jemanden ... du auf jeden Fall, und ich, offen gestanden, nicht weniger. Wir können das mit Archie nicht mehr allein stemmen. Er braucht Zuwendung und Verlässlichkeit rund um die Uhr ... eine weitere Vertrauensperson. Du brauchst Ruhe und Zeit für deinen Beruf, und ich auch. Es wäre gut, jemanden im Haus zu haben, der nach ihm schaut, der tut ... was Au-pairs eben so tun.»

«Und du meinst, diese ... Francesca wäre dafür die Richtige?»

«Ich meine es nicht nur, ich weiß es. Sie wird begeistert sein, sie kann sogar hier im Haus üben.»

«Was spielt sie denn?»

«Klavier natürlich.»

Natürlich.

Adrienne konnte resolut sein bis zur Unerträglichkeit. Doch in diesem Fall war es mir nur allzu recht.

Und so kam Francesca, ein schönes dunkelhaariges Mädchen mit großen, freundlichen Augen, zu uns ins Haus. Sie erhielt Kost und Logis, ein hübsches Zimmer im Dachgeschoss, Zugang zu den Musikinstrumenten.

Archie zögerte keinen Augenblick, sich mit ihr anzufreunden und ihre Sympathie zu gewinnen. In ihrer Gegenwart lebte er immer besonders auf, als strengte er sich an, ihr zu gefallen. Und womöglich war es ja auch so.

Ich war erleichtert, und dennoch pochte die Sorge um mein krankes Kind in mir weiter.

«Das Herz ist ein sehr beweglicher kleiner Muskel», hatte Woody Allen einmal in einem seiner Filme gesagt, ich glaube, es war Hannah und ihre Schwestern, einer meiner Lieblingsfilme. Doch er sagte auch: «Das Schwierigste im Leben ist es, Herz und Kopf dazu zu bringen, zusammenzuarbeiten. In meinem Fall verkehren sie noch nicht mal auf freundschaftlicher Basis.»

So war es auch in meinem Fall. Herz und Verstand führten Diskussionen ohne Ende, in denen ich zerrieben wurde. Von freundschaftlicher Basis keine Spur.

Doch das Herz ist nicht nur ein beweglicher, sondern auch ein zärtlicher Muskel. Fragil und zerbrechlich, aber auch unermüdlich. Konnte dieser Muskel denn nicht auch in Archie so tapfer weiterschlagen, lange über mein Leben hinaus?

10

EMMA UND ROSE

E s erstaunte mich stets von Neuem, welche Bedeutung liebe Menschen bei der Bewältigung einer schweren Krankheit haben. Das Zuhören, das Vorlesen, das Spielen, das Miteinandersprechen. Und die Musik, ja, auch die.

Unser Haus war ein durch und durch musikalisches. Kein Tag verging, ohne dass hier Klänge und Melodien zu hören waren, ob vom Flügel und von anderen Instrumenten oder aus den Anlagen, die im Musikzimmer und im Salon standen. Und es war die Musik – und damit Adrienne –, die Archie aus seiner tief empfundenen Einsamkeit holte.

Nach Richards Tod hatte meine Tante ihre Position als Leiterin des Kulturamts von Bath aufgegeben, um künftig als freie Musiklehrerin zu arbeiten. Neben ihrer freiberuflichen Kulturarbeit gab sie den zumeist nicht sonderlich begabten Kindern betuchter Familien Klavierstunden.

Adrienne war eine ausgezeichnete Lehrerin und hatte sich jegliche genervte Reaktion auf die stümperhafte Klimperei ihrer Schülerschar abgewöhnt. Die gestrenge Lehrerin wies niemanden zurück, und wenn er eine noch so verdrießliche Miene aufsetzte und die wöchentlichen Klavierstunden unüberhörbar als Zumutung empfand. Die meisten Schüler saßen die gebuchten Stunden bei ihr ab, rutschten nach der wöchentlichen Dreiviertelstunde erleichtert vom Klavierschemel und wandten sich wieder freudvolleren Tätigkeiten zu.

Manche Kinder entwickelten allerdings durchaus Ehrgeiz, wollten aber immer dieselben Stücke aus dem *Fluch der Karibik*, aus den *Harry-Potter*-Filmen, aus der *Fabelhaften Welt der Amelie* oder – in der Vorweihnachtszeit besonders beliebt – *Last Christmas* spielen. Doch diese Stücke kamen eigentlich nur als Belohnung infrage, denn Adrienne bestand bei jedem ihrer Schüler auf *Für Elise* als Lehrstoff. Und leider war es die Ausnahme, dass einer von ihnen dieses eigentlich gar nicht kindgerechte Stück besser als ungelenk und abgehackt herunterklimperte.

Adriennes Vorschlag, auch Archie Klavierstunden zu geben, traf mich – obwohl ich darauf hätte vorbereitet sein können – wie aus heiterem Himmel. Nur zu gut erinnerte ich mich an meinen eigenen Klavierunterricht bei ihr, der einigermaßen frustrierend für mich verlaufen war und irgendwann sang- und klanglos sein Ende gefunden hatte.

Warum sollte das mit Archie anders sein? Ich hatte wenig Vertrauen in die Sache, fand aber auch kein überzeugendes Argument, um sie zu unterbinden. Ich bat Adrienne nur, Archie nicht zu überanstrengen und ihm gegenüber nicht die strenge Musiklehrerin zu spielen.

«Wo denkst du hin?», rief sie aus. «Wann wäre ich Archie gegenüber jemals nicht rücksichtsvoll gewesen?»

«Ich meine ja nur», drehte ich kleinlaut bei. «Aber vielleicht sollten wir ihn selbst fragen ...»

«Gute Idee. Frag ihn ... ich bin sicher, er will gleich heute noch anfangen.»

Und so war es auch. Archie war immer schnell für etwas

zu begeistern, was ihn aus der Langeweile und der Eintönigkeit seiner Situation zu befreien versprach.

«Und wann geht's los, Mum?», fragte er, ein bisschen atemlos, was mich schon wieder in leichte Panik versetzte.

«Wann immer du magst, mein Liebling», sagte ich dennoch. «Adrienne wartet auf dich.»

Und schon stürzte er aus dem Zimmer und lief die Treppe hinunter.

Adrienne war in der Tat klug genug, Archie nicht zu überfordern, sie verkürzte seine wöchentliche Klavierstunde von den üblichen fünfundvierzig auf zwanzig Minuten. Archie war mit Feuereifer bei der Sache, er übte auch allein, außerhalb des Unterrichts mit Adrienne, immer wieder die Melodien, die ihm sichtlich Freude bereiteten. Aber ein Gespür für Spielfluss und für einen differenzierten Anschlag hatte er ebenso wenig wie ich.

Adrienne sah großmütig darüber hinweg, das musste ich ihr lassen. Über die nächsten Monate konzentrierte sie sich darauf, mit ihm ein paar einfache Weihnachtslieder einzuüben, die er am Christmas Eve spielen konnte, wenn unsere kleine Familie sich zusammenfand, und von nun an begleitete er uns beim Singen der altvertrauten Carols am Klavier. Mir traten immer Tränen in die Augen, wenn ich ihn so spielen hörte und wir die alten Lieder sangen, *We wish you a Merry Christmas* und *O come all ye faithful* und *I saw three Ships*. An diesem Abend feierten wir ja auch immer seinen Geburtstag. Die Erinnerungen an meine ersten Stunden und Tage mit ihm durchfluteten mich und ließen mich weich und wundergläubig werden. Dann empfand ich es einmal mehr als großes Glück, dass er auf der Welt war und unsere kleine Familie mit seiner Freude ansteckte. Wieder ging ein Jahr zu Ende, in dem ich gebangt und gehofft hatte. Wieder hatte er es geschafft, sein Herz am Schlagen zu halten. All diese Gefühle lebten von Neuem auf, wenn ich ihm am Weihnachtsabend zuhörte.

Auch Adrienne verlor ein wenig von dem Ernst, der sie zumeist umgab. Sie strahlte ihn an.

«Das hat doch ganz gut geklappt, oder?», fragte Archie jedes Mal, wenn er vom Klavierschemel sprang und in meine Arme lief. Und jedes Mal umarmte ich ihn fest und konnte ihn kaum wieder loslassen.

Dabei war Loslassen doch die große Aufgabe, die große Übung meines Lebens. In der ich – zugegeben – wenig Fortschritte machte, was mir in diesen seligen Augenblicken allerdings herzlich egal war.

Dann, im November des vorigen Jahres, geschah etwas, das die Dinge wirklich zum Guten wendete.

Ich hörte es bis oben in mein Zimmer, dass heute Emma Sherman, die Tochter unseres Kardiologen, am Klavier saß, nicht etwa der kleine Frederick, der so oft auf dem Klavierhocker herumhampelte und keinerlei Freude an dem weihnachtlichen Repertoire erkennen ließ, das Adrienne Marin seit November mit ihren Schülerinnen und Schülern einübte.

Ganz anders war es mit Emma Sherman, Adriennes Lieblingsschülerin. Wenn sie spielte, perlten die Töne durchs Haus, dass es eine wahre Freude war. Auch Archie – allein in seinem Zimmer – horchte auf, wenn ihr Klavierspiel von unten ertönte. Dann schien er offener zu werden als sonst, irgendwie zugänglicher.

«Sie spielt so wunder-wunder-schön», verriet er mir mit einem wie verzauberten Blick.

«Ja, das tut sie. Willst du sie vielleicht mal kennenlernen?»

Archie bekam praktisch nie Besuch, entsprechend scheu war er geworden. Doch diesmal nickte er und ließ sein strahlendes Lächeln sehen, aus dem nichts als Freude sprach.

«Meinst du, das ist möglich?»

«Aber klar. Adrienne macht sicher eine Ausnahme. Und wenn es Emma nichts ausmacht, kannst du dich ja ganz still dazusetzen ...»

Wir gingen beide nach unten. Archie lugte vorsichtig durch die Tür und sah seine Tante und ihre Schülerin am Klavier, nur von hinten, sodass er unbemerkt hereinschleichen und sich hinter einem Sessel verstecken konnte. Er ließ die Tür offen, wie um notfalls ganz schnell weglaufen zu können. An Adriennes Nicken konnten wir beide erkennen, dass sie wohl zufrieden mit ihrer «Meisterschülerin» war. Das Mädchen, von dem Archie nur die Zöpfe sehen konnte, spielte das Stück, das auch er kannte und das wohl bis zu seinem Herzen drang. Jedenfalls sah ich durch den Türspalt, dass er verzückt die Augen schloss und sich den Klängen hingab, die das fremde Mädchen aus dem Klavier zauberte. Unwillkürlich traten ihm Tränen in die Augen, die er trotzig abwischte.

«*Bon ... bon*», sagte Adrienne leise, als Emma den Schlussakkord spielte, es klang wie «Bonbon», wie eine süße Belohnung.

Dann lehnte Archie sich gegen den Sessel, der sich ein wenig bewegte und über das Parkett rutschte. Das leise Geräusch blieb nicht unbemerkt. Wie ertappt wandten Adrienne und Emma sich um. Meine Tante lächelte.

«Oh, du bist's, Archie», sagte sie nachsichtig. «Schau, Emma, das ist Archie, mein Großneffe ... und das hier, mein Lieber, ist Emma Sherman – die Einzige, bei der mein Unterricht Früchte trägt, die man genießen kann. Wie lange hörst du uns denn schon zu?»

Archie setzte zur Antwort an, doch er bekam keinen Ton heraus. Dann räusperte er sich, sprang auf und ging langsam auf Emma zu, die ihm freudig eine Hand entgegenstreckte.

«Wie schön, dich kennenzulernen, Archie. Ich bin Emma!»

«Emma ... ja ... toll, dich kennenzulernen. Du spielst so ... wunderbar ... so ...»

Verlegen brach er ab. Emma war eine kleine Schönheit, was ihn zu irritieren schien. Und noch niemals hatte ihm jemand zur Begrüßung die Hand hingestreckt, unaufgefordert und einfach so.

«Du hast *Für Elise* gespielt ...»

Emma nickte.

«Unsere kleine Virtuosin hier ist die Einzige aus meiner Schülerinnenschar, die es so hinbekommt, dass man das Stück auch erkennt», erklärte ihre Lehrerin mit einem anerkennenden Kopfnicken.

Emma wurde rot. Archie sprang ihr gleich bei. «Du machst sie verlegen, Adrienne. Das ist nicht nett.»

«Da hast du recht, mein kleiner Kavalier. Man sollte nicht zu viel loben.»

«Da besteht bei Mrs Marin keine Gefahr», sagte ich von der Tür aus, von wo auch ich diesem Geplänkel amüsiert zugehört hatte. «Sie ist eine strenge Lehrerin.»

«Strenge ist die Schwester der Leidenschaft.» Jetzt lächelte auch Adrienne, wahrscheinlich sah sie in Emma eine jüngere Ausgabe ihrer selbst.

«Willst du mein Zimmer sehen?», fragte Archie schnell. «Komm mit ... ich zeig es dir.» Emma nickte begeistert und folgte ihm mit einem entschuldigenden Schulterzucken in

Richtung ihrer Lehrerin. So endete diese Klavierstunde, und in Archies Leben begann ein ganz neuer Abschnitt.

Von nun an kam Emma Sherman ihn besuchen, wann immer sie konnte. Sie brachte Archie kleine selbst gebastelte Geschenke mit, sie vertiefte sich mit ihm in seine Spiele und las ihm sogar eigene Gedichte und Geschichten vor. Sie wurde seine beste ... nun ja, einzige Freundin. Die Stunde nach Emmas Klavierunterricht gehörte jetzt immer Archie, und auch über dieses wöchentliche Date hinaus verbrachten die Kinder viel Zeit miteinander.

Ich war dankbar für diese rührende Kinderfreundschaft. Francesca gab sich wirklich viel Mühe mit Archie, wann immer sie konnte, war sie mit ihm zusammen. Aber sie war eben keine gleichaltrige Freundin. Ich sagte Emma, wie schön ich es fand, dass sie so lebhaft auf Archie einging.

«Und deine Mutter ... ist sie denn einverstanden, dass du so oft bei uns vorbeikommst?»

«Klar», sagte Emma nur und blickte mich mit leichter Empörung an, als brauchte man über eine solche Selbstverständlichkeit kein Wort zu verlieren.

Ich war erleichtert.

Doch es sollte noch ein bisschen dauern, bis ich Rose Sherman schließlich persönlich kennenlernte, auf dem Weihnachtsmarkt. Emma machte uns miteinander bekannt, als wir uns an einem Stand trafen, an dem wir uns aufwärmen konnten. Sie sah genauso aus wie auf dem Bild der glück-

lichen Familie, das Alexander Sherman in seinem Sprechzimmer aufgestellt hatte. Eine schöne Frau mit offenem, zu-
gewandtem Blick, allerdings mit leicht angespanntem Zug
um die Lippen.

Der Stand mit den Heißgetränken befand sich in der Nähe
des *Courtyard Café* am historischen Lilliput Court, nur ein
paar Schritte von Bath Abbey entfernt. Wir hatten beide
einen Eggnogg vor uns und schlürften genüsslich von dem
Eierpunsch, der uns einen Augenblick der Behaglichkeit
schenkte, über den wir miteinander ins Gespräch kamen.

«Ohne Eggnogg überstehe ich keinen einzigen Tag im
Winter», gestand ich.

«Ich auch nicht. Oder Punsch ... egal ... Hauptsache, heiß!»
Rose nahm einen großen Schluck aus ihrem Glas. «Wir können beide etwas Wärme gebrauchen, nicht wahr?»

«Ja, ohne Wärme brächte ich in dieser kalten Jahreszeit
überhaupt nichts mehr zustande ...»

«Was bringen Sie denn zustande ... ich meine, normalerweise?»

«Oh», sagte ich, «ich zeichne, ich male ...»

«Dann sind Sie eine Künstlerin?» Rose blickte mich bewundernd an.

«Eher eine Illustratorin, würde ich sagen.»

«Und was illustrieren Sie?» Rose Sherman ließ ihrer Neu-
gierde freien Lauf.

«Alles Mögliche ... Grußkarten, Plakate, auch Kinder-
bücher und Geschenkbücher ... Und jedes Jahr den Bath-Ad-
ventskalender.»

«Ach, Sie sind das. Den Kalender kenne ich natürlich, er
hängt bei uns im Flur. Meine Tochter liebt ihn.»

«Und Sie?», unterbrach ich die Befragung, um auch etwas
von meiner neuen Bekannten zu erfahren.

«Ich ... äh, ich liebe ihn natürlich auch.»

«Ich meinte eigentlich, was Sie beruflich so machen.»

«Ach so.» Rose zuckte belustigt die Schultern, als wäre ihr Beruf unerheblich und nicht weiter erwähnenswert. «Ich bin nur Lehrerin, an der Royal High School. Englisch und Geschichte.»

«Wieso *nur*? Das ist doch ein schöner Beruf.»

«Vor allem ein anstrengender. Und ... ja, manchmal auch ein schöner. In den seltenen Momenten, wenn alle mal still sind und mir zuhören. Wenn sie konzentriert an einer Aufgabe sitzen oder gemeinsam an einer Lösung arbeiten. Doch wenn ich es mir recht überlege, sooo selten sind die Momente auch wieder nicht.» Sie lachte verschämt.

«Dann sind Sie also eine glückliche Lehrerin ... irgendwie.»

«Ja, irgendwie schon. Erstaunt mich selbst ... jetzt, wo Sie es sagen.»

Dann streckte sie mir ihre Hand entgegen. «Es ist wirklich schön, dass wir uns mal kennenlernen.»

«Ja, in der Tat», bekräftigte ich und erwiderte ihren überraschend kräftigen Händedruck.

Wir setzten unsere kleine Konversation noch ein bisschen fort. Ich konnte nicht anders, ich begann die Frau zu mögen. Sie hatte etwas Elfenhaftes und zugleich Energisches an sich, war warmherzig und freundlich.

Wenn sie lächelte, fiel jegliche Anspannung von ihr ab. Ihr welliges blondes Haar, aus dem sich immer wieder widerspenstige Locken lösten, wirkte an diesem kalten, aber sonnigen Winternachmittag wie aus Gold gesponnen, der kreidig blaue Mantel mit dem runden Ausschnitt und dem kleinen Kragen war vielleicht etwas zu verspielt für ihr Alter, doch er unterstrich die Mädchenhaftigkeit, die auch in ihren

Blicken und in den Bewegungen, mit denen sie die lockigen Strähnen hinters Ohr strich, zu erkennen war.

Da bemerkte ich Emma, die sich in die Nähe unseres Stands geschlichen hatte. In ihrer Armbeuge hielt sie etwas verborgen, das sich mit einem Fiepen bemerkbar machte.

Rose rief sie zu sich, in einem Tonfall, in dem nur eine Mutter mit ihrer Tochter sprechen konnte.

Emma gab keine Antwort, trat jedoch mit vorsichtigen Schritten näher. Sie senkte das Kinn und blinzelte mich durch ihre blonden Haarsträhnen an, die ihr über das Gesicht gefallen waren. Auf ihrer milchweißen Haut hatten es sich ein paar zimtfarbene Sommersprossen bequem gemacht, die wohl auch im Winter nicht verschwinden wollten. Ich beugte mich zu dem Mädchen herunter, um mein Interesse zu zeigen.

«Hey, Emma. Was hast du denn da versteckt?»

Sie bewegte ihren Arm, und das «Miau» wurde lauter.

«Willst du es dir mal anschauen?»

Natürlich wollte ich das. Noch einen Moment hielt Emma die Spannung aufrecht und hielt mir dann ein winziges erschrockenes Kätzchen entgegen. Es lag mit eingerollten Pfoten in ihren offenen Händen. Dem kleinen Tier schien es gar nicht gut zu gehen in der Kälte, es zitterte und schien erschöpft vom Miauen. Und wahrscheinlich war es auch durstig.

«Emma! Das darf ja wohl nicht wahr sein!», rief Rose. «Woher hast du dieses ... Tier? Wem hast du es weggenommen?»

«Niemandem!», rief Emma empört. «Es war ganz allein ... es hatte Angst ... und da habe ich es gerettet.»

«Gerettet?» Rose blies die Wangen auf. «Ich fasse es nicht. Irgendjemand wird es ganz schrecklich vermissen, das sollte dir doch klar sein.»

«Niemand vermisst es. Ich habe es gefunden. Und jetzt gehört es mir.»

«Auf gar keinen Fall, hörst du? Du musst es zurückgeben!»

Emma war außer sich. «Muss ich nicht ... muss ich nicht!»

Dann setzte sie eine triumphierende Miene auf und hüpfte einfach davon. Rose wollte ihrer Tochter nachlaufen, aber ich hielt sie zurück.

«Das wird sich klären, Mrs Sherman. Lassen wir ihr für den Moment ihren kleinen Spaß ...»

«Ach, das ist doch Unfug! Sie wird das Kätzchen auf gar keinen Fall behalten. Ich will keinen Zoo zu Hause, wir haben schon ein Zwergkaninchen ... und einen Goldfisch ... und ... nein, jetzt nicht noch eine Katze!»

«Es wird sich klären», wiederholte ich. «Wir bestellen uns jetzt erst mal noch einen weiteren Eggnogg und erholen uns von dem Schreck.»

Rose Sherman seufzte ergeben. «Woher kennen Sie meine Tochter eigentlich?»

«Sie nimmt Klavierunterricht bei meiner Tante Adrienne. Und sie besucht auch oft meinen kleinen Archie.»

«Ach ... das ist ja ein schöner Zufall! Ich dachte mir doch gleich, dass Sie mir bekannt vorkommen. Nun freue ich mich umso mehr über unsere Zufallsbegegnung.»

Nachdem die Bedienung zwei neue Becher Eierpunsch vor uns abgestellt hatte, nahmen wir beide gleichzeitig einen Schluck. Es sah aus, als hätten wir uns abgesprochen. Ein Beobachter hätte es sicher lustig gefunden. Wir seufzten wohlig, ebenfalls synchron, und schenkten uns gegenseitig ein Lächeln wie zwei Verschwörerinnen.

«Emma ist ein kleiner Wildfang», stellte ich fest.

«Das ist sie, in der Tat», bestätigte Rose. «Wenn sie Ihnen zu wild wird, zögern Sie nicht, sie zurechtzuweisen.»

«Nein, nein ... das ist schon in Ordnung. Ich meinte es eher als Kompliment.»

Rose lächelte. «Warten Sie's ab. Irgendwann werden Sie merken, dass sie Ihnen auf dem Kopf herumtanzt. Dann wird Ihnen gar nichts anderes übrig bleiben.»

«Ach, da bin ich ziemlich resilient, glaube ich.»

«Glauben Sie?»

«Sie ist eine willkommene Abwechslung. Mein Sohn Archie ist ja viel zu still für sein Alter. Und Emma scheint ihm gutzutun. Sie wirkt auf ihn wie eine Vitalitätsspritze.»

Rose blieb skeptisch. «Wie auch immer ... wenn sie es übertreibt, schicken Sie sie einfach nach Hause. Wir wohnen ja nicht weit von Ihnen entfernt, in der Nähe der Henrietta Gardens. Emma ist oft bei Ihnen, hat sie mir erzählt.» Rose warf mir einen durchdringenden Blick zu.

«Ja. Für Archie ist es jedes Mal der Höhepunkt des Tages ... eines oft allzu ereignislosen, langweiligen Tages. Und auch ich freue mich immer, wenn Emma vor der Tür steht, mit ihrem Rehblick.»

«Oh, diese Rehaugen ... die sind furchtbar!»

«Wie können Sie so etwas sagen? Sie ist ein wunderhübsches Mädchen ...»

«Und sie wickelt einen um den kleinen Finger. Immer will sie ihr Köpfchen durchsetzen, man muss ihr Grenzen setzen.»

«Ich habe Emma wirklich gern bei uns zu Hause, müssen Sie wissen. Machen Sie sich keine Gedanken – sie tut uns allen gut. Und ihr scheint es auch zu gefallen, sonst würde sie nicht so oft zu uns kommen. Außerhalb ihrer Klavierstunden, meine ich.»

«Und wie kommt sie im Unterricht voran? Sie erzählt mir nicht so viel davon. Wenn ich sie frage, sagt sie immer nur: Läuft!»

«Oh, auch da können Sie ganz unbesorgt sein. Adrienne ist begeistert von ihr ... eine Seltenheit, meistens ist sie mit den Kleinen am Klavier unzufrieden. Sie treibt sie alle ziemlich an, und vermutlich überfordert sie sie auch allesamt. Emma ist die große Ausnahme – ihre kleine Meisterschülerin. Sie macht große Fortschritte. Adrienne bereitet sie wohl auf eine Karriere als Pianistin vor.»

«Großer Gott!» Wieder legte sich diese Anspannung um Roses Augen.

«Eine Übertreibung ... entschuldigen Sie. Ich wollte nur sagen: Es läuft sehr gut mit Emma am Klavier. Sorgen sollten Sie sich also um sie nicht machen. Freuen Sie sich lieber!»

«Na schön ... ich freue mich», kam es nicht sehr überzeugt von Rose. «Doch ... wirklich, ich freue mich.»

Ich berührte sie am Arm. «Dann ist ja alles gut.»

Rose nickte, ihr Gesichtsausdruck verriet jedoch, dass sie ihre Probleme mit der lebhaften Emma hatte. Und irgendwie schien sie ihren Kummer loswerden zu wollen, denn nachdem sie den Rest von ihrem Punsch heruntergestürzt hatte, begann sie zu reden, als hätten sich alle Schleusen geöffnet. Dass sie so viel zu tun habe, dass sie sich um alles und jeden kümmern müsse, rund um die Uhr, die ganze Woche über. Die Mehrfachbelastung als Lehrerin, Mutter, Hausfrau und – last, but not least – als Ehefrau mache ihr zu schaffen. Frühstück zubereiten und die Zimmer aufräumen, dann Schule, Mittagessen, Tests korrigieren, Unterricht vorbereiten, einkaufen, Abendessen, Bankgeschäfte, Charity, Ehrenämter, sie ließ nichts aus. Und so wenig Zeit für das Kind, mit dem sie fast nur noch im Kommandoton sprach. Kein Wunder, dass Emma so gern in der Blueberry Lane vorbeikam – dort gab ihr niemand Anweisungen im Stakkato, dort war sie gern gesehen, dort fühlte sie sich willkommen.

Rose warf mir einen komisch-verzweifelten Blick zu. «Ich weiß, dass ich Emma nicht gerecht werde. Ich möchte wirklich mehr Zeit für sie haben. Ach, manchmal ist es zum Verzweifeln. Und Alex ist auch viel zu selten zu Hause. Nun ja, das bringt sein Job mit sich, aber manchmal habe ich das Gefühl, er kümmert sich mehr um fremde Kinder als um sein eigenes.»

«Das kenne ich auch», sagte ich mit einem Lächeln. «Diese Belastung, diese Überforderung, diese Sorgen ums Kind. Archie ist ja schwer herzkrank ...» Erschrocken unterbrach ich mich, weil ich nicht wusste, wie viel Alexander Sherman zu Hause über seine kleinen Patienten erzählte.

«Ach, das wusste ich gar nicht. Aber dann ist meine wilde Emma ja kein guter Umgang für ihn.»

«Doch ... sie tut ihm gut», wiederholte ich. «Bei uns ist sie ganz lieb ... aufmerksam ... anhänglich ... Ich bin wirklich froh darüber, dass mein Sohn eine so tolle Freundin hat.»

Und das war ich wirklich – egal, was Rose Sherman über ihre Tochter dachte. Für Archie war Emma ein Lichtblick, und das war die Hauptsache.

Natürlich durfte Emma das Kätzchen behalten. Ihre Mutter hatte die Besitzerin – ihr gehörte das *Courtyard Café* – ausfindig gemacht, die nichts dagegen hatte, ja, sogar froh war, eines der Neugeborenen aus dem Wurf ihrer Katze abgeben zu können. Es musste nur noch ein bisschen bei seiner Mutter bleiben, bis es entwöhnt war. Wenig später vermeldete Emma stolz, dass «Dad die Sache klargemacht» habe. Dad, nicht Mum.

In der Familie Sherman dürften es der Goldfisch und das

Zwergkaninchen nun schwer haben. *Ihre Überlebenschancen sind jedenfalls nicht gestiegen. Hoffentlich entwickelt das Kätzchen nicht allzu großen räuberischen Appetit*, dachte ich. Sonst waren die Tragödien vorprogrammiert.

Doch Emma war glücklich, und auch ihre Mutter schien sich bei jedem unserer Treffen im darauffolgenden Jahr weniger über die Katze zu beschweren. Wir wurden nicht direkt Freundinnen, Rose und ich. Dafür waren unsere Begegnungen allzu zufällig, und vermutlich hatte sie auch einfach keine Zeit dafür. Aber wir waren wie gute Bekannte, die sich freuten, wenn sie einander über den Weg liefen, sich beim Einkaufen in irgendeinem Geschäft begegneten und dann immer ein paar Worte miteinander wechselten. Manchmal gingen wir auch ein paar Schritte zusammen oder setzten uns im Sommer auf die Terrasse des *Courtyard Café*. Ich fand es schön, mich ab und an mit ihr auszutauschen und von Mutter zu Mutter über unsere Kinder zu sprechen. Ihren Mann und seine ständige Abwesenheit von zu Hause erwähnte sie nicht mehr, worüber ich seltsamerweise erleichtert war.

EINE GEHEIMNISVOLLE
GESCHICHTE

Wenige Tage nach der Eröffnung des Christmas Market überraschte mich John Wood mit dem Vorschlag, meinen Sohn jeden Tag für ein paar Stunden in seine und Charlottes Obhut zu geben, während ich zusammen mit Nelly das Chalet des Emporiums auf dem Weihnachtsmarkt bespielte. Ich fragte Alexander Sherman nach seiner Einschätzung, die erwartungsgemäß skeptisch ausfiel. «Ich weiß nicht, Julie», sagte er, «wir sollten jegliche Aufregung von ihm fernhalten. Nach Möglichkeit jedenfalls ... aber es ist natürlich deine Entscheidung.»

Natürlich, letzten Endes bleibt alles an Mum hängen.

Mit etwas unguten Gefühlen gab ich schließlich den Überredungskünsten des Ladeninhabers nach. Francesca würde Archie jeden Tag zum Emporium bringen, wo er in Johns Office spielen, von dort aus dem Geschehen im Laden zuschauen und zusammen mit Emma Geschichten lesen konnte.

In diesen «Emporium-Ferien», wie wir es nannten, blühte Archie sichtlich auf. Die manchmal so bleierne Erschöpfung fiel von ihm ab, er lächelte sogar wieder, was mich rührte und erleichterte.

Doch dann geschah etwas Seltsames.

Wenige Tage später betrat ein vornehmer, ganz in elegantes Schwarz gekleideter Herr das Emporium und verwickelte Archie in ein Gespräch, wie er mir später aufgeregt erzählte. Worüber genau, das wollte er nicht verraten, und ich hätte mir wohl Sorgen gemacht, hätte ich nicht gewusst, dass in Johns Beisein keinerlei Gefahr für meinen Sohn und seine kleine Freundin bestand. Archie selbst war felsenfest überzeugt, es mit einem «Weihnachtsengel» zu tun zu haben, obwohl Sir Frederick Fry – so der Name des geheimnisvollen Unbekannten, den ich für reine Camouflage hielt – so gar nicht wie ein Engel ausschaute. Eher wie das Gegenteil.

Es gab noch weitere Augenzeugen seines bemerkenswerten Auftritts: meine Freunde, die Standbetreiber, die mir umgehend davon berichteten. Der Unbekannte war gemessenen Schrittes über den Weihnachtsmarkt gegangen, hatte keine der Gassen rund um Bath Abbey ausgelassen, und es schien, als schritte er einen festgelegten Parcours ab, bis er schließlich das Emporium in der Abbey Street erreichte, sein offensichtliches Ziel.

Er trug einen langen Mantel und hatte einen schwarzen Bowlerhut auf dem Kopf, den er eine Spur schief trug und tief in die Stirn gezogen hatte, wie um nicht erkannt oder angesprochen zu werden. Unter dieser altmodischen Kopfbedeckung blitzten zwei wachsame blaue Augen. Der Herr war ziemlich betagt, was man an seinem weißen Haaransatz erkennen konnte, doch schien er noch rüstig zu sein, denn er ging mit langen, langsamen Schritten, was den routinierten Spaziergänger verriet.

Ein bisschen wirkte er, als schaue er überall in seinem Revier nach dem Rechten. Zwar verbreitete er nicht gerade Furcht oder Schrecken, wohl aber eine gewisse Unsicherheit, mit wem man es hier zu tun hatte. Zumal sein Auftritt sich nun Tag für Tag wiederholte. Seltsam ... sehr seltsam, das fand nicht nur ich.

Meine Freunde überboten sich angesichts von «Sir Fredericks» täglichem Spaziergang durch die Budengassen an Spekulationen, die meisten begegneten ihm mit Misstrauen und Ablehnung.

«Was schleicht er hier herum?»

«Keine Ahnung, hab ihn noch nie zuvor gesehen.»

«Was hat er nur vor?»

«Er ist irgendwie ... unheimlich.»

«Nein, er hat doch einen ganz freundlichen Blick.»

«Freundlich? Das finde ich ganz und gar nicht.»

«Er sieht aus wie ein Schauspieler ... so theatralisch.»

«Ach was, der ist harmlos.»

«Er ist alles andere als harmlos, das sage ich euch. Er hat etwas vor ... wenn ich nur wüsste, was.»

«Das werden wir wahrscheinlich nie herausfinden. Lasst ihn in Ruhe. Er ist ein ganz normaler Weihnachtsmarktbesucher.»

«Also, wenn er eines nicht ist, dann normal.»

«Er kommt jeden Tag zur selben Zeit. Das ist crazy.»

So diskutierten und spekulierten meine Freunde munter darüber, was der mysteriöse Flaneur mit dem undurchsichtigen Lächeln wohl «im Schilde führte», wie Oscar Morris es ausdrückte. Felicity Clarke hielt ihn für einen harmlosen Verkleidungskünstler, Jake Montgomery für einen exzentrischen Dandy oder schlicht für einen Spinner, Violet Farnsworth gar für den Tod – was mich, ehrlich gesagt, nicht wirklich überraschte. Adrian Briggs beteuerte, nichts mit ihm zu tun und ihn schon gar nicht «engagiert» zu haben – im Gegenteil: Der Marktleiter überlegte ernsthaft, ob er ihn nicht von einem Detektiv beschatten lassen oder gleich die Polizei auf ihn aufmerksam machen sollte, damit seine Identität festgestellt werden konnte.

Das erschien mir dann doch etwas übertrieben, immerhin hatte er niemandem etwas getan. Doch es kam ohnehin nicht dazu. Zwar zog der Unbekannte jeden Nachmittag gegen drei Uhr seine Runde über den Weihnachtsmarkt, doch er blieb an keiner Bude stehen, er konsumierte nichts und kaufte auch nichts. Das Ziel, das er ansteuerte, war stets das Emporium. Er öffnete die Ladentür, die ihn mit dem üblichen Knarren begrüßte, und steckte jedes Mal zuerst seinen Kopf herein, als müsste er sich erst einen Überblick verschaffen. An den Adventsnachmittagen platzte der Laden aus allen Nähten. Nie herrschte hier mehr Gedränge als in der Vorweihnachtszeit. So schob sich der Fremde herein, bahnte sich mit gemurmelten Entschuldigungen einen Weg durch die Menge und steuerte das Office an, wo er Tag für Tag Archie und Emma antraf, die ihn bereits sehnsüchtig erwarteten. Er verschwand hinter dem Vorhang, als hätte er tatsächlich einen Auftritt auf der Bühne absolviert.

Sowohl John als auch Charlotte ließen ihn gewähren. Sie nickten ihm nur einen Gruß zu und tolerierten mit einem Lächeln, dass der Unbekannte sich bei ihnen durch ihren Laden so vertraut bewegte, als gehörte er ihm.

Auch meine Freundin Nelly bekam das alles mit, und sie war es längst überdrüssig, jeden Abend mit ihrem Mann Adrian den «mysteriösen Fall» zu diskutieren. Sie besprach es lieber mit mir, zumal ich mich mit zunehmender Neugier fragte, was die Kinder jeden Nachmittag mit dem geheimnisvollen Unbekannten besprachen. Als ich einmal den Vorhang beiseiteschob und einen Blick ins Office wagte, krähte Archie aufgeregt: «Nicht stören, Mum! Das ist geheim!»

Nicht stören! Geheim! Was bildete sich der kleine Kerl eigentlich ein?

Mit einem Augenrollen zog ich den Vorhang wieder zu.

«Was ist los da drinnen?», fragte ich Charlotte, die nur die Schultern hob und einen betont indifferenten Blick aufsetzte. Mit einer Kopfbewegung wies sie auf John, der hinter der Kasse stand und ebenso undurchdringlich dreinblickte.

«Kannst du mir vielleicht verraten, was dahinten vor sich geht?»

John schien es etwas unangenehm zu sein, keine Erklärung zu haben oder liefern zu wollen.

«Beruhige dich, Julie. Es ist nichts, worüber du dir Sorgen machen müsstest.»

«Das wäre ja wohl auch noch schöner. Los, raus mit der Sprache!»

«Ich glaube, sie bereiten eine Überraschung vor», sagte John. «Für dich», setzte er hinzu, mit einem schuldbewussten Blick, als habe er etwas verraten, was unbedingt geheim bleiben sollte.

«Für mich?» Ich war perplex. «Was um Himmels willen könnte das sein?»

Der Herrscher des Emporiums blieb gelassen. «Also, meine Liebe, es liegt in der Natur der Sache, dass Überraschungen ... nun eben überraschend sind. Lass sie, Julie. Wirklich, es besteht kein Grund zur Beunruhigung. Ich glaube ... es ist ein Spiel ...»

Es war nicht so, dass ich nun beruhigt gewesen wäre, aber ich beschloss, die Sache auf sich beruhen zu lassen. Vorerst jedenfalls. Irgendwann und irgendwie würde ich schon dahinterkommen, was das Trio da im Office trieb. Und ich hatte auch schon eine Idee, wie ich es anstellen würde.

Nick Barley war der Einzige auf dem Markt, der mich in meinem frisch und noch leicht unsicher gefassten Beschluss, diesen ziemlich mysteriösen «Sir Frederick» gewähren zu lassen, bestärkte. Die anderen ließen nicht locker und überhäuften mich mit Ratschlägen und Warnungen, die mich dann doch beunruhigten. Auch Nicks Rolle in diesem seltsamen Spiel verstärkte mein ungutes Gefühl. Irgendwie war er darin verwickelt, irgendetwas führte er im Schilde, jedenfalls war er mit von der Partie. Ich fühlte mich ... befremdet, ja, das war es. Auch wenn er sich Archies und Emmas Vertrauen erschlichen hatte, meines konnte ich ihm nicht einfach schenken, sosehr Archie der Umgang mit ihm auch zu gefallen schien. Als ich einmal versuchte, den undurchsichtigen «Sir Frederick» in ein Gespräch zu verwickeln, ihm etwas zu entlocken, zog er nur wie immer höflich seinen Hut und empfahl sich mit einem freundlichen, jedoch zugleich verschlossenen Lächeln. Es war ganz offensichtlich, dass er sich irgendwie nicht in die Karten schauen lassen wollte.

Ein paar Nachmittage später schlich ich mich dann in den kleinen Lagerraum hinter dem Office, und da er nur mit einer Holzwand abgetrennt war, konnte ich das, was «Sir Frederick» und die Kinder beredeten, ziemlich gut verstehen. Nicht ohne schlechtes Gewissen lauschte ich der merkwürdigen Begegnung, aber zu meiner Verblüffung erzählte der Unbekannte den Kindern wohl nur eine Geschichte, jeden Tag ein weiteres Kapitel. Ich war erleichtert, eine Geschichte war etwas Harmloses, und doch spürte ich selbst hinter der Holzwand, dass hier etwas Seltsames, für Archie sogar irgendwie Heilsames geschah, ohne dass ich benennen konnte, was es eigentlich war. Also stellte ich «Sir Frederick» weder zur Rede, noch rang ich mich dazu durch, seine Begegnungen mit den Kindern zu unterbinden.

Allerdings konnte ich es nicht lassen, immer mal wieder die Lauscherin an der Wand zu spielen. Nur zur Beruhigung, versteht sich, und immer nur kurz, denn ich hatte eine panische Angst davor, mich zu verraten und entdeckt zu werden. Die kleine Gruppe hatte inzwischen damit begonnen, die mir unbekannte Geschichte mit verteilten Rollen zu lesen, wie Schauspieler es bei den Sprechproben tun. Archies Stimmchen, Emmas heller Sopran, «Sir Fredericks» sonorer Bariton – sie bildeten ein aufeinander eingespieltes Ensemble. Es war eine Art Weihnachtsmärchen, das die drei zu proben schienen, und ich fragte mich gerührt, ob sie nicht sogar eine Lesung planten, irgendwann kurz vor dem Fest.

Ich bekam stets nur Bruchstücke der Handlung mit, weswegen es mir nicht gelang, die Geschichte zu erraten. Ich musste mich wohl überraschen lassen, so schwer es mir auch fiel. Doch ich begann zu ahnen, dass die Überraschung keineswegs nur mir gelten würde ...

Eines Abends, nach Geschäftsschluss, bat John mich in sein Office. Was immer eine besondere Ehre war, daher hatte es mich auch überrascht, dass er es der kleinen Gruppe zur Verfügung stellte. Denn so offen das Emporium für alle war, die es liebten, so geheimnisvoll war der hintere, durch einen Vorhang abgetrennte Raum. Johns Refugium zierte tatsächlich ein antikes Messingschild mit diesem alten französischen Wort Bureau, das vor dem samtblauen Vorhang baumelte und eine Schwelle markierte, vor der jeder Respekt zu haben schien. Schließlich war dieser Raum John Woods ureigenes Reich, und selbst Charlotte wagte sich nur selten über diese Schwelle. Meistens blieb sie in der Türöffnung stehen und richtete von dort das Wort an ihren Chef, der zumeist in seinem Ohrensessel hinter dem wuchtigen, überladenen Schreibtisch saß, auf dem eine Bankerlampe mit grünem Schirm, wie man sie in den Lesesälen alter Universitätsbibliotheken findet, ein genau abgezirkeltes Licht spendete.

Diesen Raum umgab die Aura eines Geheimnisses. Doch kam es bisweilen vor, dass John mich hereinbat, und dann fühlte ich mich privilegiert, irgendwie als etwas Besonderes. Auch jetzt, als ich mit leichtem Bangen den Vorhang hinter mir schloss und mich ihm gegenüber in den zweiten Sessel setzte.

«Lass mich noch etwas zu Ende lesen. Bin gleich fertig ...», murmelte er.

«Aber ja, lies nur. Lass dich nicht stören.»

Das gab mir Gelegenheit, den Blick durch dieses Refugium schweifen zu lassen, in dem sich nie auch nur das Geringste zu ändern schien. Wozu auch oder für wen? Schließlich wurde das Office lediglich von John benutzt. Es hatte nur wenig von einem modernen Büro. Eher gewann man den Eindruck, sich auf einer Zeitreise in die Vergangenheit zu befinden, denn nichts, wirklich nichts deutete darauf hin, dass der Nutzer dieses Raums im einundzwanzigsten Jahrhundert angekommen wäre.

Hohe Regale aus dunklem Holz bedeckten die Wände, Bücherschränke mit Türen, hinter deren Glas sich allerdings nicht nur Druckwerke befanden, sondern ein unendliches Sammelsurium, von Krimskrams bis hin zu antiken Schätzen aus Silber und Porzellan. Einiges musste noch aus der Hinterlassenschaft seiner Tante stammen. Ein großer englischer Sekretär stand in einer Ecke, über und über bedeckt mit Papieren, Katalogen, Bestellformularen und Nachschlagewerken. Ein paar kleine Beistelltische waren vollgestellt mit Bilderrahmen aus Wurzelholz, in denen Fotos von der prominenteren Kundschaft des Emporiums steckten – Maggie Smith, Kenneth Branagh, Emma Thompson, Charles Dance und Judi Dench (beide in jüngeren Jahren), Tony Blair, sogar Michelle Obama –, immer zusammen mit John Wood, dem unbestrittenen Herrscher über dieses kleine Königreich aus Spiel und Spaß, Trödel und Traum.

Dazwischen in völliger Unordnung – oder jedenfalls keiner erkennbaren Ordnung – gaben Zigarrenkisten, Aschenbecher, Pfeifen, Büsten und Statuen und schließlich eine Fülle von Memorabilien, deren Sinn und Bedeutung allein John Wood kannte, die Staffage ab. An den Wänden gab es nur wenige freie Flächen, die fast alle mit Bildern vollgehängt waren. Weitere Gemälde standen auf dem Boden oder waren einfach vor den Bücherregalen aufgehängt worden.

Schließlich klappte John das Buch geräuschvoll zu und blickte mich mit leicht zusammengekniffenen Augen an.

«Nun, Julie, was haben deine geheimdienstlichen Aktivitäten zutage gefördert? Hast du etwas Aufregendes entdeckt?» Seine Fragen rissen mich abrupt aus meinen Betrachtungen. Ich zuckte zusammen, offensichtlich war John mir auf die Spur gekommen. Es war mir peinlich, sehr sogar. Eine Helikoptermutter, die ihrem Sohn hinterherspionierte!

«Ich ... äh ... ich wollte mich nur überzeugen, dass hier alles mit rechten Dingen zugeht.»

«Und ... hattest du eine besondere Veranlassung dazu?»

«Nein ... nicht wirklich.» Mir schoss die Röte in die Wangen. Himmel, war das unangenehm. Und beschämend. Obwohl Johns Stimme ganz gelassen blieb, als ginge es hier nur um eine nette Feierabend-Plauderei. Was es natürlich nicht war.

«Das beruhigt mich. Denn, offen gestanden, hatte ich mir schon Sorgen gemacht.»

«Sorgen ... warum?»

«Dass du uns nicht vertraust. Den Kindern nicht ... und mir auch nicht.»

«Es ist dieser komische Sir Frederick, der mir Sorgen bereitet. Ich habe keine Ahnung, wer er ist oder was er vorhat. Und ich weiß nun mal gern, mit wem mein Kind Umgang hat.»

«Und da hat dir mein Wort nicht genügt, dass alles schon seine Richtigkeit hat? Dass es eine Überraschung werden soll ... auch für dich?»

Wieder schluckte ich. Das entwickelte sich ja zu einem richtigen Verhör.

«Ich lasse mich nicht gern überrumpeln, John. Und wahrscheinlich habe ich überhaupt meine Probleme mit Überraschungen.»

«Überrumpeln und Überraschen sind zwei ganz verschiedene Dinge, meine liebe Julie.»

«Ja, ich weiß», räumte ich kleinlaut ein. «Aber ...»

«Kein Aber!», schnitt er mir das Wort ab. «Julie, ich muss wirklich darauf bestehen, dass du deine ... Überwachung einstellst. Ich verbürge mich für Sir Frederick und seine vollkommen untadeligen Absichten.»

«Aber ich verstehe nicht ...»

Johns Lächeln wurde verschlossen, wie bei jemandem, der sich scheut, größere Geschütze aufzufahren. Es war etwas einschüchternd, so kannte ich meinen alten Freund gar nicht. «Natürlich verstehst du nicht ... sollst du auch gar nicht. Aber wenn du damit nicht aufhörst, gefährdest du das ganze Projekt.»

«Ich gefährde das Projekt? Was für ein Projekt denn?»

John nickte. «In der Tat, das ist zu befürchten. Sieh es als eine Art Bescherung ... du möchtest sicherlich auch nicht, dass Archie schon vorher die Geschenke entdeckt, die du vor ihm versteckt hast.»

«Äh, nein ... möchte ich nicht. Natürlich nicht.»

«Siehst du, hier geht es um etwas ganz Ähnliches. Eine Weihnachtsüberraschung für uns alle hier.» Er machte eine raumgreifende Geste. «Lassen wir der kleinen Truppe doch die Freude ...»

Ich nickte, etwas betreten und – ja, auch – etwas eingeschüchtert.

«Getreu der Maxime *Believe in the Magic of Christmas*? Meinst du das?», fragte ich, um Versöhnlichkeit bemüht, mit einem schwachen Lächeln.

«Ja, genau das meine ich. Und dabei geht es nun mal um Glauben, nicht um Wissen.» Er klatschte in die Hände. «Prima, dann beenden wir jetzt unsere kleine Unterhaltung ... beziehungsweise wir setzen sie fort, aber mit anderen Gesprächsthemen und in etwas entspannterer Atmosphäre. Was darf ich dir anbieten? Einen Sherry ... oder doch lieber einen Portwein?»

Ich war dankbar, dass das peinliche «Verhör» ein glimpfliches Ende gefunden hatte. Und dass ich mit einer Bewährungsstrafe davongekommen war.

«Portwein, bitte ... mir ist jetzt nach einem starken süßen Wein.»

«Oh, mir auch, liebe Julie ... mir auch! Eine perfekte Wahl!»

12

DAS WUNSCHTEAM

D ie Tage auf dem Weihnachtsmarkt flossen ineinander
wie Wasserfarben auf meinem Aquarellblock. Jeden
Morgen verabschiedete ich mich von Archie, umarmte
ihn, gab ihm ein Küsschen, das er neuerdings unwillig abwischte (das hatte ich mir dank meines Misstrauens wohl
selbst zuzuschreiben), und ließ ihn dann in Francescas Obhut zurück. Wieder einmal war ich höchst dankbar dafür, wie
rührend sie sich um meinen Sohn kümmerte.

«*Alora, amico mio*», sagte sie zu Archie. «Jetzt los ... ins Badezimmer. Wenn du fertig bist, dann öffnen wir deinen Adventskalender.» Als ich sah, wie liebevoll sie ihm nachblickte,
während er ins Bad flitzte, wurde mir ganz warm ums Herz,
und ich beschloss, ihr dieses Jahr etwas besonders Schönes
zu Weihnachten zu besorgen.

«Danke, Francesca, du bist wirklich ein Geschenk für
diese Familie. Adrienne und ich ... wir wissen nicht, was wir
ohne dich machen würden.»

«Ah, *nessun problema*, Julie. Er ist ein Engel, der Kleine.»

Ich war mir nicht sicher, wer hier der eigentliche Engel war,
nickte jedoch nur und lächelte ihr noch einmal zu, bevor ich
das Haus verließ.

Wenn ich am Vormittag unseren Stand auf dem Weihnachtsmarkt erreichte, war ich stets bester Laune. Ich zog den Holzladen auf und stellte ihn fest, räumte unsere Waren in die Auslage und in die Regale an der Rückwand, füllte alles wieder auf, was am Tag zuvor verkauft worden war. Wenig später traf Nelly ein, mit ihrem täglich neuen verrückten Accessoire auf dem Kopf. Bald kamen schon die ersten Besucher, dann immer mehr. Auf den großen Parkplätzen stauten sich die Busse, vom nur fünf Minuten Fußweg entfernten Bahnhof strömten die Tagestouristen in das historische Zentrum von Bath. Schon gegen Mittag herrschte großes Gedränge, das am Nachmittag noch zunahm und bei anbrechender Dämmerung seinen Höhepunkt erreichte, wenn Zehntausende durch die Straßen und über die Plätze zogen.

So war es Tag für Tag. Ich erlebte den Weihnachtsmarkt als einen großen Zauberkessel, in dem es zischte und brodelte, als einen Schmelztiegel von ungebrochener Anziehungskraft. Besonders stimmungsvoll war unser «Markt der Wünsche», wenn in der Dämmerung Myriaden von Lichtern ein glitzerndes Gespinst woben und der große Weihnachtsbaum vor der angestrahlten Bath Abbey ein leuchtendes Hoffnungszeichen in die dunkle Welt schickte.

In unserem kleinen Holzchalet verloren Nelly und ich jegliches Zeitgefühl, keiner von uns zählte die Stunden. Wir sahen das Leuchten in den Augen der Kinder, ließen uns anrühren vom Glück der Besucherinnen und Besucher, wenn sie am Stand des Emporiums etwas Schönes entdeckten. Wir schenkten ihnen allen unser wärmstes Lächeln.

Ausgerechnet an dem Abend, als das selbst ernannte

«Wunschteam» zum ersten Mal in Johns Salon zusammen-
kommen sollte, war ich zu spät dran. Nelly hatte am Nachmittag im Emporium Dienst, und ich war allein in unserem
Chalet im Einsatz gewesen. So hatte es länger gedauert, bis
ich es absperren und die Beleuchtung ausschalten konnte.
Ich schlenderte noch ein bisschen über den Markt, auf der
Suche nach einem kleinen Mitbringsel für unseren Gastgeber John. Endlich fand ich den Antiquitäten-Stand wieder,
auf dem ich ein paar Tage zuvor eine kleine Badende gesehen
hatte, eine antike Porzellanreplik von Falconets berühmter
Skulptur. Sie war noch da, wie ich erleichtert feststellte, und
ich kaufte die hübsche Figur und ließ sie mir schön einpacken.

Auf dem Rückweg zur Abbey Street kam ich wieder am
Wunschbaum vorbei.

Obwohl in der Nacht zuvor die Wunschzettel abgeräumt
worden waren, hingen jetzt schon wieder Dutzende, wenn
nicht Hunderte in den Zweigen. Was brachte die Menschen
nur dazu, ihre Wünsche aufzuschreiben und hier in aller
Öffentlichkeit aufzuhängen? Ich wusste es nicht. Noch nicht.
Heute Abend würden wir es vielleicht erfahren. Ich blickte
auf die Uhr. Schon eine halbe Stunde zu spät. Verflixt, ich
musste mich beeilen und legte die kurze Strecke zum Emporium im Laufschritt zurück.

In Johns Salon war bereits eine muntere Diskussion im
Gange. Auch das eine oder andere Gläschen war bereits kon-
sumiert worden, was wieder zu der üblichen Ausgelassen-
heit geführt hatte. Auch Nick Barley war dabei, was mich
überraschte, ich sah, wie Nelly und John verstohlene Blicke
tauschten. Und weil wohl auch ich fragend in die Runde

schaute, erklärte John, Nick sei Teil des Teams, «weil nur er und niemand sonst die Zettel vom Baum pflücken und uns bringen kann. Der Wunschbaum ist sein Werk. Und niemand von uns alten Leutchen könnte da in den Ästen herumkraxeln.»

Warum er auch Nelly und mich zu den «alten Leutchen» zählte, blieb sein Geheimnis. Aber er hatte schon recht – Nick war perfekt für die Aufgabe des Postillons. Ich nickte ihm zu, und er schenkte mir sein schiefes Lächeln.

«Eigentlich sollte man sich vor Wünschen ja eher in Acht nehmen», nahm Oscar die Diskussion wieder auf, die durch mein verspätetes Erscheinen unterbrochen worden war. «Bewahre mich vor dem, was ich mir wünsche, kann ich nur sagen. Ist ein berühmter Spruch.»

«Na, eigentlich heißt er *Protect me from what I want*. Also wollen, nicht wünschen. War ein legendäres Leuchtbanner am New Yorker Times Square, eine Textinstallation von Jenny Holzer ... 1985, glaube ich.»

«Sie hörten Professor Dr. John Wood, Kulturhistoriker und mehrfacher Gewinner der Auszeichnung Mr Neunmalklug in seiner Vorlesung.»

John grinste verkniffen. «Schon gut ... schon gut.»

«Ich finde das eine ganz gute Einstellung», meinte Oscar. «Pass auf, was du dir wünschst – es könnte in Erfüllung gehen.»

«Aber das ist doch unromantisch», wandte Charlotte ein. «Und unweihnachtlich. Wie heißt es so schön? Als das Wünschen noch geholfen hat ...»

«Ja, so fangen die Märchen oft an», meinte Oscar brummig.

«Du sagst es mit so einem Unterton», warf Charlotte ein. «Als glaubtest du nicht daran.»

«Ans Wünschen glaube ich schon ... auch dass es hilft. An

Märchen weniger. Bin nicht so der Märchenonkel ...», erwiderte Oscar und genehmigte sich einen großen Schluck.

«Siehst aber wie einer aus», feixte Jake.

«Musst du gerade sagen!»

«Einigen wir uns doch darauf, dass John der Märchenonkel ist», schlug Jake mit einem Grinsen vor.

«Ja, darauf können wir uns einigen. Du, John, bist halt unser Märchenerzähler, Philosoph, Mr Neunmalklug ... der mit den großen Weisheiten», meinte Oscar etwas verschlagen. «Was sagst du immer über die Wünsche ...?»

Jetzt musste John doch lachen. «Wünsche sind Wunder, die noch etwas Zeit brauchen.»

«Genau! Und wir werden diejenigen sein, die diese Zeit etwas verkürzen.»

«Jetzt aber Schluss mit den Kalendersprüchen, ihr Hobbyphilosophen», entschied Nick. «Wir haben hier einiges zu tun, denke ich.»

Alle nickten. Auf dem Tisch standen drei überquellende Kartons, es mussten Hunderte von Wunschzetteln sein, die in den letzten Tagen an den Baum gehängt worden waren. Nick schüttete die erste Kiste aus, die Zettel verteilten sich über den ganzen Tisch.

Charlotte seufzte. «Das sind so viele!»

«Ja, in der Tat, meine Liebe. Also frisch und fröhlich ans Werk. Du fängst an.»

Charlotte setzte ihre Lesebrille auf und fischte einen der Zettel heraus. Sie las ihn laut vor:

Ich wünsche mir, dass sich in unserer Familie alle wieder vertragen. Wir sollten vergessen, was geschehen ist, und uns die Hände reichen. Wir müssen einen Weg finden, die Streitigkeiten zu beenden. Also ... ich hoffe, dass Kate

*meine Entschuldigung annimmt. Isabel sollte endlich
wieder mit Andrew reden. Und Julian muss Lily verzeihen,
sonst wird das nichts mehr mit den beiden. Das wünscht
sich eure alte Helen.*

«Puh! ... Himmel! ... Meine Güte!»

«Diesen Wunsch können wir jedenfalls nicht erfüllen, denke ich», fasste Nelly die Gedanken aller zusammen. «Lies bitte den nächsten Zettel vor, Charlotte.»

Charlotte griff sich das nächste Stück Papier.

Mein größter Weihnachtswunsch bist Du.

Allgemeines Aufstöhnen.

«So geht das nicht ... dann sitzen wir noch nach Mitternacht hier», entschied Nelly. «Wir müssen erst alle Zettel aussortieren, auf denen es keinen Hinweis auf den Absender gibt ... keinen Namen, keine Adresse, keine Telefonnummer.»

Kurzerhand schüttete sie auch die anderen beiden Kartons aus. Die Wunschzettel türmten sich zu einem riesigen Berg auf.

Und dann machten wir uns ans Sortieren. Alle Zettel ohne Absender wanderten zurück in die Kartons, die sich rasch wieder füllten. Aber es blieb doch eine beachtliche Menge übrig.

«Das schaffen wir nie!», lamentierte Charlotte.

«Wir fangen einfach mal an», sagte John, griff nach einem Zettel und las ihn sorgfältig durch. «Oh!»

«Was *Oh?* Lass schon hören», forderte Oscar ihn auf.

«Es ist ein Wunsch, den nur du erfüllen kannst, mein Freund.»

Friede auf Erden und den Menschen ein Wohlgefallen.
Reverend Paul Denham, St. John's Church, Bath

«Sehr witzig!», kommentierte Oscar. «Und typisch Reverend: ein unrealistischer Wunsch aus höheren Sphären. Eigentlich ist es sein Job, ihn zu erfüllen.»

«Na ja, er wünscht es sich halt. Dann darf er den Zettel auch an den Wunschbaum hängen», verteidigte die stets nachsichtige Charlotte Hochwürden Paul Denham.

John winkte ab. «Nicht so wichtig. Der nächste, bitte ...»

Jake zog einen weiteren Zettel aus dem Haufen. Auch er las ihn zuerst für sich, bevor er den Wunsch mit einem Grinsen uns allen kundtat.

Lieber, lieber Weihnachtsmann,
ruf mich an, ruf mich an!
Bridget Jones

«Steht da auch eine Telefonnummer?»

Jake nickte und las sie vor.

«Eine Mobilnummer», sagte Charlotte.

«Natürlich eine Mobilnummer. Wer hat denn heute noch Festnetz?»

«Ich habe Festnetz», sagte Charlotte. «Und das Emporium auch.»

«Von euch habe ich auch nichts anderes erwartet», sagte Oscar. «Ihr lebt hinterm Mond ... da gibt es noch Festnetzanschlüsse.»

«Schluss jetzt», rief John dazwischen. «Wir sollten uns wieder dem Wunsch widmen.»

«Ich widme mich gern und melde mich freiwillig, Bridget Jones anzurufen», rief Oscar.

«Das könnte dir so passen ... kannst du vergessen», sagte Jake.

«Steht da wirklich Bridget Jones?», fragte ich.

«Ja, warum?»

«Das ist eine Romanfigur von Helen Fielding. *Schokolade zum Frühstück* – erinnert ihr euch?»

Alle schüttelten den Kopf. Bis auf Nelly.

«Ja, ich erinnere mich», sagte sie. «Aber nur an den Film.»

Ich nickte. «Also können wir davon ausgehen, dass dies ein eher scherzhafter Weihnachtswunsch ist, und den Zettel getrost zurück in den Karton werfen.»

«Nicht unbedingt», protestierte Nick. «Es kann doch auch eine reale Person mit diesem Namen geben. Und warum sollte sie sich nicht eine persönliche Begegnung mit dem Weihnachtsmann wünschen?» Er spitzte pfiffig die Lippen, woraufhin Oscar sein Gesicht verzog wie ein bettelndes Kind, das unbedingt etwas will.

«Bitte, bitte ... lasst mich sie anrufen.»

«Na schön», entschied John. «Ruf sie an, Oscar. Aber mit gebotener Zurückhaltung, hörst du? Ernsthaft, du Kindskopf! Du musst dich für den Weihnachtsmann ausgeben ... kriegst du das hin?»

Kindskopf Oscar nickte begeistert und klatschte in die Hände. «O wie schön, einer meiner größten Wünsche geht in Erfüllung!»

Nelly verdrehte die Augen. Charlotte verdrehte die Augen. Und ich auch.

Mich beschlich die Befürchtung, dass das hier zu einer absoluten Scherzkeksnummer wurde. Ob wir wohl auch mal einen echten Weihnachtswunsch aus diesem Haufen ziehen würden? Einen, den wir erfüllen konnten?

Doch, es gab einen. Und nicht nur einen. Es gab viele, wie wir im Laufe des Abends feststellten.

Da war zum Beispiel der Zettel von Louisa. Sie hatte geschrieben, dass sie neun Jahre alt sei und sich zu Weihnachten den zweiten Teil von *Paddington* wünsche, dem Bären vom gleichnamigen Londoner Bahnhof, dessen Abenteuer seit Jahrzehnten Kinder und Erwachsene gleichermaßen begeisterten – in zahlreichen Büchern und in zwei Verfilmungen, die ich kannte, weil ich sie zahllose Male mit Archie angesehen hatte.

«Das ist ja ein bescheidener Wunsch», befand Jake. «Der sollte erfüllbar sein, oder?» Er sah John an, der weiter zu Charlotte blickte.

«Haben wir die DVD von *Paddington 2*, meine Liebe?»

«Natürlich haben wir die, Sir John. Meinen Sie, ich könnte es mir erlauben, nicht alles von Ihrem Lieblingsbären vorrätig zu haben? Sie sind doch sogar mit seinem Autor befreundet, oder nicht? Michael Bond?»

«Gewesen, Charlotte, leider gewesen. Michael ist ja im biblischen Alter von 91 Jahren von uns gegangen und ruht jetzt auf dem Paddington Old Cemetery. Sicherlich ist er schon im siebten Bärenhimmel. Also ... dann eine DVD von *Paddington 2* für die kleine Louisa. Das übernehme ich ... ihre Adresse hat sie ja glücklicherweise dazugeschrieben.»

«Kluges Mädchen», meinte Nick.

Wir einigten uns darauf, vor allem Wünsche zu erfüllen, die sich als Geschenke mit der Post senden ließen. Ich nahm mir vor, Grußkarten und Adressaufkleber für unsere kleine Kampagne zu gestalten, das würde es ein bisschen schöner und persönlicher machen, als wenn wir alles nur in braunen Pappkartons verschickten.

Nach stundenlangem Aussuchen und Diskutieren hatten

wir uns schließlich auf sieben Wünsche geeinigt, die wir erfüllen wollten. Sieben schien uns die passende magische Zahl zu sein. Jeder von uns übernahm einen Auftrag.

John: eine *Paddington 2*-DVD für Louisa («Die schaue ich mir vorher selber noch mal an.»)

Charlotte: diverse Spielsachen für einen Kindergarten («Oh, das wird teuer!»)

Nelly: ein Mutmachbrief für ein Mädchen, das über Weihnachten im Krankenhaus bleiben musste («Puh ... schwierig ... aber ich werde sie schon aufmuntern.»)

Oscar: ein Anruf bei Bridget Jones («Kann's kaum erwarten.»)

Jake: eine Flasche Wein für einen alten Herrn, der in einem Seniorenstift lebte («Eine junge Dame wäre mir lieber gewesen.»)

Ich: *Die kleine Sorgenmaus* für eine Mutter, die sich überfordert fühlte und sich «weniger Sorgen und mehr Zeit für mich» wünschte (kein Kommentar)

Und Nick? Er übernahm den Zettel der fünfundachtzigjährigen Elizabeth Lowry, die darauf mit zittriger Schrift ihren Wunsch notiert hatte, noch einmal ans Meer fahren zu können. Sie hatte angefügt, lange zu leben habe sie ja nun nicht mehr, aber sie wolle unbedingt bis nächstes Jahr Weihnachten durchhalten. Nick erklärte sich spontan zu einer Fahrt mit ihr nach Bristol bereit, exklusiv auf einem der Narrowboats, und würde Mrs Lowry einen «Gutschein» dafür schicken.

Als wir schließlich alle erschöpft von unseren Großtaten waren und Jake uns für einen letzten Umtrunk noch einmal die Gläser füllte, fiel mir das Mitbringsel wieder ein, die Statuette der kleinen Badenden, die ich unserem Gastgeber überreichte.

«Oh ... wie schön», sagte John. «Genau, was ich mir gewünscht habe!»

«Kann ich mir lebhaft vorstellen, dass du dir so eine wünschst. Träum weiter, alter Knabe, kann ich nur sagen.»

«Himmel noch mal, du alter Schwätzer. Die ist von dem anbetungswürdigen Falconet, klassisches achtzehntes Jahrhundert, wenn ich das als approbierter Mr Neunmalklug hier mal anmerken darf.»

«Dann passt ihr vom Alter her ja prima zusammen.»

Oscar behielt immer das letzte Wort. Meistens jedenfalls. Aber nicht heute.

«Oscar», sagte ich mit meinem bezauberndsten Lächeln, «du kannst dich noch so sehr anstrengen, der Griesgram des Jahrhunderts zu werden. Du kannst weiter versuchen, uns mit deiner notorisch schlechten Laune in die Freudlosigkeit zu treiben. Oder gleich in den Wahnsinn. Es wird dir nur nicht gelingen. Wir sind und bleiben deine Freunde, auch wenn du es partout nicht wahrhaben willst. Also, mein wohlgemeinter Rat zum Abschluss dieses denkwürdigen Tages: Lass es doch einfach bleiben.»

Die anderen klatschten und johlten. Bis auf unseren Freund Oscar, der mich mit offenem Mund anstarrte.

John schlug vor, dass wir uns alle drei, vier Tage bei ihm verabreden sollten.

«Ich finde, der Anfang ist gemacht. Und ich danke euch allen. Wir hatten viel Spaß, nicht wahr? Ich bin unserem Freund Oscar dankbar sein für seinen Vorschlag, ein Wunschteam zu bilden, es war eine großartige Idee – eine der wenigen, mit denen er uns wirklich mal überrascht hat.

Also … mein Wunsch ist bereits erfüllt! Auf das Wunsch-team!»

Wir stießen miteinander an.

«Auf das Wunschteam!»

Vier Tage später, bei unserem zweiten Treffen, meldeten wir alle Vollzug. Oscar berichtete von seinem Anruf bei Bridget Jones. Es gab sie tatsächlich, aber sie war erst sechzehn, und ihre Eltern mit dem Allerweltsnamen Jones hatten nicht wi-derstehen können, ihre Tochter Bridget zu nennen (ihre Mut-ter war Colin Firth verfallen und ihr Vater ein Fan von Renée Zellweger, es ging also tatsächlich um den Film). Oscar hatte sich mit tiefer Bassstimme als «Weihnachtsmann» gemel-det, woraufhin Bridget zuerst ungläubig kicherte, dann so schallend lachte, dass auch «Father Christmas» einstimmen musste. «Hohoho!» Sie hatten, wie Oscar berichtete, ein lus-tiges Gespräch geführt, über Weihnachten, Familie, *Schokola-de zum Frühstück*, die Vor- und Nachteile von Vorglühen und Nachglühen sowie den Sinn und Unsinn gefährlicher Lieb-schaften (von denen Bridget schon einige, Oscar jedoch noch keine einzige erlebt hatte – er war nun mal Father Christmas und hatte alle Menschen lieb). Zum Schluss fragte Bridget, ob sie sich nicht mal treffen könnten, doch der Weihnachts-mann erklärte ihr, er sei in diesen Wochen zu beschäftigt, das müsse sie verstehen. «Na, dann nächstes Jahr!», hatte Bridget gerufen, und Oscar hatte lachend das Telefonat be-endet.

Wieder hatte Nick Kartons mit unzähligen Wunschzetteln herbeigeschleppt, es waren noch mehr als beim ersten Mal. Und auch diesmal erwiesen sich die meisten Wünsche als schlicht unerfüllbar – entweder, weil sie eher allgemeiner Art waren, oder weil sie die finanziellen oder operativen Möglichkeiten unserer kleinen Gruppe beim besten Willen überstiegen.

Am einfachsten waren noch die Wünsche der Kinder zu erfüllen, die Teddybären, Puppen oder anderes Spielzeug auf die Zettel geschrieben hatten. Bei den meisten brummte John nur: «Übernehmen wir!» Wie wir alle war auch er überrascht von der Wunschflut, freute sich aber über jeden Beitrag, der ihm möglich war. Und bereits an diesem zweiten Abend hielt Charlotte es für angebracht, ihn angesichts seiner Standardantwort zur Vernunft zu rufen.

«Wenn wir so weitermachen, Sir John, wird unser Laden in wenigen Tagen leer sein. Wollen Sie das Emporium komplett wegschenken?»

«Meine liebe Charlotte, lassen wir den finanziellen oder ökonomischen Aspekt unseres Engagements doch einmal beiseite ... wenigstens dieses Weihnachten. Es wird uns schon nicht ruinieren, ein paar Sachen herzuschenken. Unser Laden ist ja nun wahrlich übervoll von dem Zeug.»

«Na, Zeug haben Sie es bisher noch nie genannt. Und das ist es auch nicht, im Gegenteil. Das sind doch hochwertige Sachen, und manche davon auch ziemlich teuer, wie Sie selbst wissen.»

John winkte ab. «Haben Sie etwa vergessen, meine Liebe, dass unsere Profession nicht nur im Verkaufen besteht, sondern vor allem darin, Freude zu verbreiten?»

Charlotte schluckte. «Ich meine ja nur, dass wir nicht so wahllos alles verschenken sollen ... oder auch können. Irgendwo wird es eine Grenze geben für Ihre Gutmütigkeit und Großzügigkeit, Sir John.»

«Ja, irgendwo und irgendwann sicherlich. Aber nicht hier

und nicht heute. Und von ‹wahllos› kann ja keine Rede sein, oder? Daher meine Bitte: Lassen Sie mir das Vergnügen, wenn möglich ... Ja?»

Charlotte blickte so verdutzt, ja gekränkt, dass ich mich auf den Plan gerufen fühlte, ihr zur Seite zu springen.

«John, sie meint es nur gut. Sieh es als Sorge um dein Emporium.»

«Gut gemeint ist noch nicht gut getan», brummte John, seltsam unversöhnlich. «Und um das Emporium muss sich niemand Sorgen machen. Solange ich weiß, was wir hier tun.»

«Ich verstehe.» Charlotte seufzte kleinlaut. «Sorry, dass ich das vergessen hatte, Sir John.»

«Sie haben es nie vergessen, liebe Charlotte, in all den Jahren nicht», lenkte John ein. «Es ist vielleicht nur im Vorweihnachtstrubel etwas untergegangen. Kann ja mal passieren. Ich freue mich jedenfalls, dass Sie hier mit von der Partie sind.»

Charlotte nickte erleichtert und griff rasch nach dem nächsten Zettel.

Auch diesmal wählten wir alle einen Wunsch aus. Ich entschied mich für den einer offenbar schon betagten Französin, die die Liebe nach Bath verschlagen hatte und die sich wünschte, noch einmal in ihrem Leben französische Brioches kosten zu dürfen. Ich würde Adrienne bitten, mir zu helfen. Auch wenn sie die Küche als eher unwichtigen Raum im Haus betrachtete und mir oder Francesca das Kochen überließ, hegte ich den Verdacht, dass sie eine solide Bäckerin war und es nur der richtigen Herausforderung bedurfte, um ihren kulinarischen Ehrgeiz zu wecken.

Nick, der nach mir an der Reihe war, wählte den Wunsch einer Großfamilie aus, die sich in diesem Jahr keinen Weihnachtsbaum leisten konnte.

«Für Weihnachtsbäume habe ich schließlich ein Faible», sagte er, zwinkerte mir zu und hielt dann meinen Blick etwas länger fest als nötig – ganz so, zumindest bildete ich mir das ein, als habe er vielleicht nicht nur für Weihnachtsbäume ein Faible.

13

BLICKE UND
BERÜHRUNGEN

Ohne dass Nick oder ich uns bewusst darum bemüht hätten, hatte sich unsere Beziehung seit unserem ersten Treffen auf Nellys Christmas Party entwickelt, so langsam und federleicht, dass niemand etwas davon mitbekam, nicht einmal wir selbst. Mit jeder noch so zufälligen Begegnung, jedem noch so kurzen Gespräch, waren wir uns nähergekommen. Auf lautlose, vorsichtige Weise, als gingen wir barfuß auf unebenem Sand.

Wenn Nelly mich befragte, bezeichnete ich uns als «gute Freunde» (sie rollte dann stets mit den Augen). Ich vermutete mal, es war nicht unbedingt das, was Nick sich wünschte, aber allein meine Bereitschaft, mich auf ihn einzulassen, schien ihn zu beflügeln. Dass er in mich verliebt war, daran hatte ich nicht den geringsten Zweifel. Und nach verschiedenen Gesprächen mit Nelly bemühte ich mich immerhin, mich für seine Zuneigung zumindest offen und empfänglich zu zeigen, ohne Fragezeichen, Verbotsschilder oder sonst wie geartete Vorbehalte. Die Art, wie wir miteinander umgingen, konnte man zwar nicht gerade leidenschaftlich, aber durchaus romantisch nennen. Nach unserem anfänglichen Geplänkel hatten wir inzwischen eine tiefere Ebene erreicht.

Mittlerweile wusste er von Archie und fragte oft, wie es ihm ging, was ihn ehrlich zu interessieren schien. Wir verstanden uns blendend, auch ohne viele oder gar große Worte, und wir genossen das Vertrauen, das sich zwischen uns entwickelte, ohne dass einer von uns es forcierte. Es war einfach da, auf eine ganz selbstverständliche Weise. Ja, unser Zusammensein schien mir erfüllt, ich hatte den Eindruck, durch Nicks Gedanken hindurchsegeln zu können, und vermutlich ging er davon aus, dass ich ähnlich fühlte und dachte wie er.

Obwohl ich es mir nicht einzugestehen traute, empfand ich unsere allmählich wachsende Nähe als berauschend, es war eine vollkommen neue Erfahrung für mich, jemanden – besser: einen Mann – auf diese Weise kennenzulernen. Und doch fühlte ich eine kleine, wenn auch beständige Angst davor, er würde auf mehr drängen. Ich wollte das, was wir hatten, einfach nicht aufs Spiel setzen. Was nicht heißen sollte, dass ich mich nicht doch auch körperlich zu ihm hingezogen fühlte. Es war paradox ... es war wirklich kompliziert. Warum nur war bei mir immer alles so kompliziert?

Jedenfalls – und das war irgendwie beruhigend für mich – blieb eine letzte, spürbare Reserviertheit zwischen uns, ein Schatten, über den ich nie zum Sprung ansetzen würde.

Die Veränderung hatte damit begonnen, dass Nick eines späten Nachmittags Ende Oktober an einer Straßenecke unweit des Emporiums stand und auf mich zu warten schien. Wir hatten uns nicht verabredet. Ein feines Lächeln ließ seine Wangenknochen hervortreten, und seine Augen glänzten dunkel wie Obsidiane. Er legte den Kopf etwas schief, wie zur Aufforderung, ihn ein Stück weit zu begleiten. Ich nickte ihm nur zu, und schweigend machten wir uns auf den Weg.

Während wir nebeneinander herliefen, spürte ich, wie sich die unterschiedlichsten Empfindungen in mir vermischten: ein Anflug von Begehren, Ängste, Zweifel. Was wollte er? Nichts, offensichtlich. Auch ihm schien es zu genügen, einfach nur neben mir zu gehen. Er berührte mich nicht, griff nicht nach meiner Hand, noch legte er einen Arm um mich. Mit der Zeit kam mir das immer merkwürdiger vor. Er redete kaum, wie er auch sonst nur wenig von seinen Träumen und Sehnsüchten, Plänen und Absichten durchblicken ließ. Ganz anders als Romeo, dachte ich unwillkürlich, der gar nicht anders konnte, als ständig Pläne zu schmieden und mich von seinen Vorhaben zu überzeugen. Nick hingegen ließ eine Stille zwischen uns, die ich zwar angenehm fand, die mich aber auch irritierte.

Vor dem Royal Crescent setzten wir uns auf eine Steinbank, den Sonnenuntergang eines spätherbstlichen Nachmittags im Rücken, die Augen auf das gewaltige Halbrund dieses spektakulären Bauwerks am Rande der Altstadt von Bath gerichtet – eine der schönsten erhaltenen Gebäudeanlagen in ganz Großbritannien. Sie leuchtete in goldtrunkenen Farben wie ein heiliger Schrein.

Nick rückte auf der Bank zur Seite, um mir mehr Platz zu geben, es war eine ritterliche Geste, die mir gefiel, da er selbst gegen ein bisschen mehr Nähe sicherlich nichts einzuwenden gehabt hätte.

Umständlich zog er einen kleinen braunen Stoffbeutel aus der Hosentasche und entnahm ihm eine Pfeife, die schon mit Tabak gestopft war. Er hielt sie mir mit einer auffordernden Bewegung hin, und ich schnupperte daran. Der Geruch war warm und betörend, ich meinte, eine herbe Süße zu riechen, vielleicht Vanille oder auch Weihrauch, ich konnte es unmöglich genauer definieren.

«Nicht schlecht ... interessant, meine ich. Aber ich rauche nicht.»

Nick lächelte und nickte, als habe er nichts anderes erwartet.

«Nicht mal probieren? Einen kleinen Zug? Es ist nur eine Pfeife.»

«Bist du nicht ein bisschen zu jung für Pfeifen?», wich ich aus. «Ich meine ... Zigaretten, klar, die raucht jeder mal, sobald er dreizehn oder vierzehn ist. Aber Pfeifen sind doch eher was für ältere Männer, die in sich ruhen ... für solche wie John.»

Jetzt grinste Nick mir offen ins Gesicht.

«Meinst du vielleicht alte weiße Männer? Ich hatte nur von einem kleinen Zug gesprochen, Julie ... nur zum Ausprobieren ... nur mal schmecken, wie es ist. Dann kannst du gerne weiter urteilen, über die Männer und ihre altersgemäßen Bedürfnisse.»

Es wirkte fast, als machte er sich auf eine lockere Art über mich lustig, und das stachelte mich an. Ich zuckte die Achseln und nickte. Warum nicht?

Nick zündete die Pfeife an, nahm einen tiefen Zug und paffte mehrmals, bis die Glut stabil geworden war. Dann hielt er sie mir hin, und ich nahm einen Zug, es fühlte sich eigenartig intim an. Ich spürte ein Brennen auf meiner Zunge, dann breitete sich in meinem Mund eine überraschende, vollmundige Süße aus. Ich zog erneut daran, behielt den Rauch im Mund, meine Zunge spielte damit, meine Gedanken begannen zu wandern ... Dann musste ich husten, und ich stieß den Rauch wieder aus.

«Nicht schlecht ...», hüstelte ich, «anders, als ich es erwartet habe. Ein bisschen abenteuerlich ...»

«Ist das ein Rückschluss auf den Raucher?»

Ich lachte. «Wohl eher auf die Raucherin!»

«Findest du wirklich, zwei, drei Züge von einer Pfeife machen dich gleich zu einer Abenteurerin?»

Ich errötete wie ertappt, fühlte mich aber auch herausgefordert, also nahm ich ihm die Pfeife gleich wieder ab, ein weiterer Zug, dann noch einer, und bald spürte ich eine gewisse Leichtigkeit. Einen sanften Schwindel, als stünde ich in dünner Luft auf einem hohen Berg. Das Blut pochte in meinen Schläfen, ich fühlte mich wie in Watte gepackt, die Welt um mich herum versank in Farben, die immer stärker, und Geräuschen, die immer schwächer wurden. Ich merkte, wie ich mich entspannte.

Wir wechselten uns in friedlicher Einmütigkeit ab, und der einzige Unterschied zwischen uns beiden bestand darin, dass Nick den Rauch lautlos, ich ihn jedoch schnaubend ausstieß. So ging es eine Weile hin und her, bis die Glut erlosch.

Dann verstaute Nick die Pfeife wieder in dem kleinen Stoffbeutel. Ich spürte noch immer diesen nicht unangenehmen Schwindel, eine benebelte Müdigkeit, der ich mich nur zu gern hingab. Plötzlich ertappte ich mich bei dem Wunsch, Nick möge sich zu mir hinunterbeugen und mich küssen.

Ich fröstelte ein wenig, die Sonne war untergegangen, der Abend senkte sich herab über Royal Crescent, über die Bank, auf der wir jetzt in der aufsteigenden Kühle doch näher aneinandergerückt waren. Nick legte einen Arm um mich, als wollte er mich wärmen, und wir blieben dort sitzen, ohne viel zu reden, in einem Frieden, den ich in meinem Leben bisher nur selten verspürt hatte. So ... freundschaftlich. Meine Hände waren eiskalt, mein Herz brannte heiß. Ich schob die

Wirkung auf die ungewohnte Pfeife. Doch tief in meinem Inneren ahnte ich, dass dieses für mich vollkommen neue Empfinden ganz woanders herkam.

Ich wandte mich Nick zu und schloss für einen Moment die Augen, um Mut zu sammeln. *Ich werde ihn jetzt küssen ... warum nicht? Ich werde ihn küssen und dann ...*

Dann stand Nick auf und reichte mir seine Hand, um mir aufzuhelfen.

«Es ist kühl geworden», sagte er. «Lass uns gehen.»

Puff ... so schnell zerstob der magische Augenblick wie Glitzerstaub. Und ein Teil von mir war doch erleichtert darüber. Es war gut so, wirklich. Auf dem Rückweg nach Hause fühlte ich mich wie noch mal davongekommen.

Dies war das Ende unserer unschuldigen Freundschaft, die nie über eine unkomplizierte Vertrautheit hinausgegangen war, die keine Fragen aufgeworfen und keine Eindeutigkeit zugelassen hatte. Es begann etwas Neues, Unbekanntes, für das ich keinen Namen hatte. Ich traf mich nun des Öfteren mit Nick, aber wie unter anderen Vorzeichen. Wir flanierten durch die Straßen der Altstadt, unternahmen Wanderungen in die Umgebung. Eine Pfeife bot mir Nick nie wieder an. Ich rauchte ja eigentlich nicht, was er respektierte. Er war alles andere als ein Verführer, auch wenn etwas unbestimmbar Verführerisches von ihm ausging.

Wir konnten gut zusammen schweigen, aber auch gut miteinander reden. Wenn er mir zuhörte, dann mit gespannter Aufmerksamkeit und unverwandtem Blick. Er schien ebenfalls zu spüren, dass sich etwas geändert hatte zwischen uns. Manchmal erzählte ich ihm von meiner Leidenschaft fürs

Zeichnen und Illustrieren, die ich zu meinem Beruf gemacht hatte.

Ich genoss jede Stunde, jede Minute des Zusammenseins mit ihm. Ich liebte das Unterwegssein, die Gespräche, die fraglose Vertrautheit zwischen uns. Schwieriger war es drinnen, egal wo, in einem Pub, in einem Café. Dann fürchtete ich noch immer insgeheim den Augenblick, in dem er sich vielleicht doch ermutigt fühlen würde. Aber Nick schien mit meiner nach wie vor etwas spröden Art irgendwie klarzukommen. Offensichtlich hatte er beschlossen, mir – und sich selbst – Zeit zu geben. Es würde sich entwickeln, was immer zwischen uns möglich war. Irgendwann, so hoffte er vielleicht, würde er dasselbe leidenschaftliche Gefühl, das er für mich empfand, auch in mir auslösen ...

Und dann, eines Tages, griff ich doch nach seiner Hand und ließ sie nicht gleich wieder los. Von da an berührte er mich wie unabsichtlich, immer mal wieder, als sei eine einzige zufällige Berührung niemals genug, um seine Gefühle auszudrücken. Zur Begrüßung und zum Abschied zog ich ihn fester als sonst in meine Umarmung. Wenn wir spazieren gingen, hakte er sich bei mir unter und hielt meinen Arm fest an sich gedrückt. Ich kuschelte mich etwas enger an ihn, küsste ihn flüchtig auf die Wange, als gehörte es dazu. Er schaute mir irritierend tief in die Augen, und ich überraschte mich selbst damit, seinem Blick nicht auszuweichen.

Anstatt sie abzuwehren, ließ ich mich auf all diese kleinen Zeichen von wachsender Nähe und Vertrautheit ein. Ich begann zu akzeptieren, welch starke Anziehungskraft zwischen uns bestand. Doch insgeheim, ohne dass wir es je ausgesprochen oder auch nur angedeutet hätten, blieb diese letzte Barriere zwischen uns, auch wenn sie immer kleiner, immer unbedeutender zu werden schien.

Uns beiden schien klar zu sein, dass wir irgendwann weitergehen würden mit unseren Blicken und Berührungen. Ich ahnte es, und Nick schien es zu wissen. Das war beängstigend, trotz allem.

14

BACKEN IST LIEBE

Zum Glück bot mir die Vorweihnachtszeit genug Ablenkung, um nach unserem Wunschkomitee-Treffen nicht ständig an Nick denken zu müssen. Wenn ich nicht auf dem Marktstand war, arbeitete ich an meinen Weihnachtsmäuse-Illustrationen oder unternahm etwas mit Archie – sofern er nicht gerade mit Emma auf geheimer Überraschungs-Mission im Emporium war. Dazu kam, dass ich ja noch einen Wunsch zu erfüllen hatte.

Die Wochen vor Weihnachten waren natürlich wie geschaffen für spontane Unternehmungen in der Küche, und das Backen gehörte zweifellos dazu. So liebte ich es, wenn Nelly sich bereitfand, ihren Ofen anzuheizen und mit mir zusammen Teig zu kneten und Figuren auszustechen. Denn meine Freundin war ein Naturtalent, was das Backen betraf, und ich freute mich stets wie ein kleines Mädchen auf dieses Vergnügen, wenn wir uns lachend und mehlüberstäubt in das Abenteuer der Weihnachtsbäckerei stürzten und schon bald verführerische Düfte durch Nellys kleine Küche zogen.

Mit Adrienne zu backen, wäre mir dagegen nie in den Sinn gekommen. Ich traute meiner ernsthaften Tante solche unschuldigen Vergnügungen einfach nicht zu, ich stellte mir das in etwa so anstrengend vor wie ihre Klavierstunden. Hinzu kam, dass Adrienne keine leidenschaftliche Köchin zu sein schien. In all den Jahren, die ich mit ihr zusammenlebte, hatte sie noch nie etwas gebacken oder den Ofen für etwas anderes genutzt, als rasch ein Fertiggericht zu zaubern. Sie hatte ein ausgesprochenes Faible für *convenience food*, für alles, was schnell und unkompliziert ging – extrem unfranzösisch, wie ich fand.

«In kulinarischer Hinsicht bin ich eben unmusikalisch», hatte sie mir mal erklärt, als ich sie darauf ansprach. «Und ziemlich talentfrei, glaub mir.» Ich ließ es dabei bewenden, hegte jedoch den Verdacht, dass sie einfach nur keine Lust hatte, ihre Künstlerinnenhände in etwas so Profanes wie einen Hefeteig zu stecken. Meine Vermutung rührte daher, dass sie sich mir gegenüber verplappert und erzählt hatte, wie sie für ihren Mann Richard einmal original Brioches gebacken hatte, nachdem dieser behauptet hatte, die legendären Sally Lunn Buns würden die französische Variante des Hefegebäcks toppen. Ich hatte beschlossen, mir diese Geschichte zunutze zu machen, um mir Adriennes Hilfe bei meiner Wunscherfüllung zu erschleichen.

Also besorgte ich für den nächsten Adventssonntag (die einzige Gelegenheit, bei der sich Adrienne zum Frühstück aus den Federn quälte) ein paar Sally Lunn Buns und behauptete frech, dieses buttrige Backwerk sei um Klassen besser als die französischen Brioches.

«*Patati-patata!*», schnitt mir Adrienne das Wort ab. «Diese Sally Lunn hat das Rezept für ihre unsäglichen Buns aus unserer Heimat gestohlen und es verfälscht, um die Dinger für die hiesigen genussunfähigen Gaumen passabel zu machen. Ihre berüchtigten Buns sind nur ein Abklatsch unserer Brioches. Ich werde es dir beweisen.»

Damit war der Fehdehandschuh geworfen. Er lag zwischen uns auf dem Küchentisch.

«Wie willst du das beweisen? Du kannst doch gar nicht backen, das hast du mir oft genug zu verstehen gegeben und – wenn ich das sagen darf – auch eindrucksvoll unter Beweis gestellt.»

«Die kleine Adrienne hat oft genug ihrer Mutter beim Backen zugesehen. Für simple Brioches reicht mein Backtalent gerade noch, Herzchen. Maman wird mir vom Himmel zusehen und mich anfeuern ...»

«Ach ja?», erwiderte ich kampflustig. «Das wollen wir doch mal sehen!»

Ich konnte mir ein triumphierendes Lächeln gerade noch verkneifen. Auch wenn ich selbst nicht gerade eine begnadete Bäckerin war, hatte ich die Buns mit Nelly zusammen schon einmal ausprobiert, nach dem «unschlagbaren Originalrezept», wie Nelly mir verraten hatte.

«Das werden wir – heute Nachmittag, hier in der Küche.»

Mit Feuereifer und in Adriennes Fall mit ziemlicher Verbissenheit machten wir uns ans Werk – Adrienne an ihre Brioches-von-woher-auch-immer, ich an meine Original-Buns. Es wurde ein Wettbacken, wie es die kulinarische Welt noch nicht gesehen hatte. Meine Tante war erpicht darauf, es ihrer Nichte «mal so richtig zu zeigen». Und obwohl ich eigentlich ein ganz anderes Ziel verfolgte, war auch mein Ehrgeiz geweckt.

Die Buns sahen einfach aus, doch ihre Herstellung war alles andere als simpel. Vor allem für die Hefe brauchte es Fingerspitzengefühl und – wenn man so will – Liebe. Denn Backen ist ja überhaupt Liebe, was sonst.

Liebe war jedoch in unserer Küche nicht allzu viel zu spüren, vielmehr Wettstreit. Ich konzentrierte mich ganz auf mein Backwerk. Ich gab Milch in einen Topf und brachte sie bei schwacher Hitze zum Köcheln, dann nahm ich sie vom Herd, fügte Butter hinzu und verrührte alles so lange, bis es sich auflöste und schmolz. Dann stellte ich die Mischung beiseite und ließ sie auf lauwarme Temperatur abkühlen. In einer Schüssel verrührte ich Mehl, Zucker und Hefe mit einem elektrischen Rührgerät. Schließlich gab ich die Milch-Butter-Mischung, verquirlte Eier, fein geraspelte Orangen- und Zitronenschalen samt einer Prise Salz hinzu und ließ das Rührgerät sein Werk verrichten, bis der Teig glatt und elastisch, aber noch feucht und klebrig war. Schließlich sah er aus wie ein dicker, dehnbarer Kuchenteig – perfekt!

Dann kam alles in eine große, gefettete Schüssel – sie musste groß genug sein –, ich deckte die Schüssel ab und stellte sie beiseite, damit der Teig sich in Ruhe ausdehnen konnte. Das Wunder der Hefe!

Adrienne wurde fast zeitgleich mit ihrem Teig fertig. Wir hatten nun über eine Stunde Zeit, und ich bemerkte, dass um ihre Lippen ein versonnenes Lächeln spielte.

«Was ist, Auntie?»

«Ach, nichts. Und nenn mich nicht immer Auntie, das kann ich nicht ausstehen.»

«Du siehst aus, als würdest du dich an etwas Schönes erinnern. Sag schon ... an was hast du gerade gedacht?»

Adrienne seufzte. «Ich habe an Richard gedacht. Mir fiel gerade wieder ein, dass wir einmal zusammen diese Brioches gebacken haben. *Long time ago*.»

Ich schwieg, weil ich die Geschichte bereits kannte. Eins wollte ich aber doch wissen: «Warum hast du mit Richard gebacken, aber nie mit mir?»

«Das waren glücklichere Zeiten ...»

«Und die Zeit mit mir war so unglücklich, dass du ...»

«Red keinen Unsinn, Julie», unterbrach sie mich unwirsch. «Na schön, eigentlich hat Richard gebacken, und ich habe dabeigesessen und ihm zugeschaut.»

Das hatte ich noch nicht gewusst. «Warum nur zugeschaut?»

«Er konnte es einfach besser als ich ... kochen, backen, all das. Du erinnerst dich sicher noch daran, welche Köstlichkeiten er uns früher aufgetischt hat. Er konnte eben nicht nur wunderbar schreiben, sondern auch in der Küche wahre Wunder vollbringen.»

Natürlich erinnerte ich mich daran.

Unser Wettbacken ließ Adrienne ihr jahrelanges Schweigen vergessen. Sie erwähnte Richard so selten, dass ich ihr atemlos zuhörte.

Ich hatte Richard während meiner Ferienbesuche bei Adrienne noch kennengelernt. Ein Jahr vor meiner Ankunft in Bath war er jedoch gestorben, plötzlich und unerwartet hatte ihn ein Herzinfarkt aus dem Leben gerissen. Die Nachwehen von Adriennes Trauer waren noch deutlich zu spüren gewesen, als meine Tante mich zu sich nach Hause holte.

«Richard stand oft in der Küche. Er liebte es, sich beim Kochen zu entspannen. Es bereitete ihm keinerlei Mühe, im Gegensatz zu mir», verriet Adrienne mir nun.

«Da sieht man es wieder: Liebe geht durch den Magen», neckte ich sie.

«Ich war schon vorher in ihn verliebt. Es war ja überhaupt nur die Liebe, die mich nach Bath verschlagen hat. Ohne einen so starken Grund würde wohl keine Französin ihre Koffer packen und auf diese unwirtliche Insel ziehen. Es fiel mir zwar schwer, mein kleines Appartement im Pariser Quartier

Latin aufzugeben – aber Richard hatte mir so viel Schönes von seinem Haus erzählt, in dem er seine Bücher schrieb. Es war fast zu groß für zwei Leute, und ich war mir sicher, dass Richard davon ausging, über kurz oder lang würde sich bei uns schon Nachwuchs einstellen und das Haus mit Leben füllen. Er war ein ausgesprochener Familienmensch, seine Eltern lebten in Bath, die meisten seiner Verwandten und Freunde auch.»

«Und du hast nie daran gedacht, ein Kind mit ihm zu bekommen?»

Meine Tante schüttelte den Kopf. «Mir war meine Kunst immer wichtiger, und Richard hat das akzeptiert. Auch wenn mein pianistisches Können für eine große Karriere nie ausreichte.»

«Schade», sagte ich.

«Ja, schade. Doch wäre es anders gekommen, wären wir beide heute nicht hier und würden uns nicht mit diesem klebrigen Teig abgeben.» Adrienne lachte auf. «Bei Richard war es etwas anderes. Er galt schon, als wir uns kennenlernten, als literarisches Wunderkind, hatte damals sogar eine Lesung bei Shakespeare and Company.»

«Hast du dich eigentlich sofort in ihn verliebt?», fragte ich neugierig. Ich musste an Nick und mich denken und an meine Unsicherheit. Wenn zwei Menschen füreinander bestimmt waren, wie Adrienne und Richard, dann spürten sie es doch sicher sofort, oder nicht?

«Wo denkst du hin?» Adrienne lachte und winkte ab. «Nein, nein, es bedurfte schon einiger Überredungskunst von seiner Seite. Er war wirklich hinreißend und charmant, so voller Energie. Und er überschüttete mich mit Aufmerksamkeiten, Blumen, Geschenken. Nach unseren Treffen fand ich in meiner Handtasche kleine Briefchen. Meine Freundinnen waren richtig neidisch, meinten, ich hätte das große Los gezogen und sollte ihn endlich heiraten.»

«Und du dachtest das nicht?»

Adrienne schwieg einen Moment. «Ich war sicher, dass ich nie wieder einen besseren Mann finden würde. Aber ich liebte meine Freiheit, meine Unabhängigkeit. Schließlich sagte ich Ja zu ihm. Ein aufrichtiges Ja. Zur Liebe, aber nicht zur Ehe.»

Ich warf einen raschen Seitenblick auf den langsam hochgehenden Teig und wandte mich dann wieder gespannt meiner Tante zu, die mir von ihrem Lehrauftrag an der Bath School of Music and Performing Arts erzählte, den sie ein paar Jahre mit Lust und Leidenschaft ausübte. Daneben engagierte sie sich im kulturellen Leben der Stadt, was dazu führte, dass man ihr schließlich die Leitung des Kulturamts übertrug. Eine Position, die sie sich fast zwanzig Jahre voller Energie zu eigen machte. Völlig in ihrem Element, hatte sie sich ein Netzwerk aufgebaut, Festivals, Konzerte, Ausstellungen, Theateraufführungen und Lesungen organisiert.

«Und Richard?», fragte ich.

«Er hat mir generös die Bühne überlassen. Er hat mich geliebt, weißt du. Wahrscheinlich immer ein bisschen mehr als ich ihn. Zumindest dachte ich das, bis ...» Sie brach ab.

Ich wusste, was sie hatte sagen wollen. Wir wussten beide, wie es war, um einen geliebten Menschen und sein schwaches Herz zu fürchten. Adrienne hatte die Liebe ihres Lebens verloren, und erst Richards Tod hatte ihr das deutlich gemacht.

Sie wischte sich rasch über die Augen. «Nun lass uns mal sehen, was unser Teig macht. Es gilt noch einen Wettbewerb zu gewinnen.»

Ganz wichtig war – das hatte Nelly mir eingebläut –, die Luft aus dem Teig herauszukneten. Es war eine ziemlich klebrige Angelegenheit, das Gemisch in die Mulden der gefetteten Muffinform zu portionieren, damit die Brötchen ihre Form bekamen. Aber schließlich hatten wir beide unsere Bleche gefüllt. Unsere Kreationen sahen ziemlich identisch aus, als wir sie in den Backofen schoben. Wir warfen einander triumphierende Blicke zu.

Dann räumten wir den Tisch auf – mit dem zusammengekehrten Mehl hätte man eine ganze Mehltüte füllen können – und stellten die Utensilien in die Spülmaschine. In der Küche herrschte eine bullige Wärme, die auch uns erhitzt hatte. Mit hochroten Wangen warteten wir, dass der Ofen seine Arbeit tat. Adrienne holte uns – in Richards Gedenken – einen Armagnac und füllte zwei Gläser, an denen wir schweigsam und in uns gekehrt nippten.

Wir redeten nicht mehr viel, hingen unseren Gedanken nach. Eine solche Liebe wie die zwischen Richard und Adrienne hatte ich noch nicht erlebt. Dabei wäre es so schön, mit jemandem, den man liebte, für Weihnachten zu backen. Obwohl – streng genommen – ja weder die Brioches noch die Sally Lunn Buns ein saisonales Gebäck waren.

Der Backofen summte vor sich hin.

Dann schwang die Küchentür auf.

«Seid ihr fertig?», krähte Archie und klatschte voller Vorfreude in die Hände, als er unser Nicken sah.

«Ja, mein Prinz. Du darfst uns helfen, die Bleche aus dem Ofen zu ziehen.»

«Wirklich?», fragte er ungläubig.

«Aber ja», sagte Adrienne und drückte ihm zwei dicke Küchenhandschuhe in die Hände, die natürlich viel zu groß für ihn waren. Sie reichten ihm bis zu den Ellbogen.

Ich öffnete den Backofen und zog die Bleche ein Stück weit hervor, damit Archie sie besser greifen konnte. Es war schwierig, er klemmte seine kleine Zunge zwischen die Lippen, als müsste er Großes vollbringen. Und irgendwie war es ja auch so.

Wir halfen ihm, achteten aber darauf, dass es nicht auffiel und er das Gefühl hatte, es auch allein schaffen zu können.

Dann lagen die beiden Bleche auf dem Küchentisch und dampften vor sich hin. Archie wollte sich gleich ein Stück greifen, ich konnte ihn im letzten Moment noch davon abhalten.

«Nicht so schnell, kleiner Mann», rief ich. «Das ist heiß ... sehr heiß. Es muss erst ein bisschen abkühlen.»

«Aber dann darf ich das erste Stück nehmen, ja?»

«Klar darfst du das. Adrienne hat ein Blech gemacht, und ich das andere. Du bist unser Juror!»

«Ich bin der Junior!»

«Du bist der *Juror* ... du darfst entscheiden, welches Gebäck am besten schmeckt.»

Adrienne grinste, als sei das gar keine Frage.

Ich grinste auch. Immerhin hatte ich mein Ziel so oder so erreicht.

Ungeduldig pustete Archie über die beiden Bleche. Dann prüfte ich mit einem Finger die Temperatur. Okay ... nun konnte der Junior-Juror in Aktion treten. Ich nickte ihm aufmunternd zu.

Feierlich griff Archie sich von jedem Blech ein Stück und legte sie nebeneinander auf einen Teller, den Adrienne ihm hingestellt hatte.

«Pass auf, wofür du dich entscheidest», sagte sie gespielt drohend.

Doch Archie durchschaute sie. «Ich entscheide mich für das beste Stück, Auntie!»

«Nenn mich nicht ...», setzte Adrienne an, schwieg dann jedoch.

Archie biss von der Brioche ab, kaute und setzte dabei eine gewichtige Miene auf. Ein Restaurant-Tester des *Gault-Millau* würde es nicht besser hinkriegen. Dann kostete er von meinen Sally Lunn Buns. Gebannt blickten wir ihn an, als hinge unser weiteres Schicksal von seinem Urteil ab.

«Hm!», machte er und verdrehte genießerisch die Augen. Doch weiter sagte er kein Wort.

Wahrscheinlich hat er Angst, eine von uns zu verletzen, dachte ich.

«Nun sag schon», forderte Adrienne ungeduldig. «Das kann ja nicht so schwer sein.»

«Doch ... sehr, sehr schwer, Tante Adrienne», sagte Archie. Sein Blick ging unschlüssig zwischen uns hin und her, er schien wirklich unentschlossen.

Meine Güte, es steht unentschieden, dachte ich. *Das kann doch nicht wahr sein!*

«Nun sag schon. Welches schmeckt dir besser?»

«Aber, Mum ... sie schmecken doch beide genau gleich!»

Die Bäckerinnen blickten sich verdutzt an.

«Und wie schmecken sie, Archie?»

«Wunderbar ... einfach ganz, ganz wunderbar!»

Auch Francesca, die nun in die Küche kam, musste probieren.

Sie kam zu keinem anderen Ergebnis.

Adrienne seufzte. Ich grinste.

Archie aber war nun Feuer und Flamme. Aufgeregt malte er Kringel und undefinierbare Figuren auf die mehlbestäubte Tischplatte, bis er mit «Ich will auch was backen, Mum!» herausrückte. Na ja, das war zu erwarten gewesen. Adrienne machte «Puh!», sie hatte erkennbar keine Lust auf weitere Abenteuer im Hochrisikogebiet Küche. Also musste Mum ran, wer sonst.

«Vielleicht morgen, Schatz», versuchte ich noch ein Ausweichmanöver, aber natürlich verfing es nicht.

«Nein, jetzt!»

Nun war es an mir zu seufzen. Ich entschied mich für Christmas Cookies, die waren einfach und würden den kleinen Bäcker nicht überfordern. Die Zutaten hatten wir alle da, sogar Schokoladen-Tröpfchen fanden sich im Vorratsschrank, weiß der Himmel, wer die mal gekauft hatte.

Archie wollte partout alles selber machen, er patschte mit dem Mehl herum, dass es eine wahre Freude war. Vorsichtig versuchte ich, ihn anzuleiten, die Butter mit dem Zucker schaumig zu schlagen, das Mehl mit dem Backpulver zu verrühren und unter die Masse zu mischen, Nüsse und Schokoladentröpfchen dazuzugeben und dann daraus kleine Teighäufchen zu formen und auf das Backblech zu legen. Es war eine veritable Materialschlacht, die Küche verwandelte sich in ein Inferno aus Mehlstaub, süßen Düften und erhitzten Köpfen. Aber zum Schluss lagen passabel geformte Cookies bereit für das heiße Finale.

Nachdem er das Blech in den Ofen geschoben und die Temperatur eingestellt hatte, war Archie nicht davon abzuhalten, den gesamten Backvorgang durch das Sichtfenster zu verfolgen. Er blieb eine Viertelstunde davor sitzen und starrte auf das Wunder, das sich auf dem Blech anbahnte, bis die Cookies schließlich goldbraun gebacken waren.

Diesmal waren Adrienne und ich die «Junioren». Natürlich waren wir voll des Lobes, und Archie klatschte freudig in die Hände. Doch vor Stolz platzte er erst, als Francesca erklärte: «Mit diesen Christmas Cookies wärst du der absolute Maestro in jeder italienischen Pasticceria.»

Und noch bevor Archie den Mund öffnen und nach «Patscheria?» fragen konnte, antworteten seine drei Frauen wie aus einem Mund: «Pastry Shop ... Patisserie ... Konditorei!»

Was spielte es schon für eine Rolle, wie man die Dinge nannte, dachte ich, während wir alle noch ein weiteres von Archies Christmas Cookies verspeisten. Brioches oder Buns – Hauptsache, sie waren mit Liebe gemacht.

15

LIEBE IST KOMPLIZIERT

Wie auf einen geheimen Wink des Schicksals hin waren in Bath die Temperaturen gefallen, und in den Straßen herrschte mit einem Mal schneidende Kälte. Auf dem Weihnachtsmarkt fanden heiße – und alkoholische – Getränke noch reißenderen Absatz ab sonst. Die Menschen drängten sich in den engen Gassen, als müssten sie einander wärmen, sie schoben sich durch die Marktstände unter dem über die Straßen gespannten Weihnachtsschmuck mit den bunten Lichterketten, vorbei an den Schaufenstern, die mit Girlanden aus Tannenzweigen, Bändern und Banderolen dekoriert waren, vorbei an brennenden Kerzen und rot leuchtenden Poinsettia.

Nelly und ich hatten unseren Stand ausnahmsweise vor dem üblichen Ladenschluss zugesperrt, um mal wieder einen ungestörten Freundinnen-Abend zu verbringen. Adrian war nach Bristol gefahren, zu irgendeinem Treffen mit irgendwem, ich vergaß es schon in dem Moment, als Nelly es mir sagte. Wir würden das kleine Haus der Briggs für uns haben und endlich mal abseits des Trubels und der Enge unseres Chalets, in dem wir uns den ganzen Tag die Beine in den Bauch standen, Zeit für uns finden.

Ich genoss es sehr, mit Nelly durch die festlich dekorierte Stadt zu flanieren. Wir bestaunten den Tannenbaum im repräsentativen Eingangsbereich eines Hauses in der Bath Street: Man hatte ihn mit altmodischen Kugeln dekoriert, jede mit einer Schleife versehen, auf welcher der Name eines der Hausbewohner eingestickt worden war. Doch schon wurden wir weitergeschoben und alle paar Schritte angerempelt. Wer immer dann eine Entschuldigung murmelte, bekam von mir ein Lächeln zurück.

Nelly und ich gingen Arm in Arm, auch wir drückten uns aneinander, um etwas Wärme zu finden. Bald würden wir die Altstadt mit ihrem Gedränge und Geschiebe hinter uns lassen und uns in Nellys warmer Wohnung heiße Schokolade gönnen. Wir würden uns unterhalten und über Nellys schräge Weihnachtsdekoration lachen. Wir würden uns die Flasche Punsch teilen, die Oscar und Jake uns mitgegeben hatten («Den verkaufen wir gern und oft an Seniorinnen!»). Möglicherweise würden wir wehmütig werden, vielleicht auch ein paar Songs von Nellys Playlist mitsingen.

Auf dem Weg entdeckte ich ein Filmplakat, das wieder einmal eine Jane-Austen-Verfilmung ankündigte. Wurden die eigentlich extra für Bath produziert?, fragte ich mich manchmal. Es konnte doch unmöglich so viele geben, wenn die Handlung immer gleich blieb.

«Schon wieder eine neue *Emma*-Verfilmung.» Nelly hatte es offenbar auch gesehen. «Das wäre dann ungefähr die fünfzigste.»

«Mindestens.»

«Aber weißt du was?» Sie grinste mich an. «Ich werde wieder reingehen und mich bis zum Ende köstlich amüsieren.»

Ich musste lachen. Sie hatte recht. Auch ich hatte genug Romane gelesen und Filme geschaut, in denen es doch immer darauf hinauslief: Die Heldin und der Held brauchten ewig, um zueinanderzufinden. Während alle Welt bemerkte, wie sehr sie aneinander interessiert waren, gestanden nur sie selbst es sich nicht ein. Sie redeten aneinander vorbei und ernährten sich von Missverständnissen, sie deuteten Gesten und Worte falsch, hatten unterschiedliche Blicke auf ihre Beziehung, die keiner von ihnen als Liebe bezeichnen wollte. Liebe? Eher doch Stolz und Vorurteil. Bis zum glücklichen Schluss. Immer noch. Immer wieder. Es war einfach eine zu gute Story.

Den ganzen Weg bis zu Nellys Haus lachten wir über diese immer gleiche Dramaturgie in den Romanen, die auch wir gelesen, und all den Filmen, die wir gesehen hatten. Tatsächlich Liebe, nicht wahr? Und dann, als wir es uns mit dem schon heiß ersehnten Kakao in Nellys Sesseln gemütlich gemacht hatten, fragte meine Freundin mich in ihrer unverblümten Art, welches Drehbuch ich denn eigentlich für meine Geschichte mit Nick hätte.

«Drehbuch? Wir sind doch hier nicht im Film!»

«Offensichtlich nicht ... aber du hast doch irgendeinen Plan, oder?»

Sie wollte mich provozieren, das war mir klar. Und erwartungsgemäß ging ich in die Falle.

«Was ist denn das für eine Vorstellung! Liebe läuft doch nicht nach Plan.»

Was Nick und mich betraf, so hatten wir zwar tatsächlich kein Drehbuch, wenn ich auch manchmal den Eindruck nicht loswurde, dass wir durch einen typischen Liebesfilm stolperten, allerdings ohne die Aussicht auf ein Happy End.

«Himmel noch mal, Julie, wann zerrst du ihn endlich einfach in dein Bett, und ihr bringt die Sache hinter euch? Das kann man ja nicht mitansehen ...»

«Denkst du, wir zögern das nur deshalb hinaus, um die Spannung für dich zu erhöhen? Es ist eben gar nicht so einfach ... Es ist kompliziert.»

«Natürlich ... kompliziert! Was anderes ist bei dir auch nicht zu erwarten.»

«Sei nicht so herablassend. Du bist meine Freundin, da solltest du mich nicht so von oben herab anzicken.»

«Ich bin überhaupt nicht herablassend. Und ich zicke auch nicht herum. Ich weiß, was ich sehe. Und spüre. Allerdings verstehe ich in der Tat nicht, warum ihr so ein Drama daraus macht. Ihr seid füreinander bestimmt, und ihr wisst es beide. Na ja, du hast es vielleicht noch nicht mitgekriegt. Aber es ist so.»

«Da weißt du mehr als ich. Wie kommst du überhaupt darauf?»

«Wie ich darauf komme? Das ist die einfachste Sache der Welt.»

«Welche Sache?»

«Die Liebe, natürlich. Das liegt doch auf der Hand: Ihr liebt euch. Punkt. Ausrufezeichen. Jeder Spatz pfeift es von jedem Dach. Frag Adrienne, frag John, frag meinetwegen sogar Adrian. Alle können es sehen, alle bekommen es mit. Nur ihr nicht ... merkwürdig eigentlich ... ganz merkwürdig.»

«Wir brauchen vielleicht nur etwas mehr Zeit. Nicht jede angelt sich den Traummann in Rekordgeschwindigkeit, wie du es mit Adrian getan hast.»

Nelly grinste mich schief an. «Du scheinst jedenfalls Lichtjahre zu brauchen. Ich finde nur ...»

«Ja?», fragte ich mit lauerndem Unterton. *Sag jetzt bloß nichts Falsches, Schätzchen.*

«Ich finde nur, dass du kleiner Spätzünder endlich mal den Turbogang einlegen solltest.»

Ich spürte eine Wut aufsteigen, ohne zu wissen, woher sie kam und warum eigentlich. Nelly hatte wohl einen Nerv getroffen. Es stimmte ja, nach Romeo hatte ich ewig gebraucht, bis ich einen anderen Mann auch nur ohne finstere Gedanken anschauen konnte. Ich hatte den Glauben an meine unschuldigen Träume von Zweisamkeit verloren, an diese sich hartnäckig einnistenden Hoffnungen, die sich als so wenig realitätstauglich herausgestellt hatten. War die Liebe denn überhaupt etwas anderes als pures Wunschdenken? Ich wusste selbst, dass ich verbittert klang, aber Nelly hatte kein Recht, mir das vorzuwerfen. Ich stellte die Kakaotasse ab, so heftig, dass Nelly zusammenzuckte.

«Zum Teufel noch mal, hör endlich auf damit, mir Druck zu machen. Ich bin noch nicht so weit, kannst du das nicht akzeptieren?»

«Nein, kann ich nicht. Wie du schon sagtest, ich bin deine Freundin. Wenn irgendjemand ehrlich zu dir sein sollte, dann bin das wohl ich. Und deshalb sage ich dir, du hast einfach nur Angst, gib es doch zu. Du hast Angst, glücklich zu sein ... oder wieder zu werden.»

«Das ist doch absurd! Und selbst wenn es so wäre ... meinetwegen, dann habe ich eben Angst. Als ob es dafür keine Gründe gäbe.»

«Ach, Gründe findet man immer. Du hast kein Vertrauen, das ist es.»

Sie hatte den Finger in die Wunder gelegt, wie auch Adrienne vor einigen Tagen. Ich schluckte die spitze Antwort, die mir schon auf der Zunge lag, herunter. Lieber einen Schluck trinken. Lieber die Nase in die Kakaotasse stecken als zugeben, dass sie vielleicht recht haben könnte. Doch so ganz unwidersprochen konnte ich das nicht stehen lassen.

«Vertrauen kann man nicht herbeizwingen. Vertrauen muss sich entwickeln.»

«Ach, du mit deinen Kalendersprüchen. Immer kommst du mit solchen Weisheiten an und glaubst, mich damit einwickeln zu können. Was willst du eigentlich, Julie? Er ist perfekt für dich, dein Nick, du magst ihn, er mag dich auch – sehr sogar, wie mir scheint –, warum um Himmels willen spielst du die Spröde? Du könntest ihm wenigstens mal etwas entgegenkommen. Damit vergibst du dir doch nichts, oder?»

Ich zuckte verdrossen die Schultern. Na klar, warum nicht. Aber ich hatte die dumpfe Befürchtung, dass es dabei nicht bleiben würde. Dass Nick sich ermuntert fühlen würde. Ich hatte schon einmal alle Vorsicht über Bord geworfen und war dem Charme eines Mannes erlegen, mit niederschmetterndem Ausgang.

«Ach, was heißt das schon, sich etwas vergeben. Ich habe eben die Erfahrung gemacht, wozu es führt, wenn man Männern allzu bereitwillig folgt. Sodass sie einen früher und später sitzen lassen, um allein weiterzuziehen und ihr Glück zu finden, weiß Gott, wo und mit wem.»

«Julie ... bitte ... du willst doch wohl nicht für den Rest deiner Tage diesen Idioten zum Maß aller Dinge nehmen! Damit tust du all den anderen Männern unrecht.» Nelly schlürfte vernehmlich an ihrer heißen Schokolade und warf mir über den Tassenrand einen tadelnden Blick zu.

«Alle Männer ... wovon redest du? Als hätte ich schon unzählige Typen mit meiner unzugänglichen Art vor den Kopf gestoßen.»

Tatsächlich hatte ich all die Jahre immensen Aufwand betrieben, mir die Kerle vom Hals zu halten, mit beeindruckendem Erfolg. Ich war auf eine anspruchslose Art nett zu ihnen, aber sobald sie auch nur den Anschein erweckten, mehr von mir zu wollen oder zu erwarten als oberflächliche Bekanntschaft, zog ich die Notbremse. Genau wie bei Nick. Ich konnte meine Geschichte einfach nicht ausblenden. Sie glühte immer im Hintergrund, legte sich wie noch glimmende Asche über meine aufkeimenden Gefühle, denen ich nicht recht traute. Es war Nick gegenüber nicht fair, das wusste ich genau. Und doch gelang es mir nicht, die Firewall meines Misstrauens zu überwinden.

«Die paar Typen, mit denen ich aus war ...», versuchte ich es Nelly gegenüber herunterzuspielen. «Romeo war nun mal der Einzige, der wirklich eine Rolle in meinem Leben gespielt hat – er ist immerhin Archies Vater. Und – wenn ich dich daran erinnern darf: Du hast ihn am Anfang auch ganz toll gefunden.»

«Ja ... hab mich eben getäuscht. Genau wie du. Aber du kannst nicht behaupten, dass ich dir je zu dieser Beziehung geraten hätte. Im Grunde hattet ihr nicht einmal eine Beziehung, nicht im eigentlichen Sinne. Und zum Schluss hat er dich zurückgelassen wie einen alten Koffer. Das heißt aber nicht, dass Nick es auch so machen würde. Er ist doch ein ganz anderer Typ als Romeo. Selbst mir ist schon aufgefallen, wie sehr er sich um Archie bemüht. Und der Kleine ist auch hin und weg von ihm.»

Sie hatte vollkommen recht, aber ich war mir nicht ganz sicher, ob ich Nicks unkomplizierte Art Archie gegenüber rührend oder alarmierend fand. Was ich Emma sofort zugestand – unbefangene Freundschaft mit Archie –, Nick gestand ich es nicht zu. Wer wusste denn, ob Nick sich nur für Archie interessierte, um bei mir Pluspunkte zu sammeln? Was war, wenn er nicht nur mich, sondern auch Archie enttäuschte?

Abrupt stand ich auf. «Ich brauche jetzt etwas Stärkeres.»

«Meinst du den Punsch, den uns die Schnapsdrosseln spendiert haben?»

«Genau den. Gib mir einen Topf ... ich mache ihn heiß.»

«Vielleicht solltest du dir das Heißmachen für Nick aufsparen», sagte Nelly anzüglich.

Ich konnte nicht anders, ich musste lachen. «Vermutlich hätte er nichts dagegen. Aber nein, so läuft das nicht.»

«Puh, du bist wirklich eisern, Julie.»

«Ich bin nicht eisern. Nur vorsichtig. Und konsequent.»

«Und herzlos. Der Mann ist verrückt nach dir.»

«Herzlos?», fuhr ich auf. «Was soll das denn bitte heißen? Ich ... ich bestehe nur aus Herz, so weit solltest du mich kennen.»

Nelly hatte mich wirklich getroffen und schien es gemerkt zu haben.

Sie zuckte die Schultern. «Ja, das weiß ich. Vielleicht denkst du einfach mal darüber nach, wie ich es gemeint habe.»

Verdrossen zog ich den Topf vom Herd und füllte zwei große Gläser mit dem heißen Punsch. Verführerisch stiegen seine dampfenden Düfte auf und besänftigten unsere erhitzten Gemüter.

Nach je einem Glas Punsch hatten wir in ungefährlichere Gewässer zurückgefunden, ohne Strudel und Stromschnellen. Mit Nelly ließ sich trefflich streiten, sie trug nie etwas nach, beruhigte sich auch schnell wieder, wenn sie mal in Rage geriet. Ihr freundliches Wesen setzte sich stets rasch über allen Zank und jeglichen Unmut hinweg.

So auch an diesem Abend, der mich ziemlich aufgewühlt

hatte. Nelly hatte einen Punkt gemacht, an dem ich noch lange herumdenken würde. Als wir uns verabschiedeten, griff sie mir ins Haar und zog daran, nicht fest, eher zärtlich.

«Hör mal ... es tut mir leid, dass ich übers Ziel hinausgeschossen bin.»

«Nein, ist schon okay», sagte ich kleinlaut. «Es ist ja auch irgendwie verkorkst mit mir und Nick. Und ich kann einfach nicht aus meiner Haut, fürchte ich.»

Nelly seufzte. «Lass dir nicht zu viel Zeit, mein Herzchen, ja? Nick steht schon so lange vor deiner Tür, und irgendwann musst du diese Tür öffnen. Oder du lässt sie zu und nimmst in Kauf, dass er irgendwo anders anklopft. Dann möchte ich aber kein Ach und Weh von dir hören. Ich will doch nur, dass du glücklich wirst. Dass du das Glück nicht ziehen lässt, obwohl du nur danach greifen musst. So ist es doch, oder?» Sie lachte mich an.

«Ja, ich weiß. Ich bin dir dankbar für deine Offenheit ... bin ich wirklich. Und dass du mir manchmal den Kopf wäschst ...»

«*That's what friends are for*.»

«Ich liebe dich, Nelly.»

«Ich weiß. Liebe ist ein großes Wort ...»

«... und kompliziert.» Ich lachte auch und umarmte sie zärtlich, vergrub meine Nase für einen Augenblick in ihrem Haar, das nach ihrem Orangenshampoo, nach Zimt und Rotwein duftete. Und nach Freundschaft.

Ja, nach Freundschaft auch.

Und dann ging ich nach Hause, durch die Stadt, die sich lang ausgestreckt auf den Bürgersteigen schlafen gelegt hatte. Oder sich schlafend stellte, in Erwartung wärmerer Tage, während der Winter nun wie ein eisiger, strenger Fürst durch die Straßen wanderte.

Fröstelnd zog ich mir den Schal fester um die Schultern, zum Schutz vor dem schneidenden Wind. Wie eine Schlafwandlerin, die durch unwirtliches Gelände geht, schritt ich an den kleinen Szenen vorbei, die ineinander fielen wie bunte Steinchen in einem Kaleidoskop: Leute, die nach einem Taxi suchten, das sie nach Hause brachte. Ein Betrunkener, der sich für ein paar Augenblicke an eine Hausmauer lehnte, um durchzuatmen. Ein Liebespaar, das sich bei laufendem Motor in einem Auto küsste und dabei kein Ende fand. Aus einem Imbiss drang der Geruch nach arabischem Essen und italienischer Pizza nach draußen. Irgendwo löschte jemand das Licht, und sein Fenster wurde dunkel, woanders rief eine Frau leise nach ihrer Katze, die mit einem kläglichen Miau antwortete.

Die Blueberry Lane lag im Dunkeln, nur wenige Straßenlaternen, ließen etwas Licht in die Finsternis fallen. Ich kramte meinen Schlüssel hervor, suchte mit zittrig kalten Fingern das Türschloss, und es dauerte ein paar Momente, bis ich es gefunden hatte und den Schlüssel hineinstecken konnte. Nick trat mir vor Augen, wie er frierend vor ebendieser Tür wartete und auf Einlass hoffte. Ich schüttelte unwillig den Kopf, um dieses Bild zu verscheuchen.

Drinnen im Haus herrschte eine wohlige Wärme, die mir nach der Witterung draußen fast schon überhitzt vorkam. Ich schaute nach Archie, der sich im Schlaf freigestrampelt hatte und dem ich die Bettdecke gerade zog.

Ein paar Handgriffe im Bad, ein paar Wasserspritzer ins Gesicht, dann trocknete ich mich ab und ging im Nachthemd in mein Zimmer. Im frischen Duft meiner Bettdecke suchte ich nach Schlaf, der nicht kommen wollte. Ich dachte an Nellys Worte, an Romeo, an Nick. Irgendwie an alles. Und ich hoffte, die Geister der Weihnacht würden kommen, meinen Schlaf bewachen und mich vor Albträumen bewahren.

16

ZETTELFLUTEN

I n den folgenden Tagen zerbrach ich mir den Kopf darüber, was ich in Sachen Nick unternehmen sollte. Nachdem ich Nelly gegenüber so hartnäckig meinen Standpunkt behauptet hatte, musste ich mir, wenn ich ehrlich war, doch eingestehen, dass sie recht hatte. Dieses ewige Hin und Her konnte so nicht weitergehen.

Kurz spielte ich sogar mit dem Gedanken, es mit Violets «Liebestrank» zu probieren, vielleicht würde er ja alle meine Sorgen in Luft auflösen. Aber dann ließ ich das Fläschchen doch auf meinem Nachttisch stehen. Es half nichts. Ich musste die Angelegenheit selbst in die Hand nehmen. Ich musste mit Nick reden.

Bevor mich der Mut verlassen konnte, verabredete ich mich bei nächster Gelegenheit mit ihm zu einem Treffen im *Armory Inn* am folgenden Abend. Er schien erfreut über meine Initiative, aber auch ein wenig misstrauisch, sodass ich kurz davor war, meinen Spontanvorstoß schon wieder zu bereuen. Nelly, die unser Gespräch am Emporium-Chalet mitangehört hatte, redete mir jedoch ein, dass ich genau das Richtige täte. «Los, mein Mädchen, schnapp ihn dir!», feuerte sie mich an, was mich doch zum Lachen brachte.

Ich hatte erwartet, den ganzen nächsten Tag mit Lampenfieber angesichts unserer Verabredung zu verbringen, doch gleich am Morgen geschah etwas, das mich zunächst von unserer bevorstehenden Begegnung ablenkte. Etwas, mit dem niemand von uns allen hätte rechnen können. Nelly und ich hatten uns am Abend zuvor schon zu früher Morgenstunde im Emporium verabredet, um weitere Sachen für unser Chalet aus dem Lagerraum zu holen, bevor die Kundschaft den Laden wieder stürmen und es schwer werden würde, sich mit den Kisten durch das Gedränge zu schieben. Ich kam als Erste an, schloss die Tür auf, genoss die ungewohnte Stille und setzte mich für einen Augenblick in einen der Ohrensessel. Natürlich war er von einem Teddy belegt, den ich hochnahm, um ihm tadelnd in seine blanken Knopfaugen zu schauen.

«Es wird Zeit, dass du endlich zu einem lieben Mädchen kommst, Frankie», sagte ich. Bevor ich mich jedoch auf eine tiefergehende Diskussion mit ihm einlassen konnte, ging die Ladentür wieder auf.

«Sir John?», erklang die fröhliche Stimme von Charlotte, als sie ihre Wirkungsstätte betrat, wie jeden Tag eine Stunde vor Öffnung. «Sind Sie schon da?»

Ich saß still in meinem Sessel, Charlotte bemerkte mich nicht. Sie schüttelte den Kopf, legte die mitgebrachte Tüte (die vermutlich einen ihrer Lieblingsbrownies enthielt) sowie den *Bath Chronicle* auf der Ladentheke ab. Die bunte Wochenzeitung war ihre bevorzugte Lektüre, wie jeder wusste. Der Weihnachtsmarkt war darin immer ein großes Thema. Fast täglich gab es Meldungen, Berichte und Interviews dazu, und jeder Rekord wurde stolz vermeldet – die Zahl der Chalets, die Zahl der Touristenbusse, womöglich sogar die Zahl der täglich von Felicity verkauften Bratwürste.

Charlotte ging hinüber zur kleinen Kochecke, um Kaffee aufzusetzen. Ohne Kaffee fing sie hier gar nicht erst an. Zwei große Becher. Minimum.

Als der Duft durch den Laden zog, beschloss ich, mein kleines Versteck aufzugeben und Frankie wieder auf seinen angestammten Platz zu setzen. «Schön brav sein, ja?»

«Ah, Julie ... du bist auch schon da. Guten Morgen!», begrüßte mich Charlotte.

«Auch dir einen guten Morgen. Möge der Zauber des Emporiums mit dir sein!»

Sie lachte. «Ach, du immer mit deinen flotten Sprüchen. Ich bin schon seit Jahrzehnten verzaubert ... dauerverzaubert, sozusagen.»

Dann nahm sie einen ersten Schluck Kaffee aus ihrer Vintage-Tasse, auf der *Pixie Charlotte* aufgedruckt war, ein Geschenk von ihrem Chef – wem sonst?

Sie seufzte zufrieden. «So, jetzt kann's losgehen. Wo bleibt Sir John?»

Wie auf Kommando vernahmen wir Schritte und Rumpeln aus der Wohnung in der ersten Etage, auch ein paar halblaute Flüche. Der Ladenbesitzer schien endlich bereit, sich dem neuen Tag in seinem Emporium zu stellen. Vielleicht hatte auch ihn der Kaffeeduft auf Trab gebracht, denn nur wenig später stapfte er die Treppe herab und bediente sich dann an der Kaffeemaschine.

«Guten Morgen, meine Damen!», rief er uns über die Schulter zu. «Wo bleibt Nelly?»

Wir hatten uns gerade für ein paar ungestörte Augenblicke zusammengesetzt, als Nelly aufgeregt in den Laden stürzte. Und ein Sturm losbrach.

Sie knallte uns die druckfrische aktuelle Ausgabe des *Bath Chronicle* auf den Tisch.

«Habt ihr das gelesen?!», rief sie.

Wir schüttelten den Kopf.

Der Artikel, auf den sie zeigte, war der Aufmacher auf der Titelseite. Seine Schlagzeile schlug ein wie eine Bombe.

Begeisterung für den neuen Baum
IN BATH WERDEN WÜNSCHE ERFÜLLT
Von Eleonor Bridgewater

«Ach du lieber Himmel», murmelte Charlotte, die jetzt auch ihr Exemplar des *Chronicle* hervorzog, als hoffte sie, darin eine andere Titelseite vorzufinden.

«Ruft Oscar und Jake an», forderte John. «Sie sollen kommen, sofort ... bevor sie ihr Chalet aufmachen. Krisensitzung!»

Wie es zu dem Artikel gekommen war, hatte Nelly rasch durch eine kleine Recherche auf ihrem Smartphone herausgefunden: Vor ein paar Tagen hatte der *Bath Chronicle* einen Aufruf veröffentlicht. Zwei treue Leserinnen dieses Weltblatts hatten der Redaktion gesteckt, ihre an den Wunschbaum gehängten Zettel habe der Weihnachtsmann mitgenommen. Und ihre Wünsche seien sogar erfüllt worden! Und da hatte die Lokaljournalistin Eleonor Bridgewater die bahnbrechende Idee gehabt, nach weiteren «Wunscherfüllungen» zu fahnden. Auf ihren Aufruf hin meldeten sich ein paar weitere Leserinnen und Leser mit Berichten darüber, wie sie auf «wundersame Weise» beschenkt worden seien, unter anderem eine gewisse Madame Durand, die von «den besten Brioches, die ich je verspeist habe», berichtete. Wenn das Adrienne hörte! Ich konnte mir ein Lächeln nicht verkneifen, das ich aber sofort wieder verschwinden ließ, als ich die alles andere als erfreuten Blicke des Wunschteams bemerkte.

Es verwunderte niemanden, dass der Artikel auf dem Weihnachtsmarkt schon hohe Wellen schlug, wie Nick berichtete, den die beiden Distillery-Men mitgebracht hatten.

«So ein Mist, wir sind aufgeflogen! Zumindest stehen wir unter scharfer Beobachtung», wetterte Jake. «Ich kann nur sagen: Schotten dicht und Licht aus!»

«Gemach, gemach», versuchte John, ihn zu beruhigen. «Wir navigieren immer noch unter dem Radar. Niemand weiß, wer wir sind. Und mit etwas Glück sollte das auch so bleiben.»

«Ein frommer Wunsch, alter Knabe, aber er passt zu dir. Ich für meine Person gehe jedenfalls davon aus, dass der Wunschbaum von nun an täglich in großer Gefahr schwebt.»

«Warum das denn?», rief Charlotte.

«Nun, das ist doch klar», erwiderte Jake. «Er wird unter der Last der Fantastillion Wunschzettel, die jetzt dort aufgehängt werden, schlicht und ergreifend zusammenbrechen.»

Es war zwar keine Fantastillion, aber es waren doch Tausende von Wunschzetteln, die in den folgenden Tagen sturzflutartig auf uns herabrauschen sollten. Trotzdem beschlossen wir an diesem Morgen, Kurs zu halten und einfach weiterzumachen. Und das taten wir, allerdings vorsichtiger denn je.

Die *Chronicle*-Redaktion ließ nämlich ebenfalls nicht locker, sie witterte wohl einen Coup und setzte ihre Starreporterin auf das «Phänomen» an. Irgendwie musste es doch herauszubekommen sein, wer die «Wunschengel von Bath» (sie nannte sie tatsächlich so) waren. Zwei Volontäre wurden dazu verdonnert, abends bei Abbey Chambers Wache zu schieben und den ominösen Baum im Auge zu behalten. Sie benahmen sich jedoch so auffällig, dass Nick sie sofort durchschaute. Zudem nahmen sie es mit ihrem Auftrag wohl nicht allzu genau und verabschiedeten sich – von Nick angespornt – immer mal wieder in die nahe gelegenen Pubs, um sich aufzuwärmen. Es gab also größere Lücken in der Überwachung – die von Adrian und seinem Assistenten beherzt genutzt wurden, um flink die Wunschzettel abzuräumen und unserem Team zuzuspielen.

Doch damit war die Geschichte noch nicht zu Ende. Der Artikel und die darauffolgende Kampagne des *Bath Chronicle* wurde von *Press Association*, der britischen Nachrichtenagentur, aufgegriffen, die daraus eine Meldung für die Medien des Landes bastelte. Und so war die Geschichte – mehr oder weniger ausgeschmückt – bald landesweit zu lesen, in unzähligen Tageszeitungen, Wochenblättern, Postillen und Gazetten. Der Bath Christmas Market mit seinen mysteriösen «Wunschengeln» wurde im gesamten Vereinigten Königreich zum Tagesgespräch. Und trendete auch in den sozialen Medien in geradezu schwindelerregendem Ausmaß.

Das Wunschteam jedoch ließ sich von der plötzlichen, wenn auch anonymen Berühmtheit nicht irritieren. Unverdrossen kamen wir alle drei, vier Tage zusammen, um aus der Zettelflut die Wünsche herauszufiltern, die wir erfüllen konnten. Wir hatten uns bald darauf verständigt, die Zettel, die von Touristen in den Baum gehängt worden waren, zu vernachlässigen. Wir hatten genug damit zu tun, die Bevölkerung von Bath glücklich zu machen. Wenigstens ein bisschen.

Oscar grinste uns an. «Ist 'n Höllenjob ... aber er macht auch Höllenspaß.»

«Sagt der Oberteufel», knurrte Jake.

Die Enthüllungsstory im *Bath Chronicle* hatte unserem Team jedenfalls weiteren Auftrieb gegeben, auch wenn wir ihn gar nicht benötigten. Wir blieben hoch motiviert bei der Sache. Niemand würde uns aufhalten.

Und es gelang uns tatsächlich, unsere Identität geheim zu halten. In einem Leserbrief wurde zwar gemunkelt, dahinter könne nur das Emporium stecken. Aber es war eben bloße Spekulation, wie alle weiteren munter kursierenden Vermutungen und Verschwörungserzählungen.

Auch Eleanor Bridgewater gelang es nicht, das Geheimnis zu lüften.

Dabei wäre es so einfach gewesen. Sie hätte nur einen Schritt ins Emporium setzen müssen. Jeder Bär, jede Puppe hätte es ihr dann verraten können.

17

ERZÄHL MIR DEIN LEBEN

Der Pub mit dem etwas militanten Namen *The Armory Inn* war so etwas wie das inoffizielle Hauptquartier all derer, die sich auf dem Weihnachtsmarkt den Magen hungrig und die Kehle durstig arbeiteten. Dort redete man sich die Sorgen von der Seele, prahlte mit kühnen Taten, wärmte sich auf oder trank sich Mut an, wenn nötig. Vor allem aber: Hier schlug das Herz einer Gemeinschaft, für die Weihnachten nicht nur ein Event, sondern in gewissem Sinn ein Lebensinhalt war.

Im *Armory Inn* vorbeizuschauen, um etwas annehmbare Gesellschaft zu finden, war also immer eine gute Idee, besonders zur Feierabendzeit. Adrian Briggs nahm dann die Rolle des Zampanos ein, Oscar und Jake würden sicherlich da sein, vielleicht auch die Holzkohlenduft verströmende Felicity. Mit John Wood war ebenfalls stets zu rechnen. Ich vermutete, er spekulierte darauf, Adrienne zu treffen, und wenn er viel Glück hatte, erfüllte sich seine Hoffnung sogar. Hin und wieder suchte meine Tante nach ihren Musikstunden das Weite und strandete dann ebenfalls im *Armory*.

«Himmel, war das wieder anstrengend ... dieses Geklimper», rief sie dann. «Kann mir irgendjemand von euch schrägen Vögeln was zu trinken bringen? Mir ist alles recht, bis auf Mulled Wine und Eggnogg. Ach ja, und ... Möge der Geist der Weihnacht mit euch allen sein!»

John kannte natürlich Adriennes Lieblingsdrink und gab ihr gern einen Armagnac aus, denn diese spendable Geste machte es ihm leichter, sich zu ihr zu setzen. Er suchte immer ihre Nähe und bedauerte, dass sie ihm allzu selten gewährt wurde. Beim besten Willen kam er nicht drauf, warum Adrienne ihn so oft mit Ironie und Sarkasmus auf Abstand zu halten versuchte.

Als Nick und ich das *Armory* an diesem Abend betraten, herrschte dort schon Hochbetrieb. Wir drängten uns trotzdem hinein, gleich hinter uns würden sicherlich die Ordnungskräfte anrücken und den Pub wegen Überfüllung schließen. Die Luft war überhitzt und zum Schneiden dick, Anthony Fermoyle, der Innkeeper, stand hinter der Theke und zapfte ein Bier nach dem anderen, ohne jemals den Hahn zuzudrehen. Seine Kellnerinnen bahnten sich anmutig ihren Weg durch die Menge, es sah aus wie ein kurioses Ballett. Sie waren allesamt ausgesprochen hübsch, worauf Anthony großen Wert legte. Er hielt die Schönheit seines Personals für trink- und umsatzfördernd, und vermutlich hatte er damit recht.

Wir setzten uns an einen Tisch, der gerade frei geworden war, und bestellten uns Bier, das in Lichtgeschwindigkeit gebracht wurde. Ehe wir es uns versahen, hatten wir die Gläser in der Hand und stießen mit einem *Cheerio!* an. Beinahe gleichzeitig wischten wir uns den Schaum vom Mund, was uns zum Lachen brachte. John saß in einer Ecke mit Violet Farnsworth zusammen, Oscar und Jake winkten uns von der Theke aus zu.

Die Stimmung war prächtig und die Versuchung groß, sich der Feierlaune einfach anzuschließen, aber ich hatte

Nick hierher eingeladen, um mir etwas von der Seele zu reden. Nelly hatte mir tatsächlich den Kopf gewaschen, und nach unserem Gespräch hatte ich mir vorgenommen, ein paar Dinge klarzustellen.

Manchmal, wenn man gern etwas loswerden möchte, findet man einfach nicht die richtigen Worte. Man weiß nicht einmal, wo und wie man beginnen soll. Und wenn man dann aufgefordert wird zu erzählen, was einen bedrückt oder was man mit sich herumschleppt, ist man plötzlich blockiert, und es gelingt einem nicht, sich die Sache von der Seele zu reden. So erging es mir, wann immer ich mir vornahm, Nick mehr von mir zu erzählen. Heute Abend aber wollte ich es ernsthaft versuchen. Damit er verstand, warum ich so vorsichtig und auf Abstand bedacht war.

Anthony zwinkerte mir von der Theke aus zu. Irgendwie aufmunternd, als wüsste er, was mir durch den Kopf ging. *Also los ... sogar der Wirt gibt dir ein Zeichen.*

Schon des Öfteren hatte Nick Interesse an meiner Geschichte durchblicken lassen, fragte jedoch nie nach meiner Kindheit und Jugend, nach meiner ersten Liebe, nach Archie. So taktlos, sich direkt nach dem Vater meines Sohnes zu erkundigen, war er nicht, doch ich nahm an, dass er neugierig war. Trotz des Versprechens, das Adrienne und ich uns einst gegeben hatten, nämlich niemals wieder über die schlimmsten Stunden meines Lebens zu sprechen, war ich bereit, es Nick zu erzählen.

Nur den richtigen Zeitpunkt dafür hatte ich immer wieder verpasst. Es war, als ob die Gelegenheit an meine Tür klopfte und, ohne zu warten, weiterzöge. Nick war geduldig, was ich zu schätzen wusste. Ich brauchte diese Zeit, um mir über ihn klar zu werden. Und über mich.

An diesem Abend im *Armory Inn* reichte er mir seine Hand, und ich fuhr mit den Fingerspitzen darüber. Es war nicht das erste Mal, dass wir uns bewusst berührten, doch es war eine ungewöhnliche Energie zu spüren, wie bei einem elektrostatisch aufgeladenen Pullover, den man sich über den Kopf zieht.

Der Lärm um uns herum hüllte uns ein wie ein schützender Kokon. Niemand würde hören oder verstehen können, worüber wir sprachen. Sogar an unserem kleinen Tisch mussten wir die Köpfe zusammenstecken.

Und so kam es, dass es einfach aus mir herausbrach, wie ein Wasserfall. Ich erzählte ihm alles, von meiner ausgeflippten Mutter, von Adrienne, dem Fels in der Brandung, von Romeo, meiner ersten großen, gescheiterten Liebe, von Archie, der ohne Vater aufwuchs. Und von dem Damoklesschwert, das über uns hing, in Form von ärztlichen Entscheidungen, Behandlungen, Kontrolluntersuchungen, Wartelisten. Nick ergriff meine beiden Hände und hielt sie fest, die ganze Zeit über. Es war, als führte er mir über diese Verbindung Energie zu, den Mut zu sprechen und mich zu öffnen. Nicht für einen halben Augenblick war ich versucht, mich aus diesem warmen, festen Griff zu befreien. Wir waren einander so nah, dass meine Stirn die seine fast berührte.

«Und der Kerl hat dich einfach verlassen, am Tag deiner Entbindung? Er ist nicht einmal in die Klinik gekommen, um sich zu verabschieden?»

Ich nickte.

«Krass! Wirklich krass! Eigentlich unglaublich.»

«Es ist so passiert ... genau so. Ich weiß nicht, ob er sich schon während meiner Schwangerschaft Gedanken darüber gemacht hat, wie er am besten aus der Sache herauskommt. Eigentlich schien er sehr besorgt um mich. Und ich war einfach nur glücklich über das kleine Wesen in meinem Bauch, freute mich auf das Leben, das vor mir ... vor uns lag. Ich sah es nicht kommen, dass er mich so Knall auf Fall sitzen ließ. Im Nachhinein kam mir unsere Liebe wie ein einziges großes Missverständnis vor.»

Nick blickte mich mit großen Augen an.

«Er hat meine Gefühle verletzt. So sehr, dass sie schließlich abstarben. Ich weiß nicht mehr, was mich zu ihm hingezogen hat. Verirrung ... Besessenheit ... Ich glaube nicht, dass es wirklich Liebe war», schloss ich und trank mit einem großen Schluck mein Bier aus. Sogleich bestellte Nick mit zwei gereckten Fingern Nachschub.

«Und warum nicht?»

«Weil ich jetzt kaum mehr eine Erinnerung daran habe. Und weil es nicht mehr wehtut. Wäre es wirklich eine große Liebe gewesen, dann gäbe es doch noch Gefühle ... irgendwelche ... Trauer, Bedauern, bittersüße Erinnerungen ... Nachwehen.»

«Willst du damit sagen, dass Liebe, die nicht wehtut, keine Liebe ist?»

«Nein. Doch ... irgendwie schon, fürchte ich. Es ist doch letztlich ganz einfach: Liebe, die nicht auch wehtut, ist nicht Liebe, sondern eine Art ... Gefühlsbehauptung.»

«Ich verstehe ...»

Ich war mir nicht sicher, ob Nick mich wirklich verstand. Doch ich empfand eine geradezu wilde Freude darüber, mir alles von der Seele geredet und ihm meine ganze Geschichte erzählt zu haben. Damit er verstehen konnte, wer ich wirklich war, wie ich dachte und fühlte. Auch wenn meine Schlussfolgerung vermutlich allzu gewagt war.

«Ich weiß es sehr zu schätzen, dass du mir das alles erzählt hast», sagte Nick sanft und streichelte aufmunternd meinen Handrücken. «Wenn du möchtest, würde ich dir auch gern etwas über mich erzählen.»

Und dann erzählte mir Nick seine Geschichte.

Obwohl man durchaus den Eindruck haben konnte, war Nick Barley das Engagement für den Weihnachtsmarkt nicht in die Wiege gelegt worden. Seine Eltern und vor allem sein Großvater hatten etwas ganz anderes von ihm erwartet: dass er in die familieneigene Druckerei einstieg und dort mittelfristig die Leitung übernahm. Seit zweihundert Jahren war die Firma in Familienbesitz, so war es nur folgerichtig, dass Nick sich wie alle seine Vorfahren im Druckereihandwerk ausbilden ließ, unter den wachsamen Augen seines Vaters und seines Großvaters.

Doch der langsame Niedergang von *Barley & Sons* zerstörte auch Nicks Zukunftsperspektiven, und in all den Jahren seiner Ausbildung gab es keinen Tag, an dem die drohende Schließung der Druckerei nicht auch über ihm hing wie ein Damoklesschwert, wenn er das Werkstor durchschritt.

«Hier hatte ich mich von Kindesbeinen an wohlgefühlt – der Geruch der Druckerschwärze und all der Farben, die riesigen, unaufhörlich stampfenden Maschinen, die Männer, die sich bei ihrer Aufgabe, die Produktion am Laufen zu halten, nicht aus der Ruhe bringen ließen, die Frauen, die an den Tischen die Druckbögen zusammentrugen oder die fertigen Bücher und Broschüren in großen Kartons verpackten. Und nicht zuletzt die kleinen Gabelstapler, die herumfuhren, um die Papierpaletten aus dem Lager zu schaffen. Wenn einer der Fahrer mich zum Mitfahren einlud, war das für mich der Höhepunkt des Tages. Es war, als führen wir durch ein kleines Königreich, und ich wäre der Prinz, der es eines Tages erben würde.»

Doch nur wenige Wochen, nachdem Nick seine Ausbildung beendet hatte, meldete das traditionsreiche Unternehmen Insolvenz an. Konkurs ... Bankrott ... und wenig später eine private Tragödie, als sein Vater an einem Krebsleiden starb.

Im letzten Akt dieses Dramas war es Nick, der zusammen mit seinem Großvater die Druckerei *Barley & Sons* abwickelte. Das Werk wurde geschlossen und die Belegschaft entlassen, die meisten Maschinen wurden verkauft oder verschrottet, den Barleys blieb nur noch eine Werkstatt, um kleine Aufträge auszuführen, aber das war mehr Hobby als Geschäft. Manchmal brannte noch das Licht in der kleinen Werkstatt, und man sah den alten Barley an den alten Maschinen herumwerkeln, die beim großen Ausverkauf übrig geblieben waren. Was genau er dort tat, wusste niemand, auch sein Enkel nicht.

Anders als sein Großvater, für den die Druckerei sein Lebenswerk gewesen war, hielt Nick sich nicht lange mit Trauerarbeit auf. Er war jung und voller Tatendrang, er orientierte sich um. Als der Christmas Market in Bath zu florieren begann, fand Nick dort ein Betätigungsfeld, das seinen Fähigkeiten und Neigungen entsprach. Weihnachten war einfach sein Ding, er liebte den Markt, seine Dekorationen, seine unvergleichliche Atmosphäre. Im Aufbauteam war er bald unentbehrlich, er half hier und dort aus, und zwei Jahre später war er Assistent des umtriebigen Marktleiters. Das Problem: Der Markt gab ihm nur Arbeit für drei Monate im Jahr, in jedem Januar gingen mit dem Abbau der Stände auch hier die Lichter aus.

Doch Nick bekam die Chance seines Lebens, als er sein Hobby, das Boating, zum Beruf machen konnte. Nichts tat er lieber, als sich ein kleines Boot zu mieten und damit auf dem Avon herumzuschippern, der Bath mit der zwanzig Kilometer entfernten Hafenstadt Bristol und dem Meer verband.

«Bei einem abendlichen Drink ... hier im *Armory*», erzählte Nick weiter, «schnappte ich auf, dass einer der Betreiber der Narrowboats sein klapprigstes Boot, die *Princess of Bath*, ausmustern wollte. Eine Generalüberholung und Restaurierung der alten Lady war ihm wohl zu kostspielig. Ich hielt es für eine Riesenchance, die sich mir da bot, überlegte nicht lange und kaufte es ihm quasi zum ‹Schrottpreis› ab. Von da an war ich fast jede freie Stunde damit beschäftigt, ‹mein Boot› wieder auf Vordermann zu bringen. Wenn ich nicht weiterkam, bat ich meine Freunde um Hilfe, aber das meiste nahm ich selbst in Angriff. Und dann, nach anderthalb Jahren und einigen Hundert Stunden Arbeit, schaffte ich es schließlich doch, den rostigen Kahn wieder see- oder eher flusstüchtig zu machen.» Stolz prostete er mir zu, und ich stieß mit ihm an.

Nick Barley war nun Kapitän auf seinem eigenen Wasserfahrzeug und fuhr im Sommer Touristen auf dem Avon herum. Besonders gefragt waren seine Touren bei kleinen Gesellschaften, Freundeskreisen, Familien und Brautpaaren, denn sein Talent zum Dekorieren, das er auf dem Weihnachtsmarkt perfektioniert hatte, zeitigte auch auf dem Boot immer neue Schöpfungen: Wimpelreihen, Fähnchen, Lichtergirlanden, Sitzkissen mit Arts & Crafts-Stoffen auf den Bänken. Die *Princess of Bath* war ein Schmuckstück geworden – die stolze Flotte der Narrowboats hatte eine neue Attraktion.

Im Herbst, wenn die Nachfrage nachließ und die Touren seltener wurden, winkte dann der Weihnachtsmarkt. Nick hätte nicht sagen können, was ihm lieber war – sein Boot oder der Markt. Er war froh, dass er beides hatte.

«Du musst unbedingt mit mir fahren, Julie ... im nächsten Frühjahr, sobald die Saison wieder beginnt.»

Ich zögerte, nickte dann aber. «Das würde ich sehr gern.»

«Du wirst dich an Bord der *Princess of Bath* selbst wie eine Prinzessin fühlen.»

«Nun, erst einmal wirst du eine andere Prinzessin über den Avon schippern», erinnerte ich ihn an den Wunsch der älteren Dame, den er sich vom Baum gepflückt hatte.

Nick lachte und nickte. «Aber du bist dann die nächste.»

Es war einer dieser Abende, an denen man sich so wohl-fühlt mit einem anderen Menschen, dass man nicht müde wird, ihn an seinen eigenen Erfahrungen teilnehmen zu lassen, den guten wie den schlechten. An denen eine Nähe wächst, die man nicht für möglich gehalten hätte. Wir waren zwei Freunde, die einander endlich etwas offenbarten, was unbedingt gesagt werden musste, und dabei die Welt um sich herum vergaßen.

18

SIEHST DU, WAS ICH SEHE

Offen gestanden, war ich mir nicht sicher, ob ich doch bereuen sollte, mich Nick anvertraut zu haben. Als ich Nelly davon erzählte, umarmte sie mich erfreut – natürlich. Aber ich fragte mich in den folgenden Tagen nicht nur einmal, ob ich einen Schritt zu weit auf Nick zugegangen, ihm mit meinem Vertrauen eine Art Versprechen gegeben hatte. Es mochte daran liegen, dass ich ihm von meinem Verantwortungsbewusstsein Archie gegenüber erzählt hatte, jedenfalls bemerkte ich, dass er mich immer öfter nach ihm fragte. Und wann immer Archie mich zusammen mit Francesca auf dem Markt besuchen kam, kümmerte er sich rührend um die beiden, besorgte ihnen gebrannte Mandeln und Bratwurst und alberte mit ihnen herum, bis Francesca glühende Wangen und Archie Bauchschmerzen bekam – vor Lachen oder all den Leckereien, ließ sich meistens nicht mehr feststellen.

Archie gefiel es natürlich sehr, so viel Aufmerksamkeit zu bekommen. Und dann auch noch von einem Mann, nicht immer nur von Frauen, die aufgeregt um ihn herumkreisten und ihre Besorgnis zeigten. Mich aber störte etwas daran, ohne dass ich wusste, was es war. Ich konnte Nicks Bemühungen einfach nicht einordnen. Waren sie wirklich echt?

Wenn ich Archie von seinen Nachmittagen mit Emma und Sir Frederick im Fabulous Emporium abholte, begegnete ich Nick des Öfteren ebenfalls dort. Und daraus, wie Archie ihm dann verschwörerisch zublinzelte, schloss ich, dass Nick in das Geheimnis eingeweiht war. Mich hingegen ließen die Verschwörer außen vor, man zog mir den blauen Vorhang vor der Nase zu. Klar, es sollte eine «Überraschung» sein, das hatte man mir oft und deutlich genug zu verstehen gegeben, doch mittlerweile missfiel es mir, wie viel an mir vorbeiging – Überraschung hin oder her.

Noch weniger gefiel mir allerdings, dass Nick nicht nur mit Archie immer mehr Zeit verbrachte, sondern auch mit Francesca. Sie war diejenige, die wohl am meisten von uns allen mit Archie zusammen war. Sie ging mit ihm spazieren, las ihm vor (von Vorlesen konnte er nicht genug bekommen, obwohl er selbst lesen konnte) und probierte mit ihm neue Spielsachen aus. Sie brachte ihn zu Bett, wenn ich spät nach Hause kam, und war überhaupt immer für ihn da.

Ich verstand mich gut mit Francesca, deren warmherzige Kinderliebe mich beeindruckte und die auch verstand, dass Archie mit dem Handicap seines lädierten Herzens besondere Aufmerksamkeit und Rücksicht brauchte. Sie griff ein, wenn Archie und Emma zu wild herumtobten, was meinen Sohn außer Atem und mich in Panik brachte. Ich war dankbar, dass Francesca mich entlastete.

Das führte aber auch dazu, dass sie im Grunde die Einzige war, mit der Archie überhaupt das Haus verließ. Adrienne war mit ihren Musikstunden und Kulturaktivitäten ausgelastet, ich hockte vor meinem Zeichentisch und war froh um jede Stunde, in der ich einigermaßen konzentriert arbeiten konnte. Dazu absorbierte in diesen Wochen der Weihnachtsmarkt meine Kräfte fast gänzlich. Selbst das «Wunschteam» musste seit meinem letzten Einsatz nun weitgehend ohne mich auskommen. Meinen Sohn sah ich nur morgens und abends oder wenn er am Nachmittag mit Francesca kurz vorbeischaute.

Ja, und Nick? Erstaunlich, dass er es in dieser anstrengenden Zeit des auf Hochtouren laufenden Weihnachtsmarkts schaffte, so viele Nachmittage im Emporium zu verbringen. Wenn er an unserem Stand vorbei zum Laden lief, warf er mir jedes Mal einen langen Blick oder ein Luftküsschen zu.

«Da ... schau! Er hat's schon wieder getan!», sagte Nelly und deutete ihm hinterher, bevor sie wieder betont kritisch an den Weihnachtsmützen ihrer Stoffpüppchen herumzupfte.

«Was denn?», fragte ich unwillig, verdrossen darüber, dass ich in diesem Chalet festsaß und nicht mitbekam, was im Laden ausgeheckt wurde.

«Er liebt dich ... er liebt dich!», rief Nelly so aufgekratzt wie ein hormonell übersteuerter Teenager.

«Mach doch nicht so ein Theater daraus», erwiderte ich. «Und hör auf, hier herumzuhüpfen wie ein überdrehtes Huhn.»

«Ich sehe nur, dass dich da einer mag ... sehr mag. Und dass er es dir zeigt ... in aller Öffentlichkeit!»

«Na schön ... er zeigt es mir. Aber jetzt ist gut, ja?»

«Du bist so unromantisch!», seufzte Nelly theatralisch.

«Und du so albern!»

Doch ich konnte vor Nelly noch so cool tun, Tatsache war, dass Nick mich aufwühlte. Hatte ich seine Gegenwart sonst immer beruhigend gefunden, ertappte ich mich nun dabei, wie mein Herz heftiger schlug, sobald ich ihn entdeckte, und ich jedes seiner Worte, jede seiner Gesten auf die Goldwaage legte und analysierte. Vor allem – und das ärgerte mich besonders – wenn ich ihn mit anderen Frauen beobachtete, allen voran Francesca.

Nur kurz nachdem Nick im Emporium verschwunden war, kam er mit Francesca, die Archie bei John abgegeben hatte, wieder heraus, und ich konnte nicht umhin zu bemerken, dass er ziemlich aufgeregt auf sie einredete. Die beiden gingen Richtung Abbey Chambers, vielleicht zum Wunschbaum, jedenfalls waren sie in ein inniges Gespräch vertieft und erweckten dabei einen ziemlich vertrauten Eindruck. Nick berührte sie mehrmals am Arm und an der Schulter, und Francesca umarmte ihn zum Abschied, wobei sie etwas in sein Ohr flüsterte. Na, so was.

Es war nicht das einzige Mal, dass ich die beiden so vertraut miteinander vorbeigehen sah, untergehakt, die Köpfe so eng zusammengesteckt, dass sie mich nicht einmal bemerkt hätten, wenn ich ihnen begeistert Beifall geklatscht hätte.

«So viel zu deinem ‹Er liebt dich›», bemerkte ich in Richtung Nelly, die die beiden ebenfalls gesehen hatte. Sie verdrehte die Augen und schüttelte den Kopf.

Als ich zwei Stunden später alle drei zusammen sah, Archie, Francesca und Nick, Hand in Hand gehend wie eine kleine Familie, versetzte es mir einen ziemlichen Stich, und mir wurde leicht schwindlig. Vielleicht hatte ich seine Geduld überstrapaziert. Vielleicht hatte er unser Gespräch falsch interpretiert und dachte nun ... ja, was eigentlich? Was dachte sich Nick dabei?

Nicht nur, dass er sich Archie gegenüber als liebevoller Ersatz-Papa aufführte, nun schien er sein Herz auch noch an unser hübsches Au-pair-Mädchen zu verlieren.

«Siehst du, was ich sehe?», versuchte ich, meine Freundin aufzustacheln.

Doch Nelly blieb unbeeindruckt. «Du siehst Gespenster», meinte sie mit einem Achselzucken.

«Setz lieber mal deine rosarote Brille ab, dann erkennst du es auch.»

Nelly blickte mich vorwurfsvoll an. «Julie», sagte sie gedehnt, als hätte sie ein begriffsstutziges Kind vor sich. «Da ist nichts, glaub es mir ... gar nichts! Sei froh, dass Archie in so guten Händen ist, während wir uns hier in dieser Holzbude was wegfrieren. Mehr kann ich dazu nicht sagen.»

Enttäuscht wandte ich mich ab. Meine beste Freundin lächelte meine Bedenken einfach weg. *Und wenn dein Adrian hier mit einer anderen herumliefe*, dachte ich, *wärst du dann auch noch so tiefenentspannt?* Aber diese Frage behielt ich natürlich für mich.

Wichtiger waren all die anderen Fragen, die mein Herz beschwerten und mich verwirrten. Schließlich war Nick nur ein Freund und nicht mein Geliebter, auf den ich irgendeinen Anspruch hätte. Er konnte herumspazieren, mit wem er wollte.

Doch es drehte mir den Magen um ... immer wieder.

Die letzte Stunde in unserem Chalet verbrachte ich ziemlich missmutig. Mir ging die Sache mit Nick einfach nicht aus dem Kopf. Und so war ich froh, als dieser Tag vorbei war. Auf dem Weg nach Hause – ich hatte gerade die übliche Bratwurst an Felicitys Stand ausgeschlagen, weil es mir den Appetit verdorben hatte – nahm mich allerdings noch Violet Farnsworth in Beschlag, die auch gerade dabei war, ihre

Kräuterbude abzuschließen. Sie verwickelte mich in ein Gespräch über Naturkosmetik und mystisches Heilwissen, und ich musste von ihrem neuen Kräuterlikör probieren, den sie exklusiv für den diesjährigen Weihnachtsmarkt kreiert hatte und der reißenden Absatz zu finden schien. Obwohl ich für Likör nicht viel übrighatte, nahm ich brav einen Schluck aus dem kleinen Probierbecher, den sie mir hinhielt.

«Na, was sagst du?», fragte sie mich gespannt.

Ich nickte anerkennend. Das Zeug war gar nicht mal so schlecht. Es war sogar sehr gut, wie ich einräumen musste. Jedenfalls erfüllte es mich mit einer Wärme, die mir an diesem kalten, unfreundlichen Tag willkommen war.

«Und ... hast du ihn schon ausprobiert?»

«Was?»

«Na, den Liebestrunk. Mein Wunder wirkendes Aphrodisiakum.»

Ich schüttelte den Kopf. Das Fläschchen stand immer noch unberührt auf dem Gewürzbord in der Küche, und ich nahm mir vor, es endlich mal von dort wegzuräumen. Nicht, dass das mysteriöse Tonikum noch in unbefugte Hände fiel. Oder Adrienne es ahnungslos in eine ihrer Fertigsuppen tröpfelte, um sie damit aufzupeppen.

«Ach, Julie, du bist ein Hasenfuß ... wirklich! Also ... ich schlage vor, wir schließen einen Pakt ... hier und jetzt.»

«Was für einen Pakt?»

«Einen Hexenpakt.»

Himmel noch mal, wo sollte das denn hinführen?

Ich zögerte. Eigentlich war ich immun gegen esoterische Überzeugungen und magische Praktiken, und ich hatte wenig Lust, den Trunk auszuprobieren, auch und gerade nicht an Nick. (Nicht, dass ich auch nur einen Deut an dessen Wirkung glaubte.) Und schon gar nicht durfte Nelly davon erfahren, sie würde nicht lockerlassen, mich zum Einsatz von Violets vielversprechendem Wundermittel zu überreden.

Doch die kleine Kräuterfrau ließ mich erst ziehen, als ich in ihre mir entgegengestreckte Hand einschlug, woraufhin sie mich in ihre Arme zog.

«Du wirst es nicht bereuen», flüsterte sie mir ins Ohr. «Hab nur ein wenig Vertrauen! Aber nicht mehr als drei Tropfen, hörst du ... nur drei Tropfen!»

Nur drei ... heilige Zahl ... alles klar.

«Violet, du bist wirklich eine Hexe», flüsterte ich zurück und konnte mich gerade noch zurückhalten, beim Weitergehen mit dem Kopf zu schütteln. Oder gar zu lachen.

Ein Hexenpakt ... also wirklich!

Doch wie auch immer, vom Trunk befeuert oder nicht – mit Nick Barley gab es einiges zu klären.

19

EIN DINNER MIT FOLGEN

Als hätte ich noch nicht genug Sorgen, trat unversehens noch eine weitere auf den Plan. Am Tag darauf rief mich nämlich Alexander Sherman an.

«Ich möchte etwas mit dir besprechen, Julie», sagte er. «In aller Ruhe.»

Sofort sprang mein innerer Alarm an. Wenn Alexander etwas mit mir zu besprechen hatte, dann konnte es nur um Archie gehen. Und wenn es um Archie ging, dann ... Er unterbrach meine Gedanken und lud mich zu einem Dinner in einem Restaurant in Bristol ein, wahrscheinlich, weil er dort in der Klinik Dienst hatte. Als ich sagte, dass ich an diesem Abend unser Auto nicht zur Verfügung hätte, weil Adrienne zu einem von ihr veranstalteten Konzert fahren müsse, überraschte er mich.

«Kein Problem, Julie. Ein Fahrer holt dich ab. Um sieben, wenn dir das recht ist.»

Ein Fahrer sollte mich abholen? Waren wir hier bei *Downton Abbey*?

Ich nahm Alexanders Einladung an, obwohl mich sein Zuvorkommen skeptisch stimmte. Was, wenn er sich nur so viel Mühe gab, weil er mir eine besonders schlimme Nachricht überbringen musste? Immerhin war mir klar, dass es nicht zu seinen ärztlichen Aufgaben gehörte, die Angehörigen seiner Patienten außerhalb seiner Sprechstunde zu betreuen, schon gar nicht in einem Restaurant. Aus irgendeinem Grund schien er mich zu mögen.

Wann immer ich ihm in der Klinik oder in seiner Praxis begegnete und wir über Archie sprachen, nahm er sich Zeit für mich, ging auf jede meiner Fragen ein. Er hatte immer ein offenes Ohr für mich und eine wunderbare Art, mich zu trösten, mir mit kleinen Zeichen seiner Anteilnahme durch die schwierige Zeit zu helfen. Und weil er eben Arzt war, vertraute ich ihm vielleicht sogar ein bisschen mehr als Adrienne, John oder Nelly, wenn sie mir Mut zusprachen.

Pünktlich läutete ein Fahrer an unserem Haus, um mich abzuholen. Durch den Abendverkehr quälte sich der Wagen bis nach Bristol und hielt schließlich im mittelalterlichen Zentrum der Altstadt. Das *Mugshot Restaurant* warb schon draußen mit seiner Spezialität: der berühmten Hot Stone Experience, auf heißem Stein serviertes Fleisch. Alexander empfing mich mit flüchtig auf meine Wangen gehauchten Begrüßungsküssen, wir wurden zu unserem Tisch geführt, bestellten Wein und bekamen die Speisekarten gereicht. Die Auswahl fiel mir leicht. Da ich gut auf Fleisch verzichten konnte, bestellte ich die De Vol Pizza mit separater Provençale Sauce, Alexander entschied sich – natürlich – für das Filet auf heißem Stein.

Wir begannen mit leichtem Small Talk über dieses und jenes. Mein Gastgeber war sichtlich bemüht, mir einen «schönen Abend» zu bereiten. Wie in der Klinik sprach er kompetent und klar und blickte mir dabei ernst in die Augen. Natürlich ging es um Archie, und einmal mehr war ich gerührt darüber, welche Aufmerksamkeit und Fürsorge er an den Tag legte. Wenn er bei mir einen Anflug von Besorgnis spürte, legte er wie beruhigend die Hand auf meinen Unterarm, eine professionelle, mitfühlende Geste. Meine Hand jedenfalls ergriff er nie, was mich sicherlich irritiert hätte.

Dann servierten die Kellner unsere Gerichte, die wirklich beeindruckend aussahen.

«Kein Grund zur Verzweiflung, Julie», sagte Alexander lächelnd und griff zu einem der scharfen Messer, die man ihm hingelegt hatte. «Jedes Warten hat einmal ein Ende.»

«Ja, das sagt sich so leicht. Es dauert schon so lange. Und ich bin, glaube ich, nicht besonders gut im Warten.»

«Wer ist das schon! Es fällt auch mir schwer. Und ganz besonders wohl Archie, der all unsere Hilfe und Unterstützung bekommt, die wir ...»

«Ich habe das Gefühl, die Zeit läuft uns davon», unterbrach ich ihn heftiger, als ich beabsichtigt hatte. «Und irgendwann, vielleicht schon bald, wird es zu spät sein.»

Trotzig wischte ich mir über die Augen. So weit kam es noch, dass ich hier im Restaurant, in aller Öffentlichkeit, losheulte.

«Dazu wird es nicht kommen, Julie. Da bin ich sicher.»

«Aber du weißt es nicht. Es ist schlimm, keine Perspektive zu haben, keine konkrete jedenfalls. Wir sitzen hier und lassen es uns gut gehen. Aber die Uhr tickt ... auch jetzt ... Und ich weiß nicht ... ich weiß nicht, was ich sagen soll.»

Alexander nickte nur und säbelte beherzt an seinem Filet herum, während ich in der Pizza herumstocherte. Dann hob er wieder den Blick und schaute mich an.

«Ich sollte beziehungsweise dürfte es dir eigentlich nicht sagen, Julie, aber unser Treffen heute Abend hat einen erfreulichen Anlass. Ich kann dir verraten, dass NHS Transplant Archie inzwischen priorisiert hat. Er wird irgendwann

Anfang des neuen Jahres sein neues Herz bekommen, vielleicht schon im Februar oder März.»

Ich hätte einfach nur aufatmen können, doch jetzt, wo es – endlich – konkret zu werden schien, mischte sich auch ein Anflug von Panik in die Woge der Erleichterung, die ich spürte.

«Meinst du wirklich? Ich kann es kaum glauben! Nach all dem zermürbenden Warten ...»

Alexander bemerkte wohl meine Aufregung, denn er schaltete sofort in den ärztlichen Beruhigungsmodus, lächelte mich zurückhaltend an und senkte dann die Stimme, als wollte er mir ein Geheimnis anvertrauen.

«Das ist jetzt wahrscheinlich ein ziemlicher Schock für dich, eine Transplantation ist schließlich kein Spaziergang. Trotz aller Erleichterung über die neue Perspektive hast du Angst, das ist nur allzu verständlich. Wer würde nicht in helle Aufregung geraten? Aber ich kann dir versichern, es gibt sehr fähige Leute im Great Ormond Street Children's Hospital, die kriegen das hin. Kinderkardiologie und Kinderherzchirurgie arbeiten da Hand in Hand. Sie haben ein großartiges Expertenteam für diese komplexen Operationen.»

«Du bist ein unverbesserlicher Optimist», sagte ich und versuchte, sein Lächeln zu erwidern. Dann saß ich eine längere Weile sprachlos da, während er weiterredete und mich aufzumuntern versuchte, als könnten seine Worte alle Ängste zum Schweigen bringen.

«Ohne Optimismus kann man als Kardiologe nichts ausrichten, glaub mir», sagte er dann. «Alles, was wir tun, geschieht aus Optimismus, aus der Hoffnung auf Heilung. Mit unserem Können, aber auch mit der Zuversicht, dass wir das Herz am Schlagen halten. Ich weiß, dass du stark bist, Julie. Du darfst jetzt nicht anfangen zu zweifeln. Das Signal der NHS ist ein großartiges Zeichen für euch. Wie heißt es so schön – *keep calm and carry on*. Es ist sicher schwer, aber willst du es zumindest versuchen, Julie?» Er zog die Augenbrauen hoch.

«Ja», presste ich hervor.

«Und wenn Archie sein neues Herz bekommt, wird er wieder lachen, munter und fröhlich sein, wie ein ganz gesundes Kind. Davon bin ich fest überzeugt. Er wird wieder mehr Freude am Leben haben. Und du auch, Julie.»

«Wenn ich dir das nur glauben könnte.»

«Du musst es mir nicht glauben. Du musst es dir glauben. Einen größeren Glauben als den einer Mutter gibt es nicht.»

Wow, was für ein Satz. Ich schluckte schwer.

Und dann ergriff er doch meine Hand, wenn auch nur kurz. Er drückte sie und ließ sie wieder los. Ich schluckte erneut, versuchte ein Lächeln, und diesmal glückte es sogar.

Nach dem Dinner schlug Alexander vor, den Ort zu wechseln. «Lass uns in die *Library Bar* gehen. Gehört auch zum *Mugshot* und ist nur einen Steinwurf entfernt. Okay?»

Ich nickte. Warum nicht?

Wir ließen uns unsere Mäntel geben und zogen dann ein paar Häuser weiter. Das *Library* stellte sich als eine Location mit sehr munteren Barkeepern und intimer Atmosphäre heraus, die mich tatsächlich ansprach.

Wir bestellten Cocktails, ich einen alkoholfreien aus einer interessanten Fruchtsaftmischung und gecrushtem Eis.

Unsere Unterhaltung fiel nun etwas leichter aus und berührte alle möglichen Themen. Ich gab Alexander einen Einblick in mein aktuelles Projekt, die Illustration des Gedichts

The Night Before Christmas, an der ich arbeitete (die Idee mit den Mäusen amüsierte ihn sehr). Und er erzählte mir von sich. Er hatte in Bristol Medizin studiert, mit Schwerpunkt Pädiatrie und Kardiologie, wurde dann Assistenzarzt an den University Hospitals, wo er – neben seiner Praxis in Bath – auch heute noch praktizierte, und hatte daher in der Stadt ein kleines Apartment, in dem er übernachten konnte. Unwillkürlich musste ich an meine Unterhaltung mit Rose denken, an ihren Unmut darüber, dass ihr Mann so selten zu Hause war. Ich schob den Gedanken beiseite – es ging mich nichts an.

Kaum merklich wurde unser Gespräch immer privater. Alexander erzählte ausführlich von seinen Reisen und Hobbys – unter anderem analoge Fotografie –, was mich natürlich ziemlich beeindruckte. Er hatte zu Hause im Keller sogar eine eigene Dunkelkammer eingerichtet und machte dort Abzüge wie Robert Doisneau im Paris der Nachkriegszeit. Zunächst folgte ich ihm durchaus interessiert – es faszinierte mich, wie begeistert er erzählen konnte –, doch als er mich einlud, ihn doch mal auf eine seiner Fotosafaris zu begleiten, fand ich, dass er eine Grenze überschritt. Sosehr er Archie als Patienten und mich als seine Mutter vielleicht auch ins Herz geschlossen hatte – das hatte nichts mehr mit einer «professionellen Beziehung» zu tun. Vielleicht hätte ich schon vorher die Bremse ziehen müssen, sagte ich mir. Seit wir uns mit Vornamen ansprachen, waren wir uns eben doch etwas nähergekommen.

Vielleicht waren wir von Anfang auf diesen Abend zugesteuert, und jetzt saß ich hier und wusste weder genau, was er wollte, noch, was ich tun sollte. Ich versteckte meine Unsicherheit hinter einem weiteren Schluck aus meinem Glas.

Als wir das *Library* verließen, hob ich den Blick in den tintenblauen Abendhimmel, der klar war und voller funkelnder Sterne. Auch Alexander legte den Kopf in den Nacken und blickte fasziniert nach oben. *Er wird doch wohl nicht auch noch Astronom sein ... oder Sterndeuter?*

«Dort oben glitzert alles, als gäbe es kein Morgen und als sollten wir immer nur staunen», sagte ich verträumt.

«Oh, den Morgen wird es sicher geben, Julie. Es gibt immer ein Morgen, und manchmal überrascht es uns.» Er sah mich an.

Ich wollte das Thema lieber nicht weiter vertiefen und streckte ihm die Hand entgegen, um mich zu verabschieden. Es erschien mir ein bisschen zu förmlich, aber was sollte ich sonst tun?

«Danke, Alexander», sagte ich. «Es war ein sehr schöner Abend, auch wenn ich anfangs so ... verhalten auf deine wunderbare Nachricht reagiert habe. Sorry.»

Da schloss er mich plötzlich in seine Arme und drückte mich an sich, wenn auch nur kurz. Er legte eine Hand auf mein Haar und zog meinen Kopf an seine Schulter. Es tat gut, so gehalten zu werden, auch wenn ich spürte, dass Alexander nicht der Richtige dafür war. Trotzdem erlaubte ich mir eine Weile lang, mich von ihm trösten zu lassen. Dann ließ er mich los, ich zog mir meine Mütze auf und blickte ihn verlegen an.

«Auf Wiedersehen, Alexander», sagte ich. «Und ... danke.»

Jetzt war er es, der schwieg und mir einen seiner seltsam uneindeutigen Blicke zuwarf. Ich wandte mich ab und ging ein paar Schritte, drehte mich aber noch einmal um und sah, wie er mir zuwinkte.

«Auf Wiedersehen, Julie. Und halte durch!», rief er mir nach.

«Ich will's versuchen ...», sagte ich und lief die Straße hinunter, wo der Fahrer mit dem Wagen wartete. Alexander schien mir noch etwas hinterherzurufen, doch ich verstand es nicht mehr.

Auf der Rückfahrt blickte ich in mich gekehrt aus dem Fenster und sah der Landschaft dabei zu, wie sie in Schatten und Schemen an uns vorbeihuschte. Zu dieser späten Zeit war nicht mehr viel Verkehr auf der Nationalstraße A4, wir kamen gut durch, und in weniger als einer halben Stunde hielt der Wagen auf meinen Wunsch in der Nähe der Milsom Street. Der Fahrer stieg aus und hielt mir die Tür auf.

Ich beschloss, zu Fuß nach Hause zu gehen, durch die stille Stadt, in der die Weihnachtsbeleuchtung längst ausgeschaltet war. Was für ein Abend! Ich hatte einiges zu verarbeiten, die Bewegung würde mir sicherlich guttun. Vielleicht würde sie meine konfusen Gedanken etwas sortieren helfen. Ein leichter Wind war aufgekommen, ich genoss die Frische, während ich durch die fast leeren Straßen ging. Nur wenige Passanten waren noch unterwegs und schlenderten an mir vorbei, ohne dass wir einander Beachtung schenkten.

Fragen wirbelten durch meinen Kopf, Zweifel und Befürchtungen. Ich beschloss, Archie vorerst nichts davon zu erzählen, was ihm bevorstand. Aber wohin würde mich all dies führen? War ich schon wieder drauf und dran, mein Vertrauen zu verlieren, vor allem das in mich selbst? Dabei hatte ich doch mehr denn je Grund zu hoffen. Und was sollte ich von diesem Abend mit Alexander halten? Hatte er wirklich

Interesse an mir gezeigt, das über unsere Verbindung durch Archie hinausging?

Einiges hatte darauf hingedeutet, aber es waren nur Anzeichen, offen für jede Art von Interpretation. Dabei war er mit einer charmanten und schönen Frau verheiratet, er hatte eine entzückende Tochter, ich hingegen hatte ihm nichts zu bieten, schon gar nicht meine Liebe.

Mein Herz begann heftig zu klopfen. Gleichzeitig wurde ich mit jedem beherzten Schritt ruhiger. Ich spürte, wie sich eine neue Sicherheit in mir ausbreitete. Sie erschien mir wie ein Zauberumhang, der mich einhüllte und schützte.

Auch zu Hause fiel es mir schwer abzuschalten. Ich fand einfach keine Ruhe. Auf dem Zeichentisch lagen meine ersten Illustrationen zur *Night Before Christmas*. Sie blickten mich beinahe vorwurfsvoll an, also setzte ich mich hin und nahm einen Zeichenstift zur Hand. Wie von selbst flogen die Striche aufs Papier, ich geriet in einen wahren Schaffensrausch. Der Abend mit Alexander, Archie und sein Herz, meine ungeklärte Beziehung zu Nick – das alles trat jetzt in den Hintergrund. Ich war hellwach und zeichnete und zeichnete, die Farbstifte tanzten über das Papier, und ich tanzte mit ihnen.

Es war schon spät, als ich zwei weitere Bilder fertig hatte. Draußen war es stockfinster, das Haus schlief. Ich hatte jegliches Zeitgefühl verloren. Eine kleine Ewigkeit war ich in einer ganz anderen Welt gewesen, in der niedliche Mäuse die Hauptrolle spielten, und hatte darüber alles um mich herum vergessen.

Endlich im Bett, knipste ich das Licht aus und schloss die Augen. Noch immer fühlte ich die Stelle an meinen Fingerspitzen, wo die Zeichenstifte einen Abdruck hinterlassen hatten. In meiner rechten Schulter waren ein paar harte Muskeln noch nicht bereit, sich zu entspannen. Obwohl ich die Augen geschlossen hatte, sah ich noch immer meine Illustrationen vor mir. Und über sie schob sich das Bild von Alexander draußen vor der *Library Bar*, wie er mich in seinen Armen hielt, ein so kurzer tröstlicher Moment.

Nur zwei Tage später fiel dieses fragile Glück in sich zusammen, als es am frühen Abend stürmisch an der Haustür klingelte. Vielleicht ein Paketbote, der hektisch die letzten Päckchen des Tages zustellte, um endlich auch Feierabend zu machen?

Ich lief die Treppe hinunter und riss die Tür so schwungvoll auf, dass ich beinahe ins Stolpern geriet.

Es war kein Paketbote.

Es war Rose Sherman.

Sie war noch nie bei uns gewesen, daher spiegelte mein Gesicht wohl deutlich die Überraschung, die ich bei ihrem Anblick empfand. Noch mehr frappierte mich die offensichtliche Wut, die mir entgegenschlug.

Ihre Haare waren vom Wind zerzaust, ihr Gesicht war gerötet, sie wirkte aufgelöst und atmete schwer, als sei sie die ganze Strecke gelaufen. Ein paar Sekunden starrten wir uns nur wortlos an, sie mit zusammengekniffenen Augen, ich leicht beunruhigt.

«Rose ... wie schön ... komm doch herein», stammelte ich schließlich. «Emma ist allerdings nicht da ... falls sie es ist, die du suchst.»

Sie schüttelte nur den Kopf, als hätte ich etwas vollkommen Sinnloses von mir gegeben. Oder etwas besonders Unverschämtes. Es schien sie nur noch mehr zu empören.

«Emma ist bei uns ... wo sie hingehört. Nein, ich suche dich!»

«Mich?»

«Ja, tu nicht so scheinheilig! Glaubst du im Ernst, du könntest mich vorführen und ich ließe mir ohne Widerstand meinen Mann wegnehmen?»

Ich spürte einen kalten Schauder meinen Rücken hinablaufen.

«Dein Mann ... was ist denn mit Alexander?»

«Ja, was ist nur mit ihm? Das habe ich mich auch gefragt. Jeden Tag, wenn er abends nicht nach Hause kommt. Ich Idiotin habe dir sogar noch mein Herz ausgeschüttet. Aber jetzt weiß ich es besser. Glaubst du, ich bekomme nicht mit, wie er sich dir an den Hals wirft? Und du dich an seinen?»

Sie war nun ziemlich laut geworden, und ich hatte wenig Lust, die ganze Nachbarschaft an unserer Auseinandersetzung teilhaben zu lassen.

«Komm doch erst mal rein. Und dann reden wir darüber ... in aller Ruhe», schlug ich vor.

Sie schüttelte unwillig den Kopf. «Ich werde keinen Schritt in dieses Haus setzen, so viel ist sicher.»

«Okay ... okay», versuchte ich, sie zu beruhigen, was mir gründlich misslang.

«Gar nichts ist okay ... gar nichts. Ich werde ...»

«Rose ...», unterbrach ich sie. «Was denkst du denn nur? Es ist nichts zwischen Alexander und mir. Überhaupt nichts. Und schon gar nicht sind wir einander um den Hals gefallen.»

«Ich kenne meinen Mann ... leider. Und dich habe ich auch durchschaut. Du hast Emma in dein Haus gelockt, um mich in die Irre zu führen. Und deinen Archie benutzt du als Vorwand, um dich an Alexander heranzumachen.»

Jetzt ging sie zu weit. Ich versteifte mich, verschränkte die Arme und reckte das Kinn vor. «Doktor Alexander Sherman ist der behandelnde Arzt meines herzkranken Kindes», sagte ich, um meine Fassung ringend. «Wie kommst du dazu, hier hereinzuplatzen und mir derart unverschämte Vorwürfe an den Kopf zu werfen?»

«Wie ich dazu komme? Oh, das ist sehr einfach. Ich habe meine Quellen in der Klinik. Seine Sekretärin ist eine gute Freundin von mir, und sie missbilligt das notorisch übergriffige Verhalten meines Mannes genauso sehr wie ich. Er würde es wahrscheinlich als Mitgefühl bezeichnen, aber ich durchschaue dieses miese Spiel. Es gehört ganz sicher nicht zu seinen ärztlichen Pflichten, mit einer jungen Mutter sogenannte ‹Abendtermine› wahrzunehmen.»

Sie kramte ein paar Fotos aus ihrer Manteltasche, die sie mir mit zitternden Händen entgegenhielt.

Es waren Aufnahmen von unserem Abend in Bristol. Gestochen scharfe Bilder von Alexander und mir vor dem Restaurant. Unsere Umarmung, seine Hand in meinem Haar. *Klick, klick, klick* ... aufgenommen wie Standbilder eines Liebesfilms. Wenn man sie so sah, zeigten sie durchaus etwas Unangemessenes, das konnte ich gar nicht abstreiten, selbst wenn ich es gewollt hätte.

«Rose ... das sieht dramatischer aus, als es war. Da entsteht ein völlig falscher Eindruck, das will ich zugeben. Aber Alexander ...»

«Ja, klar», rief sie höhnisch. «Es ist nicht so, wie es aussieht, so ist es doch immer.»

Ich musste diesem unwürdigen Auftritt ein Ende bereiten, um meinet- genauso wie um ihretwillen. Ich straffte den Oberkörper und bemühte mich um eine feste Stimme. «Rose ... du kannst da so viel hineingeheimnissen, wie du willst. Zwischen Alexander und mir ist nichts vorgefallen, nichts, was diesen Auftritt rechtfertigt. Und das wird es auch nie ...»

Rose sackte in sich zusammen. «Feige bist du auch noch. Du kannst es nicht einmal zugeben, wenn ich dir gegenüberstehe.»

«Rose», sagte ich leise. «Ich verstehe deine Empörung, wahrscheinlich würde ich nicht anders reagieren. Aber es ist wirklich ein Missverständnis. Du musst mir glauben ...»

«Ich muss dir gar nichts glauben, Julie Marin. Ich werde dieser ganzen schmutzigen Affäre hier und jetzt einen Riegel vorschieben, bevor es zum Äußersten kommt. Bevor mein Mann durchdreht und mir meine Ehe um die Ohren fliegt. Ich muss ... ich werde mich zu schützen wissen. Und Emma auch!»

«Emma? Was hat Emma denn damit zu tun?»

«Meinst du allen Ernstes, ich lasse meine Tochter noch mal in deine Nähe? Emma wird dieses Haus nie wieder betreten, das lasse ich nicht zu. Halte dich und deinen Sohn von uns fern, ein für alle Mal. Sonst lernst du mich noch von einer ganz anderen Seite kennen!»

Dann wandte sie sich ab, ohne einen weiteren Blick, ohne ein weiteres Wort. Mit einer energischen Handbewegung schlug sie den Kragen ihres Mantels hoch und stapfte den kleinen Pfad zur Vorgartentür hinab, die sie hinter sich zuschlug. Ich blickte ihr hinterher, ungläubig, verletzt, aufgebracht. Bis ich die Tür hinter mir zumachte. Sie fiel so laut ins Schloss, als wollte auch sie mir zu verstehen geben, dass dieses Kapitel zu Ende war, unwiderruflich.

Archie, dachte ich nur. *Was soll ich bloß Archie sagen?*

20

AUF WUNDERSAME WEISE

In den folgenden Tagen verlor ich das Gefühl, sicheren Boden unter den Füßen zu haben. Ich kam mir vor wie auf einem kleinen Narrowboat, das plötzlich in stürmische See geraten war. Archies neues Herz ... Nick und Francesca ... Alexanders kryptische Andeutungen ... Roses Auftritt vor unserem Haus, gipfelnd in ihrem Verbot, dass Emma uns besuchte ... All das machte mir zu schaffen, und ich fühlte mich hilflos und überfordert.

Dann, an einem Nachmittag in unserem Chalet auf dem Weihnachtsmarkt, schlug es über mir zusammen. Ich fühlte plötzlich eine wilde Panik in mir aufsteigen, ein Schwindel erfasste mich, und die Lichter wirbelten um mich herum, als stürzten Dutzende Leuchtgirlanden auf mich ein. Mir trat Schweiß auf die Stirn, meine Beine wurden schwach, und ich musste mich festhalten. Verzweifelt bemühte ich mich, meinen Atem zu beruhigen. Nelly war mit einer Kundin beschäftigt, die sich zwischen ihren Stoffpüppchen nicht entscheiden konnte, und bekam nichts mit von meinem Schwächeanfall. Erst als ich mit einer gemurmelten Entschuldigung aus dem Chalet wankte, lief sie hinter mir her und ergriff meinen Arm.

«Hey, meine Süße ... was ist denn mit dir?»

«Ach, nichts, mir ist nur ein wenig ... schwindlig.» Meine Stimme brach. Mir wurde schwarz vor den Augen. Dann spürte ich, wie eine Welle der Schwäche mich erfasste. Ich sank zu Boden wie eine Schlummerpuppe mit schlenkernden Gliedern.

Erstaunlicherweise war es nicht einmal unangenehm, sich einfach fallen zu lassen. Endlich, dachte ich noch, es war mein letzter Gedanke, bevor ich einen dunklen Schleier auf mich herabschweben sah. Ein Drehschwindel erfasste mich, ich verlor jedoch nicht völlig das Bewusstsein, nahm immer noch schwach aufgeregte Stimmen wahr.

«Betty ... rasch ... ruf einen Arzt», rief Nelly unserer Standnachbarin zu. «Oder gleich den Rettungsdienst! Und Nick ... sag unbedingt auch Nick Barley Bescheid!»

Nelly beugte sich über mich. Reglos lag ich in ihren Armen, aber ich konnte sie noch hören, spürte meine Lider flattern, wie in einem heftigen Traum.

Dann gab die Schwärze mich wieder frei, und ich schreckte mit einem leisen Schrei auf.

«Wo bin ich?»

«Du bist hier ... bei mir ... vor unserem Stand», sagte Nelly beruhigend und legte eine Hand auf mein Haar. «Was ist denn los mit dir?»

Kaum merklich schüttelte ich den Kopf. Ich wusste darauf keine Antwort, und ich brachte ohnehin kein Wort heraus. Mein Ausflug an die Grenzen der Ohnmacht hatte nicht lange gedauert, doch ich war vollkommen betäubt gewesen. Einen Moment hatte ich sogar geglaubt, in meinem Bett zu liegen und von riesigen Schneeflocken zugedeckt zu werden. Eine surreale Vorstellung.

Von den Leuten, die nun um mich herumstanden, konnte ich nur die Beine und Mäntel sehen. Den Kopf zu heben, war mir unmöglich. Dann beugten sich zwei Männer über mich – der eine war Nick, der andere wohl ein Arzt, denn er hatte einen weißen Kittel an.

Langsam kehrte ich zurück aus der Tiefe, es war, als zöge eine unbekannte Macht mich nach oben. Ich lag auf dem kalten Pflaster vor unserem Stand, die Lichter der Chalets tanzten vor meinen Augen, und mir wurde kälter und kälter.

«Was ...», flüsterte ich nur und rang nach Luft.

«Du warst ohnmächtig, Julie.»

Jemand hatte ein Kissen gebracht, das Nick mir nun unter den Kopf legte. Er streichelte meine Stirn. Der Arzt ließ vorsichtig meine Beine zu Boden sinken und zog ein Smartphone hervor, mit dem er den Rettungsdienst rief.

«Sind Sie gegen irgendwas allergisch, Mrs ...?», fragte er dann.

«Marin», sagte Nelly.

«Mrs Marin?» Der Arzt hatte ein freundliches Gesicht, er strahlte eine fast unwirkliche Ruhe aus, jedenfalls schien er nicht allzu besorgt. Seine Sprechstundenhilfe war mit einer Decke herbeigeeilt, und er wies sie an, diese sorgfältig über mich zu breiten.

«Nein ... nicht, dass ich wüsste», flüsterte ich, froh über die Decke, auch wenn sie etwas kratzte.

«Gut. Ich bin Doktor Fielding ... ich habe meine Praxis gleich da vorn. Bleiben Sie noch ein bisschen liegen ... atmen Sie ruhig ... ein und aus.»

Wieder fühlte ich eine Welle der Übelkeit in mir aufsteigen. Erschöpft schloss ich die Augen.

Ich konnte hören, wie sie flüsterten, wobei ich Nicks Stimme wieder deutlich heraushörte. «Etwas mit den Nerven?», fragte er leise den Arzt.

«Möglich. Aber wir müssen das abklären lassen ... im Krankenhaus. Die Rettung müsste jeden Moment da sein.»

Die Rettung! Eine Welle der Erleichterung durchflutete mich. Ich versuchte, die Augen wieder zu öffnen, als das Blinken der roten Alarmlichter durch die Lider drang. Sanitäter bahnten sich einen Weg durch die Menge der Schaulustigen, hoben mich vorsichtig auf eine Tragbahre. Ich seufzte.

Die Rettung!

Drei Finger auf der Innenseite meines Handgelenks. Als ich wieder wach wurde, lag ich in der Notaufnahme, in der es unglaublich geschäftig zuging, ein Arzt saß jetzt neben mir und zählte den Puls. Er war füllig und hatte ein rundes Gesicht, was ihn wie den Mann im Mond aussehen ließ. Buschige Augenbrauen, ein paar freundliche Falten, und sein Lächeln drückte Anteilnahme aus.

«Kommt das öfter vor ... dass Sie in Ohnmacht fallen?», fragte er.

«Nein ... eigentlich nie.»

«Eigentlich?»

«Nie.»

«Treiben Sie übermäßig Sport? Haben Sie sich vielleicht heute oder in den letzten Tagen zu sehr verausgabt?»

«Ich weiß nicht. Kein Sport jedenfalls.»

«Sind Sie schwanger?»

Ich verzog die Lippen. «Nein, Doktor ... nicht wirklich.»

Der Arzt erlaubte sich ein flüchtiges Grinsen, wurde dann aber wieder ernst. «Wurde denn in letzter Zeit mal Ihr Blut getestet?»

«Nein, auch nicht.»

Er runzelte die Stirn. «Okay. Sie sind kerngesund und putzmunter, wie? Wir machen jetzt trotzdem ein paar Untersuchungen, um der Sache auf den Grund zu gehen. Eine Schwester wird Ihnen Blut abnehmen. Eine Assistenzärztin wird ein paar Tests mit Ihnen machen. Dann sehen wir weiter, Mrs ...»

«Marin», ergänzte ich schwach.

Ich ließ alles über mich ergehen. Ärztinnen und Pfleger kamen und gingen, ich bekam kaum mit, was sie mit mir anstellten. Immer wieder wurden Puls und Blutdruck gemessen, offensichtlich gab es da Schwankungen, die vielleicht beunruhigend waren, vielleicht auch nicht. Meistens hielt ich die Augen geschlossen, das grelle Licht der Neonbeleuchtung an der Decke schmerzte mich. Ich wollte nur noch schlafen. Am liebsten bis Weihnachten. Nur Archie hielt mich davon ab, der immer wieder durch meine Gedanken geisterte, durch meine Wachträume spukte, Archie, den ich so sehr liebte und um den ich mich so sehr sorgte.

Dann spürte ich wieder eine Berührung am Arm. Ich öffnete die Augen, fand mich in einem Patientenzimmer wieder, in dem ich allein lag, das Bett neben mir war leer. Der Raum hatte die typische Krankenhauseinrichtung, doch man hatte ein kleines Weihnachtsgesteck auf die Fensterbank gestellt, in dem eine fröhlich dreinblickende Father-Christmas-Figur steckte. Dann erkannte ich den Arzt, der mich aufgenommen hatte, sogar seinen Namen auf dem kleinen Schild am Revers seines weißen Kittels. Doktor R. Bonneville.

«Wir haben uns alle Testergebnisse angeschaut, Mrs Marin», erklärte der Arzt. «So weit nichts Auffälliges oder Beunruhigendes. Im Moment sind Sie ziemlich stabil, möchte ich sagen. Haben Sie in letzter Zeit viel Stress gehabt ... ein Burn-out vielleicht?»

«Stress ... ja, vielleicht. Sicherlich. Ein Burn-out eher nicht ... ich weiß gar nicht genau, was das ist. Aber mein Sohn ...»

«Was ist mit Ihrem Sohn?»

Ich erklärte ihm, dass mein Sohn Archie auf eine Herztransplantation wartete. Und dass ich auch privat ein paar Probleme hatte, die mir zu schaffen machten.

«Das können Warnsignale sein, Mrs Marin.» Doktor Bonnevilles Blick war ernst, aber doch auch irgendwie um Optimismus bemüht. «Ihr Körper sagt Ihnen, dass das alles schwer zu verarbeiten ist ... überdeutlich, möchte ich meinen.»

Meine Hände begannen zu zittern, ein flatterndes Gefühl durchzog mich, während ich ihm zuhörte.

«Ihre Angst ist verständlich, Mrs Marin. Keiner Mutter ... niemandem würde es anders ergehen. Sie reagieren auf Ihre Ängste. Und daher ist es das Wichtigste, dass Sie sich beruhigen. Wir geben Ihnen gleich ein Sedativum, das sollte Sie weiter stabilisieren.»

Er nickte noch einmal aufmunternd und verließ das Zimmer.

Ich war wieder allein.

Mit unglaublicher Willensanstrengung kämpfte ich gegen die auf- und absteigenden Panikattacken an, die wie Wellen über mich hinwegfluteten. *Archie ... Archie. Es wird alles gut ...*

alles gut, sagte ich mir immer wieder. Es war wie ein Mantra, mit dem ich meine Aufregung in den Griff zu bekommen versuchte.

Eine Krankenschwester hatte das grelle Licht ausgeschaltet, nur noch ein Lämpchen über meinem Bett leuchtete wie ein Stern. *Bald ist Weihnachten*, dachte ich. *Archies Geburtstag*. Entfernte Stimmen, verzerrte Töne drangen vom Flur zu mir, aber ich nahm sie kaum wahr, sie waren wie eine ferne Geräuschkulisse im Straßenverkehr. Gedankenfetzen, unzusammenhängend, Hitze auf meinem Gesicht, dann Kühle, dann wieder Wärme, aber diesmal fühlte sie sich gut an. Ich verlor das Gefühl für Zeit und Raum, es war alles nicht wichtig. Wieder kam die Schwester herein und spritzte etwas in den Infusionskatheter. Dumpfe Geräusche vom Flur draußen, wieder leises Gemurmel. Ich lag wie auf einem Klangteppich, der mich forttrug.

Dann taten die Medikamente ihre Wirkung. Langsam lichtete sich der Schleier. Wieder nahm eine Hand mein Handgelenk. Ich hatte nicht die Kraft, die Augen zu öffnen, um zu schauen, wer es war.

«Mrs Marin ... hören Sie mich?» Es war Doktor Bonnevilles Stimme. «Können Sie mich verstehen?»

Ich lächelte, um ihm zu verstehen zu geben, dass ich ihn gehört und verstanden hatte. Dann öffnete ich die Augen. Es war schwer und anstrengend, doch es gelang.

«Na, endlich! Ich warte schon eine ganze Weile auf Sie! Sie haben einen ziemlich festen Schlaf, scheint mir. Doch nun sind Sie auf wundersame Weise wiederauferstanden!» Er lächelte mich an.

Es klang ironisch, beruhigte mich aber. *Auf wundersame Weise ... wie schön das klingt.*

Ich wollte etwas sagen, Danke vielleicht, ich gab mir Mühe,

bewegte die Lippen. Aber ich war so kraftlos, dass mein Lächeln genügen musste.

Doktor Bonneville fuhr mit seiner Hand sanft über die Bettdecke, wie um mir zu zeigen, dass er mich auch ohne Worte verstand.

«Ich bin sicher, Sie haben das Schlimmste hinter sich.»

Erleichterung ging durch mein Herz, das ich kräftig pochen fühlte.

«Wir kümmern uns um Sie, Mrs Marin», sagte Doktor Bonneville. «Wir werden Ihnen dabei helfen, dass Sie wieder auf die Beine kommen.» Er zwinkerte mir zu.

Am liebsten hätte ich ihn umarmt.

Dann verließ Doktor Bonneville das Zimmer.

Wieder auf die Beine kommen, wiederholte ich für mich. Ich wollte nur noch so rasch wie möglich nach Hause und Archie in meine Arme schließen. Ich vermisste ihn ... so sehr. Ein Gefühl, das meinen ganzen Brustkorb ausfüllte. Mit Liebe. Nicht mehr mit Angst.

Wenig später bekam ich Besuch – nacheinander schauten Adrienne, Nelly ... und Nick herein. Am liebsten hätte ich gar nicht mehr aufgehört mit dem Umarmen.

Am nächsten Tag wurde ich aus der Klinik entlassen. Ich bekam ein paar Medikamente mit und die Mahnung, sie unbedingt zu nehmen. Adrienne holte mich ab und brachte mich nach Hause. Ich fühlte mich schwach auf den Beinen, als hätte ich in kürzester Zeit das Gehen verlernt und müsste es erst wieder lernen. Fest drückte ich Archie an mich, sein Herz an meines, als könnte ich ihm genug Kraft geben für das, was ihm bevorstand.

«Es wird alles wieder gut, Mum. Du wirst ganz, ganz bald gesund», flüsterte er mir ins Ohr. Wie hätte ich ihm nicht glauben können.

VORHANG AUF
IM PAPIERTHEATER

E s dauerte einige Tage, bis ich mich von meinem Spontanzusammenbruch erholt hatte. Nelly übernahm den Standdienst allein, berichtete jedoch, dass Nick ihr gelegentlich beisprang. Dass sie nun, da es auf Weihnachten zuging und der Markt förmlich vor Besuchern aus den Nähten platzte, nicht allein war, beruhigte mich. Gleichzeitig hoffte ich nervös, dass sie es sich nicht einfallen ließ, Nick über seine Gefühle zu mir auszuquetschen. Ich verbrachte meine Genesungszeit vor allem mit Archie, der mir aufgeregt berichtete, dass am vierten Advent das «große Geheimnis» gelüftet werden sollte.

«Bist du bis dahin wieder gesund, Mum?», fragte er mich jeden Tag, und ich versicherte ihm, dass ich diesen großen Moment um nichts in der Welt verpassen wollte. Tatsächlich fühlte ich mich inzwischen schon erheblich besser und war gleichermaßen vorfreudig und gespannt, was Archie zusammen mit Emma und diesem seltsamen Sir Frederick auf die Beine gestellt hatte.

Emma, das findige Kind, hatte natürlich auch nach dem von ihrer Mutter verhängten Kontaktverbot Mittel und Wege gefunden, sich weiter mit Archie zu treffen. Zwar besuchte sie uns tatsächlich nicht mehr in der Blueberry Lane, jedoch gab es nach wie vor die Nachmittage im Emporium. Ihrer Mutter hatte sie vorgeschwindelt, sie gehe zu Proben für das Nativity Play, das alljährliche Krippenspiel in ihrer Schule (und setzte noch frech eins drauf, indem sie behauptete, man habe ihr die Rolle der Maria übertragen).

Nach Johns «Verwarnung» hatte ich auf weitere Nachforschungen verzichtet und bis zu diesem Nachmittag noch immer keine Ahnung, was da auf mich zukommen sollte. «Lass dich überraschen», hatte John gesagt. Na schön, dann sollte es so sein.

Als der große Tag gekommen war, machten wir uns auf den Weg ins Emporium. Sogar Adrienne war mit von der Partie. Sie war seit einer Ewigkeit nicht mehr in Johns Reich gewesen und konnte ihre Faszination angesichts der vielen wunderbaren Spielzeugschätze kaum verbergen (auch wenn sie sich Mühe gab). Besonders eine große Glasvitrine zog sie geradezu magisch an, in der viktorianische Puppen-, Schatten- und Papiertheater ausgestellt wurden. Manche waren aus bedrucktem Karton, dessen zugeschnittene Teile man selbst zusammenstecken musste, um das Theater zum Leben zu erwecken. Sie waren für die Aufführung beliebter Theaterstücke eingerichtet – *Cinderella, Die kleine Fee, Schneewittchen, Dornröschen, Peter Pan*, ein deutsches Kasperletheater oder sogar Dramen von Shakespeare.

Eines dieser Papiertheater hatte ich selbst gestaltet – über der Bühne prangte ein kunstvoll verziertes Schild mit der Aufschrift «Theater der Träume». Es gab einen Stoffvorhang, eine prächtige Loge, zahlreiche Figuren und verschiedene

Bühnenbilder. Für das Emporium hatte John das «Original» in dreifacher Größe aus Pressholz nachbauen lassen, und ich hatte es von Hand bemalt. Ein Schaustück, das alle Blicke auf sich zog.

Die beiden auswechselbaren Bühnenbilder ermöglichten unterschiedliche Aufführungen. Der Fantasie der kleinen oder großen Laienspieler waren also keine Grenzen gesetzt.

Das erste Bühnenbild zeigte eine weihnachtlich dekorierte Stadt, in der man unschwer die Altstadt von Bath erkennen konnte, mit der Abteikirche im Hintergrund. Dazu gab es eine ganze Reihe von Figuren in Regency-Kleidung.

Sein Pendant war ein verschneiter Wald, in dem man ein Wintermärchen aufführen konnte. Die Protagonisten waren allesamt Tiere: ein Reh, ein Hirsch und ein Fuchs, ein Uhu, ein Eichhörnchen und eine kleine Gans. Dazu ein paar Fabelwesen, die Elfen, Feen und Wichtel darstellten. Und sogar ein Einhorn.

Dieses Theater hatte ich nie selbst bespielt, und ich hatte niemals die Freude erlebt, dass es zum Leben erweckt wurde. Bis zu diesem Sonntagnachmittag, dem vierten Advent, als das Emporium zu einer Aufführung eingeladen hatte, in der mein Sohn Archie so etwas wie die Hauptrolle übernehmen sollte.

Und heute war der Tag gekommen.

Ich muss zugeben, dass ich ziemlich aufgeregt war. Nicht nur gespannt auf diese «Premiere» in meinem Theater, sondern überhaupt darauf, was Archie, Emma und ihr mysteriöser Sir Frederick sich ausgedacht hatten. Mein Herz klopfte mir bis zum Hals. Was würde ich ... was würden *wir* hier zu sehen bekommen?

Für die Premiere hatte das Emporium-Team den Laden komplett umgeräumt, um so viel Platz wie möglich für Stühle, Hocker, Tische, Kissen und andere Sitzgelegenheiten zu schaffen. Das *Theater der Träume* empfing sein Publikum auf einem mit einer blauen Samtdecke bedeckten Tisch. Das Licht war heruntergedimmt worden, Kerzen warfen ihr flackerndes Licht und verbreiteten eine nostalgische Atmosphäre, Duftkerzen verströmten weihnachtliches Aroma. Im Halbdunkel hatten sich ungefähr vierzig, fünfzig erwartungsfrohe Leute versammelt, vor allem Kinder, die zum Teil auf dem Boden saßen, aber auch Eltern und Verwandte, die sich dieses Spektakel nicht entgehen lassen wollten.

Sie waren alle gekommen, Adrian und Nick, Felicity und Violet, auch Oscar und Jake. Ich stand mit Nelly ganz hinten im Laden, an das Regal mit den Teddybären gelehnt, und war so aufgeregt, als stünde ich selbst vor dem Auftritt. Unruhig trat ich von einem Bein aufs andere, bis Nelly mir beruhigend eine Hand auf den Arm legte. Neben mir nestelte Adrienne angespannt an einer Brosche herum, schräg vor mir zog Francesca ihr Jäckchen fester um die schmalen Schultern. Und noch nervöser schien mir ein sehr bekannter junger Mann, der in der hinteren Ecke auf und ab lief. Warum war Nick eigentlich so angespannt? Er hatte mich zur Begrüßung umarmt, kurz und fest, und mir dann aufmunternd auf den Rücken geklopft, wie ein Trainer es bei seinen Fußballspielern macht. Sehr merkwürdig ...

Ich sah einige Mädchen in Emmas Alter, wahrscheinlich ihre Freundinnen. Auch Emmas Eltern hatten sich eingefunden, Rose würdigte mich keines Blickes, und Alexander nickte mir nur kurz zu und blickte dann weg. Sie standen so steif nebeneinander wie bei einer Beerdigung. Der Geist der Weihnacht – in der Familie Sherman wäre er wohl am allerdringendsten vonnöten.

Jemand hatte die Musikanlage angestellt, ein leiser Walzer wehte heran und erhöhte die Spannung. Irgendetwas lag in der Luft, und alle Anwesenden schienen etwas Zauberhaftes zu erwarten. Gebannt blickten die Kinder auf das kleine Theater, dessen roter Samtvorhang sich jeden Moment öffnen würde. Doch zunächst trat John Wood in seiner Fantasieuniform vor das Publikum und verbeugte sich. Beifall brandete auf, den er sichtlich genoss, auch wenn er ihn mit beschwichtigenden Handbewegungen abzumildern versuchte.

«Mein liebes Publikum», begann er, als sich die Begeisterung gelegt hatte. «Ich bin dankbar und gerührt, dass so viele Besucherinnen und Besucher den Weg zu uns gefunden haben. Denn heute erlebt unser Emporium eine Premiere. Ja, sogar eine Weltpremiere, denn noch nie wurde in dieser kleinen Wunderbude Theater gespielt, jedenfalls nicht auf den Brettern, die bekanntlich die Welt bedeuten. Gleich hebt sich der Vorhang in diesem kleinen Theater der Träume, und ich bin ebenso gespannt wie ihr alle, was dort wohl zur Aufführung kommen wird. Ganz sicher bin ich allerdings, dass es zu unserem weihnachtlichen Motto passen wird. *Believe in the Magic of Christmas*! Also ... öffnet eure Augen und eure Herzen ... und lasst das Spiel beginnen!»

Wie von Zauberhand wurde der kleine rote Vorhang hochgezogen, ganz langsam, ein vielfaches «Oh!» und «Ah!» war zu hören. Und das Spiel begann.

Es war das Winterwald-Bühnenbild, das wir zu sehen bekamen. Auf dem Boden lag ein bisschen Schnee aus feiner Watte, oben am Firmament hingen Goldfoliensterne sowie ein Vollmond, versehen mit einem Spruchband: «Erster Akt» war da zu lesen.

Es war Nacht, und in einem Baum am rechten Bühnenrand saß ein Uhu, der in seiner eulenhaften Weisheit so etwas wie der Erzähler des Stücks war. Ein kleiner Fuchs schlief vor seiner Höhle am linken Bildrand, ein «Außenseiter», der es schwer im Leben hatte, wie der Uhu uns verriet. Der Fuchs traute nämlich seinem Herzen nicht. Er hatte keine Freunde. Immerzu streifte er auf der Suche nach Gesellschaft allein durch den Wald, aber alle Tiere flohen vor ihm.

Jede Nacht träumte er von dem fernen, verwunschenen Winterwald und seinen Bewohnern, von denen er seltsame Dinge gehört hatte: von Elfen und Feen, sogar von einem sagenumwobenen Einhorn, das noch niemand gesehen zu haben schien.

Eines Abends rief ihm der Uhu zu: «Füchslein, warum machst du dich nicht auf den Weg zum Winterwald? Bald wird er für nur eine einzige Nacht im Jahr zum Weihnachtswald. Nur in dieser Nacht wirst du eine Chance auf die Erfüllung deiner Wünsche bekommen.»

Doch der Fuchs glaubte ihm nicht. Traurig schüttelte er nur den Kopf und legte sich wieder schlafen.

Als er aus seinem Schlaf erwachte, sah er, dass eine kleine Gans vor ihm stand und ihn neugierig anblickte. Beinahe erschrocken richtete er sich auf. Die Gans lief keineswegs weg, wie er es erwartet hatte. Im Gegenteil, sie schien ziemlich zutraulich zu sein.

Auch dem Publikum im Emporium schien durchaus klar zu sein, dass Fuchs und Gans keine natürlichen Freunde waren. Aber das Gänschen war mutig und das Füchslein schüchtern, sodass sie ganz gut zusammenpassten. Das war – recht betrachtet – schon ein wahres Weihnachtswunder.

Die Gans berichtete, sie sei von zu Hause weggelaufen, es sei ihr allzu langweilig gewesen auf ihrem Bauernhof. Und der Fuchs gestand, dass er ziemlich allein sei und dass ihm oft das Herz schwer werde, weil alle vor ihm flohen und niemand sein Freund sein wollte.

«Ich könnte deine Freundin sein», meinte die Gans. «Ich bin nämlich auch ganz allein unterwegs, ohne Gefährten. Im Wald ist es spannender als auf dem Bauernhof, aber mit Freunden wäre es noch schöner.»

Der Fuchs schüttelte den Kopf. «Das geht nicht. Gänse meiden die Füchse, sie laufen immer vor ihnen davon.»

«Nun, ich bin nicht davongelaufen, oder? Wollen wir es nicht miteinander versuchen? Wir passen ganz gut zusammen, finde ich.»

Dem Vollmond wurde von unsichtbarer Hand ein neues Spruchband umgebunden: «Zweiter Akt».

Es war ein entzückendes kleines Schauspiel, das mich geradezu atemlos zuschauen ließ. Ich war überrascht, wie gut man dieses Theater der Träume bespielen konnte. Die Tierfiguren wurden manchmal vielleicht etwas zu holprig und ungelenk über die Bühne geschoben, aber irgendwie hatte es seinen eigenen Charme.

Wir sahen Fuchs und Gans auf ihrem Weg durch den Winterwald, ein seltsames Gespann. Sie wurden von allerlei Tieren beobachtet, heimlich und aus sicherer Entfernung, und alle, selbst Elfen, Feen und Wichtel waren sich einig: So etwas hatte man im Winterwald noch nie gesehen!

Doch einem Kobold, der stets nichts als Unfug im Sinn hatte und für sein Leben gern Verwirrung stiftete, passte es ganz und gar nicht, dass sich hier etwas so Ungewöhnliches, ja Wunderbares anbahnte: Er warnte die Tiere des Winterwalds und verbreitete Angst vor diesen «Eindringlingen». Auch die beiden Wanderer versuchte er in Furcht und Schrecken zu versetzen, was bei dem schüchternen Füchslein verfing, bei dem mutigen Gänschen allerdings nicht. Daraus entspannen sich ein paar muntere Dialoge, die im Publikum für allerlei Gelächter sorgten.

«Kehrt um und rettet euer Leben! Im Weihnachtswald lauert nur große Gefahr. Freunde werdet ihr hier jedenfalls nicht finden. Und im Grunde seid nicht einmal ihr zwei richtige Freunde. Seht euch doch nur an: ein Fuchs und eine Gans!»

Dem Fuchs sträubte sich das Fell, und selbst dem Gänschen war es mit einem Mal nicht mehr ganz geheuer. Es wurde tatsächlich kälter, der Wind wurde eisig, der Schnee fiel in dicken Flocken herab. Und der Wald lag dunkel und unheimlich vor ihnen. Zitternd klammerten sich Fuchs und Gans aneinander. Doch sollten sie jetzt wirklich umkehren?

«Es ist ein Abenteuer», sagte die Gans schließlich. «Wenn wir es erleben wollen, müssen wir weitergehen.»

«Geh du allein», sagte der Fuchs.

«Ich mag nicht mehr allein gehen.»

«Wir wissen doch überhaupt nicht, was uns da drüben erwartet», sagte der Fuchs. «Es kann etwas ganz Schreckliches sein.»

«Oder etwas ganz Wunderbares. Nein, wir wissen es nicht. Aber wir werden es herausfinden.»

Im Dritten Akt schließlich trafen Fuchs und Gans auf andere Tiere, und sie alle waren ihnen wohlgesinnt und begleiteten die beiden. Sie alle schien der Weihnachtswald auf wundersame Weise zu verwandeln – es herrschte ein Friede, der ihnen vollkommen unbekannt war.

Schließlich gelangten sie gemeinsam zu einer verschneiten Hütte.

«Was ist denn dort drin?», fragte der Hirsch.

«Das werdet ihr selbst herausfinden ... einer nach dem anderen», sagte der Uhu. «Wenn ihr eine Frage richtig beantwortet. Die Frage lautet für jeden von euch gleich: Was wünschst du dir vom Leben ... aus ganzem Herzen?»

«Das ist ja einfach», rief der Kobold aus dem Gebüsch, in dem er sich versteckt hatte. «Ich will Spaß ... ganz viel Spaß, über andere lachen und Schabernack treiben.»

«Dann musst du wieder umkehren, du dummer Kobold», sprach der Uhu sein Urteil.

Die Kinder im Publikum klatschten begeistert.

Ein Tier nach dem anderen beantwortete dann die ihnen gestellte Frage.

«Die Welt verzaubern», sagte das Einhorn.

«Meine Familie über den Winter bringen», sagte das Eichhörnchen.

«Keine Angst mehr haben», sagte die Gans.

«Freunde finden», sagte der Fuchs.

Sie alle durften die Hütte betreten.

Was sie darin vorfanden? Ein Ochse und ein Esel lagerten im Stroh, nahe bei einer kleinen Krippe hatten sich ein paar Schafe zur Ruhe gelegt. Die Krippe war leer, und Menschen waren auch nicht zu sehen. Sie waren fort, weitergezogen in die Welt, die auf Weihnachten wartete. Doch den Glanz und das Glück einer heiligen Nacht hatten sie zurückgelassen. Draußen legte sich der Wind, und ein großer Stern zog am Firmament auf.

Und alle Neuankömmlinge in der Hütte stellten zu ihrem Erstaunen fest, dass ihre Wünsche in Erfüllung gegangen waren.

Und dann, schneller als ich erwartet hatte, war mit einem Mal alles vorbei. Ich bekam den Schluss gar nicht richtig mit, so gebannt war ich von dem Geschehen auf der Bühne meines kleinen Theaters. Als nach einigen Momenten verzauberter Stille der Vorhang wieder fiel, brach ein Jubel aus. Das Publikum sprang begeistert von den Sitzen auf, und auch ich erwachte wie aus einem Traum, ein wenig benommen und doch erleichtert, dass alles so gut über die Bühne gegangen war.

Als der Beifall kein Ende nehmen wollte, warf John Wood das Orchestrion an, dieses alte Musikmonstrum. Während sich das Klatschen zum Takt von *Land of Hope and Glory* synchronisierte und die Zuschauerinnen und Zuschauer in die Trance rhythmischen Klatschens versetzte, trat die kleine Kompanie hervor und baute sich vor dem Theater auf: Archie und Emma, Charlotte und der geheimnisvolle Sir Frederick Fry, der bemüht war, keine Miene zu verziehen, was ihm aber nicht gelang. Ein kleines Lächeln stahl sich auf seine Lippen und ließ die Mundwinkel zucken. Ein Gefühlsausbruch, der jedoch neben den strahlenden Gesichtern seiner Mitspieler beinahe unbemerkt blieb.

Die vier fassten sich an den Händen und verbeugten sich, ganz in der Art der großen Schauspieler auf den großen Bühnen.

Ich blickte zu Nelly, die neben mir wie verrückt klatschte und sich immer wieder eine Träne aus den Augenwinkeln wischte, was ihr überhaupt nicht peinlich war. Und auch ich ließ meinen Gefühlen freien Lauf.

Schließlich ging der ganze Pomp in einem Durcheinander an Stimmen und Lachen unter, John und Charlotte brachten

Tabletts mit Champagner- und Saftgläsern herbei, und die kleine Truppe mischte sich unter das Publikum, das sie gebührend beglückwünschte. Eine echte Premierenfeier.

Dann kam Archie auf mich zugelaufen, an seiner Hand Emma mit sich ziehend, und ich schloss die beiden in meine Arme.

«Und, Mum ... wie hat es dir gefallen?»

«Mir hat es ganz, ganz gut gefallen, mein Schatz», nahm ich seine geliebte Redewendung auf. «Ich bin ganz außer mir vor Freude. Was für ein wunderbares Geschenk, Archie ...»

«Nicht nur mein Geschenk, auch das von Emma ... und von Sir Frederick natürlich ... von uns allen ...»

Dann wandte er sich ab und hakte sich bei Francesca ein, die ihn lachend herumwirbelte.

«Julie ... war das nicht schön», fragte auch Emma atemlos, «... wunderschön?»

«Ja, mein Gänschen, das war es ... Ich weiß gar nicht, was ich sagen soll ...»

«Sie haben es für dich gespielt. Also, sag einfach Danke», raunte Nelly mir zu.

Das sagte ich dann auch. Emma strahlte und flitzte weiter zu ihren Eltern.

Da bemerkte ich aus dem Augenwinkel, dass Alexander seine Frau in den Arm nahm und Rose seine Hand ergriff. Und sie nicht mehr losließ.

Auch sie durften wohl die verschneite Hütte im Weihnachtswald betreten.

LICHTER
UND GEHEIMNISSE

Ich blickte durch das Schaufenster nach draußen, während John Wood die Ladentür hinter den letzten Besuchern dieses denkwürdigen Theaternachmittags schloss und sich daranmachte, noch ein bisschen aufzuräumen.

Die letzten Weihnachtsmarktbesucher gingen vorbei, Mützen und Kapuzen tief ins Gesicht gezogen, Geschenke unter dem Arm. Und ein paar Christmas Singers, die an kalten Dezemberabenden durch die Straßen zogen und mich auch dieses Jahr wieder entzückt hatten, wann immer mir diese kleinen Gruppen von Menschen mit Noten und Instrumenten im Gepäck über den Weg gelaufen waren. Sie sangen auf den Plätzen ihre altvertrauten, fröhlichen und volkstümlichen Carols, und in einigen Vierteln gingen sie sogar von Haus zu Haus und sangen für ihre Nachbarschaft. Gegen diese musikalischen Darbietungen hatte nicht einmal Adrienne etwas einzuwenden, sie lud die Musikanten – nicht wenige von ihnen hatten Unterricht bei ihr gehabt – sogar stets zum Dank auf einen Punsch in unser Haus ein, wo sie sich wieder etwas aufwärmen konnten.

John und ich waren allein im Emporium. Ich wollte mich noch bei ihm bedanken, ihm sagen, wie sehr mich die «Welt-

Uraufführung» in meinem Papiertheater berührt hatte. In zwei Tagen war Weihnachten, die Saison im Emporium war vorbei, und John hatte seine Mitstreiterin Charlotte eben noch mit einem kleinen Präsent und einer Flasche Champagner beschenkt, weil sie mit ihrem Mann zu Verwandten nach Cambridge fahren wollte und sich den letzten Verkaufstag im Laden freigenommen hatte. Was John ihr großmütig gewährt hatte. Schließlich gab es ja auch noch Nelly, mit der er «den Laden schon schaukeln» würde, wie er mit einem Augenzwinkern sagte.

Zuletzt war Archie mit Adrienne und Francesca nach Hause aufgebrochen, und der kleine Fuchs plapperte aufgeregt auf die beiden ein. Ich blickte ihnen nach, und mein Herz wurde ganz groß und weit.

Nachdem sich draußen die Straßen und Gassen geleert hatten und nur noch ein paar Weihnachtslichter über die abendblaue Dunkelheit triumphierten, machte John die letzten Lampen im Emporium aus, einen Schalter nach dem anderen tippte er an, ein Licht nach dem anderen erlosch. Wie ein Intendant auf seiner Bühne stand er da, erstaunt darüber, dass das Spiel tatsächlich vorüber und das Publikum beglückt und wie verzaubert nach Hause gegangen war. Dann zündete er in seinem Office ein paar Kerzen an und lud mich mit einer Kopfbewegung ein, hereinzukommen, was ich – wie immer – nur allzu gern tat. Er schenkte uns Portwein ein, sein bevorzugtes Getränk zu allen Jahreszeiten und in allen Lebenslagen.

«Tja, Julie, nun haben wir es wieder einmal geschafft ... fast jedenfalls. Immer wieder erstaunlich, dass Weihnachten dann doch ganz plötzlich vor der Tür steht, nicht wahr?»

Ich nickte und lächelte ihm zu. Dann hielt ich mein Glas hoch und sagte «Cheerio!», und John stieß mit mir an.

«Es war ein gutes Jahr», resümierte er, gemütlich in seinem Sessel sitzend und am Wein nippend. Im Grunde seines Herzens war John ein Optimist, aber eben auch ein Melancholiker, der sich zwar stets das Gute, Schöne und Wahre wünschte, aber nicht damit rechnete. Vielleicht war dies sein Geheimnis – nichts zu erwarten und dann alles zu bekommen. In diesem Jahr, das nun auf seine Zielgerade eingebogen war, hatte das Emporium sich jedenfalls ein weiteres Mal behauptet, hatte es die Augen seiner großen und kleinen Kundschaft zum Leuchten gebracht, und der «Markt der Wünsche» vor seiner Ladentür hatte seinem Namen alle Ehre gemacht.

Was fehlte noch? Eigentlich nichts. Nur sein kleiner Schützling Archie hatte auf sein neues Herz ein weiteres Jahr warten müssen – eine wahre Geduldsprobe. Als hätte er meine Gedanken erraten, erhob John sein Glas und prostete mir ein weiteres Mal zu.

«Auf Archie, den kleinen Fuchs!»

«Auf Archie!», erwiderte ich. Wir tranken, und nach einem kurzen Schweigen fügte ich in einem Anflug von Zuversicht hinzu: «Es wird schon alles gut gehen mit seinem Herzen.» Nur noch wenige Wochen ... die würden wir auch noch schaffen.

John lachte. «Das höre ich gern von dir, Julie. Es wird ganz sicherlich gut gehen, ich weiß es.»

«Na ja, wissen kannst du es nicht.»

«Doch, doch ... ich weiß es! Wünsche, die tief aus unseren Herzen kommen ... wann sollten sie wahr werden, wenn nicht an Weihnachten? Man muss natürlich daran glauben, aber dann ist es wahre Magie ...»

«*Believe in the Magic of Christmas?*»

Er nickte. «Du hast es erfasst: *Believe in the Magic of Christmas*!»

«John ...», begann ich, «ich möchte dir noch danken. Für das Emporium, für den wunderbaren kleinen Theaterabend, für die geglückte Überraschung, für ...»

«Nicht doch, Julie», unterbrach er mich. «Mir musst du nicht danken ... wirklich nicht.»

«Aber du warst es doch, der das möglich gemacht ... der alles in die Wege geleitet hat ...»

Er winkte ab. «Ich habe nicht viel getan, schon gar nicht alles. Ich habe Sir Frederick und den Kindern meine kleine Rumpelkammer zur Verfügung gestellt», er kicherte, «und sie gegen Spionage verteidigt, natürlich. Das war's auch schon.»

«Aber ...», begann ich wieder.

«Nichts aber. Ich will dir allerdings gern verraten, was hinter dieser Überraschung steckt, die du ... die wir alle vorhin erlebt haben.»

Ich blickte ihn fragend an, gespannt, was er mir enthüllen würde. Denn das Geheimnis um den seltsamen «Sir Frederick» war ja noch nicht gelüftet worden. Wie kam dieser uns allen vollkommen Unbekannte dazu, den Kindern jeden Tag etwas vorzulesen, mit ihnen ein Stück einzustudieren und es dann sogar in «meinem» Papiertheater aufzuführen?

«Ich kann dir sagen, wer hinter ‹Sir Frederick› steckt, meine Liebe. Er ist niemand anderer als der Mann, der Jahr für Jahr deinen Adventskalender druckt ...»

«Wie bitte?» Vor lauter Verblüffung musste ich mein Glas abstellen, sonst hätte ich noch den Portwein verschüttet. «Du meinst ...»

«Ich meine nicht ... so ist es.»

«Und du ... du hast ihn zu diesem Theater angestiftet?»

«Nein, das war nicht ich ...»

«Sondern?»

«Das war Nick Barley, sein Enkel.»

«Nick?» Ich riss die Augen auf. «Dann ist dieser Sir Frederick ... Nicks Großvater, dessen Druckerei vor Jahren geschlossen wurde?»

«Ja, in der Tat. Frederick war früher einmal der stolze Besitzer der traditionsreichen, inzwischen längst stillgelegten Druckerei *Barley & Sons*. Die wenigen aus dem Konkurs geretteten Maschinen werden jedes Jahr angeworfen, um unseren Adventskalender herzustellen. Und manchmal werden dort auch Papiertheater für das Emporium produziert.» Er lachte mich verschmitzt an.

«Dann hat dieser Frederick Barley auch die Geschichte vom kleinen Fuchs geschrieben, der im Weihnachtswald neue Freunde findet?»

John schüttelte den Kopf. «Nein», sagte er. «Damit wäre der gute Frederick – übrigens ein alter Freund – wohl doch überfordert gewesen. Er wäre auch nie aus eigenem Antrieb jeden Nachmittag in unser Emporium gekommen. Er musste wahrlich mit Engelszungen dazu überredet werden ...»

Ich war vollkommen verblüfft.

«Aber wer ... wer hat denn dann dieses Stück geschrieben?»

«Ja, das möchtest du gern wissen – wer dieser begnadete Märchenerzähler wohl war ...» John schien es ein diebisches Vergnügen zu bereiten, mich auf die Folter zu spannen. *Es war bestimmt er selbst*, dachte ich.

«Natürlich möchte ich das wissen ... Nun sag's schon.»

«Kannst du es dir nicht denken, Julie ... meine kleine, so oft verzagte und verzweifelte Julie?»

Ich schüttelte den Kopf, zuckte die Schultern und genehmigte mir wieder einen großen Schluck Wein.

Und dann fiel der Groschen. Er fiel mit einem harten *Pling* auf den Grund meines Bewusstseins, und mir wurde auf einmal alles klar.

In aller Ausführlichkeit erzählte mir John Wood nun die ganze Geschichte. Sie begann an dem Tag, als Frederick Barley die ersten Vorabexemplare des diesjährigen Adventskalenders – wie immer persönlich – im Emporium abgeliefert hatte. Zur Feier des Tages verbrachten die beiden alten Herren einen Cognac-Abend miteinander, stießen auf die Jubiläumsausgabe an und waren allerbester Dinge. Bis Frederick plötzlich ernst wurde und seufzend sein Glas abstellte.

«Ich muss noch etwas mit dir besprechen, John.»

«Was ist denn los, alter Knabe?», fragte John, ein bisschen besorgt angesichts des plötzlichen Stimmungswandels.

«Es geht um Nick. Nein, eigentlich geht es nicht direkt um ihn, aber er hat mich um etwas gebeten ...»

«Um was hat er dich denn gebeten? Das muss ja etwas ganz Besonderes sein. Soweit ich weiß, ist Nick jemand, der sich selbst um alles kümmert.»

«Oh ja, dabei würde ich ihm liebend gern jeden Wunsch erfüllen, wenn es in meiner Macht steht. Aber in dieser Hinsicht ist er verschlossen wie ein Brief mit sieben Siegeln. Wir sprechen selten über ... Persönliches. Und über Wünsche eigentlich nie ...»

«Aber jetzt hat er dich doch um etwas gebeten ... etwas, das dir Bauchschmerzen bereitet, wenn ich das richtig sehe?»

Frederick Barley nickte. «Ja, weil ich ihm seinen Wunsch nicht erfüllen kann. Beim besten Willen nicht.» Mit einem einzigen Schluck stürzte der alte Druckereibesitzer seinen Drink hinunter, als müsste er sich Mut antrinken.

«Ach, komm, so ausgefallen kann der Wunsch doch gar nicht sein ... Braucht er Geld für sein Boot?»

«Nein. Er will, dass ich in den Wochen vor Weihnachten einmal am Tag in dein Emporium komme.»

«Aber das wäre doch ganz famos, alter Knabe. Wir stehen zwar gerade in dieser Zeit mächtig unter Druck und haben alle Hände voll zu tun. Doch für einen Drink mit dir werde ich immer Zeit haben ...»

«Wenn es nur für einen Drink wäre. Aber er will, dass ich Theater spiele!»

«Wie bitte ... Theater? In meinem Laden? Das ist in der Tat ziemlich ungewöhnlich. Was steckt dahinter? Los ... lass hören!»

Und dann berichtete Frederick Barley von Nicks Idee, die tatsächlich ziemlich seltsam war. Er sollte mit zwei Kindern, Archie und Emma, ein von ihm, Nick, selbst verfasstes Stück einstudieren. Eine Art kleines Weihnachtsmärchen für Kinder. Dieses Stück sollte dann am letzten Adventssonntag im Emporium vor Publikum aufgeführt werden. In Julie Marins Theater der Träume. In dem Papiertheater, das er immer in der Druckereiwerkstatt produzierte, wenn John wieder einmal ein paar Bestellungen durchgab.

Umständlich kramte Barley ein kleines Heft aus der Tasche und hielt es John hin, der es mit geradezu ehrfürchtigem Staunen entgegennahm. *Das Märchen vom Weihnachtswald, in welchem einem kleinen Fuchs ein großer Wunsch erfüllt wird*, stand auf dem Umschlag.

«Und dann soll ich sogar noch unter falschem Namen auftreten, damit niemand Verdacht schöpft, als Sir Frederick Fry – auf diese Idee muss man erst mal kommen! Wie soll ich denn als Fremder Kontakt mit den beiden Kindern aufnehmen? Noch dazu ist der kleine Archie herzkrank, wie

Nick mir erzählt hat. Er würde sich doch zu Tode erschrecken, wenn ich plötzlich im Emporium auftauche und ihn anspreche. Ein alter Märchenonkel. Eine Weihnachtsgeschichte. Und dann noch ein Theaterstück. Ich fürchte, damit bin ich wirklich komplett überfordert.»

«Was hast du ihm geantwortet?»

«Noch gar nichts. Ich habe gesagt, dass ich ein paar Nächte darüber schlafen muss.»

«Ja, und? Mach es nicht so spannend, Fred!»

«Die paar Nächte sind jetzt schon eine Weile her ... zwei Wochen, um genau zu sein.»

«Oh, mein alter Freund, ich verstehe», sagte John.

Und tatsächlich verstand mein alter Freund ziemlich genau, worauf Nick hinauswollte. Er hatte das Märchen für Archie erfunden, um ihm eine Freude zu machen. Es war dem Kleinen sozusagen auf den Leib geschrieben, ich hatte nicht umhingekonnt, das zu bemerken. Aber irgendetwas hatte es auch mit mir zu tun. Das spürte ich ebenso deutlich. Vielleicht wollte Nick mir imponieren ... mir etwas Hoffnung schenken ... mich davon überzeugen, dass Weihnachten dieses Jahr auch für mich ein neues Kapitel aufschlagen würde.

Es wird eine Überraschung sein ... für dich, hatte John gesagt. Wieder einmal wusste dieser kluge Mann mehr als ich, während ich mich wie das kleine Mädchen in seinem Wolkenschiff von damals fühlte.

Ich ging nach Hause, nachdenklich und ziemlich in mich gekehrt. Die Lichter des Weihnachtsmarkts waren erloschen, es lag eine Stille über der Stadt, die man als unheimlich hätte empfinden können, wären da nicht die Nachklänge gewesen

von all den Stimmen und inbrünstig gesungenen alten Lie-
dern, die davonschwebenden und sich auflösenden Düfte
und Gerüche. Der aufziehende Nebel hüllte alles ein, als
müsste er eine Decke über das ziehen, was endlich zur Ruhe
kommen sollte, über alle Lichter und Geheimnisse.

Ich würde Nick anrufen, gleich morgen. Ich würde mich
mit ihm treffen, ihm sagen, wie beeindruckt und berührt ich
von all dem war, was er getan hatte, für Archie und Emma
und auch für mich. Es war sein Weihnachtsgeschenk, und
ich wollte und würde ihm meine Dankbarkeit zeigen.

Was nimmt man sich nicht alles vor für die letzten, oft
so aufreibenden und angefüllten Tage vor dem Fest. Und
manchmal schafft man nicht einmal das Wichtigste. Es gibt
dafür keine Erklärung und schon gar keine Entschuldigung.

Auch diese Lektion sollte ich noch lernen.

DIE RÜCKKEHR DER
TRAUMTÄNZERIN

Am vorletzten Abend vor Weihnachten klingelte es zu
später Stunde, zuerst nur zweimal kurz, dann Sturm.
Keine Ahnung, wer das sein konnte. Ich war schon auf
dem Weg ins Bett und gähnte herzhaft, taperte dann aber in
Pantoffeln die Treppe herunter, schob den Riegel zurück und
stieß die Tür auf. Ein Schwall kalter Luft wehte herein und
ließ mich augenblicklich frösteln. Aber vielleicht war es auch
der Anblick der späten Besucherin, der mich erstarren ließ.

Es war Vivienne.

Vivienne.

Vor mir stand meine Mutter.

Und hinter ihr: Nelly. Sie hob wie entschuldigend die
Schultern und verzog das Gesicht, als wollte sie «Autsch!»
sagen. Doch ich hatte nur Augen für meine Mutter, die mich
erwartungsvoll ansah.

«Maman?» Ich war vollkommen sprachlos, und es dauerte etwas, bis ich mich aus meiner Erstarrung löste und die
Frage aller Fragen stellte: «Was machst du denn hier?»

«Überraschung!», rief sie, kam einen Schritt auf mich zu
und zog mich in ihre Arme. Sie drückte mich so fest, dass
mir für einen Augenblick der Atem wegblieb.

Beinahe hätte ich sie gar nicht erkannt. Allein die Tatsache, dass sie sich nun eine Art Golden-Twenties-Frisur zugelegt hatte und wie ein Flapper-Girl aussah, ließ sie schlagartig mindestens zehn Jahre jünger wirken. Mit der Kurzhaarfrisur erkannte man, dass sie Adriennes Schwester war, die beiden sahen sich nun ähnlich, allerdings wirkte Adrienne mit ihrem inzwischen halblangen Anna-Wintour-Haarschnitt ein bisschen altmodisch, Vivienne hingegen erweckte den Eindruck, als sei von ihr noch Großes, Überraschendes zu erwarten.

Auch die Hippie-Klamotten hatte sie abgelegt. Als sie den Mantel auszog, fiel mir das schlichte, dunkelblaue Twinset auf, nichts Ultramodisches, aber auch nichts, was sie aus der Vintage-Truhe irgendeines Secondhandshops hervorgekramt hatte.

Am erstaunlichsten aber war der Blick, mit dem sie mich anschaute. Ich hatte das Gefühl, dass sie mich überhaupt zum ersten Mal in meinem Leben richtig wahrnahm. Ihre Augen waren ganz klar und bergseetief.

«Willst du deine alte Mutter nicht hereinbitten? Es ist ziemlich kalt hier draußen. Und anstaunen kannst du mich auch drinnen.»

«Ja ... klar ... aber natürlich.» Ich trat beiseite und ließ sie eintreten.

«Oh, hier weihnachtet es ja heftig», sagte sie, als sie sich umschaute und ihr Blick auf meine Dekoration fiel. Sie lächelte verschmitzt, nicht abschätzig wie sonst, wenn die Rede auf Weihnachten gekommen war, sondern eher mit einer gewissen Anerkennung.

Ich muss gestehen, dass ich mit der «neuen Vivienne» nicht auf Anhieb zurechtkam. Zu groß war der Unterschied, in ihrem Aussehen, in ihrem Verhalten, in ihrer ganzen Ausstrahlung. Was war nur mit ihr geschehen?

Drei Jahre hatte ich sie nicht gesehen. Das letzte Mal war sie nur auf einen Tag vorbeigekommen, um sich ein bisschen mit Archie zu beschäftigen, der sich ziemlich begeistert von seiner hippiesken Grandma gezeigt hatte. Sie war eben ganz anders als die etwas strenge, stets kontrollierte Adrienne, die ihre Warmherzigkeit immer eher vorsichtig dosierte als freigebig verschenkte.

«Kommst du bald wieder, Grandma?», hatte Archie damals zum Abschied gefragt.

«Na klar», hatte Vivienne gesagt. «Aber nur, wenn mein kleiner Lieblingsenkel mich nicht immer Grandma nennt. Das macht mich alt, weißt du. Willst du mich nicht einfach nur Vivi nennen?»

«Ja, Grandma ... sorry ... Vivi!»

Doch sie kam nicht wieder, schon gar nicht bald, in den ganzen drei darauffolgenden Jahren nicht. Wir hielten nur oberflächlichen Kontakt, manchmal rief sie zu Geburtstagen an (oft vergaß sie es auch), und das war's auch schon. Ich nahm es ihr nicht übel. Wenn ich an sie dachte, dann immer mit amüsiertem Kopfschütteln, weil sie so ein ganz anderes Leben führte als ich. *Hauptsache, du bist glücklich*, dachte ich dann.

Noch verblüffter als ich – falls das überhaupt möglich war – zeigte sich Adrienne. Von dem Radau im Hausflur angelockt, kam sie im Morgenmantel die Treppe heruntergelaufen und blieb wie vom Donner gerührt auf der untersten Treppenstufe stehen. Ich war mir nicht sicher, ob sie ihre Schwester überhaupt erkannte, so verstört blickte sie die unerwartete Besucherin an. Doch dann gab es kein Halten mehr, Vivienne stürzte auf sie zu und umarmte sie. Was sie einander dabei ins Ohr stammelten, konnte ich nicht verstehen, doch als meine Mutter etwas erschrocken meinte, wir sollten alle etwas weniger Lärm machen, um Archie nicht aufzuwecken, winkte Adrienne ab: «Ach, Archie ... der schläft wie ein Murmeltier. Aber nun sag ... was verschafft uns das unerwartete Vergnügen? Du wirst den langen Weg wohl kaum nur für uns gemacht haben.»

«Und ob ich das habe. Für wen denn sonst? Ich will Weihnachten dieses Jahr mit euch feiern. Wenn es euch recht ist ...»

Wir machten beide große Augen, Adrienne und ich. Meine Mutter ... Weihnachten ... hier? Aber sie schien es wirklich ernst zu meinen. Ich blickte zu Nelly hinüber, die allerdings überhaupt nicht überrascht wirkte, sondern wie unbeteiligt mit ihrem linken Fuß das Muster der Flurkacheln nachzeichnete.

«Na, das sind ja mal ... interessante Aussichten», rief Adrienne und klatschte in die Hände. «Komm mit, du musst mir alles erzählen, nur wir Schwestern ...»

Meine Tante zog Vivienne mit sich in den Salon, deren Tür sie mit übertriebenem Nachdruck schloss. Das Wiedersehen der beiden Schwestern sollte ungestört bleiben. Mir war das ganz recht, denn ich war gespannt wie ein Flitzebogen, unbedingt Näheres von Nelly zu erfahren, die nervös im Flur herumdruckste.

«Komm, wir gehen in die Küche», sagte ich, «und dann rückst du damit heraus, was du mit diesem Überfall zu tun hast. Ich nehme nicht an, dass ihr beide euch zu dieser späten Stunde rein zufällig vor unserem Haus über den Weg gelaufen seid. Habe ich recht?»

Nelly nickte. «Hast du vielleicht einen Drink für mich? Aber keinen Mulled Wine, wenn ich bitten darf.»

Ich seufzte. «Meinetwegen, wenn dir das die Zunge löst. Muss ja eine Riesengeschichte sein ...»

«Ist es auch, kannst du mir glauben.»

«Also ... lass hören.»

Diesmal war es Nelly, die seufzte. Und dann reichte sie mir einen Zettel.

Ich sah sofort, dass es einer der Zettel vom Wunschbaum war. Und erkannte auch gleich auf den ersten Blick, wer ihn geschrieben hatte.

Es gab nur einen, der eine so süße Krakelschrift hatte, und das war mein Sohn. Ich hatte ihm selbst das Lesen und Schreiben beigebracht, als wegen seiner häufigen Klinikaufenthalte an regelmäßigen Schulbesuch nicht zu denken gewesen war. In den Händen hielt ich Schwarz auf Weiß seinen sehnsüchtigsten Weihnachtswunsch, von dem ich keine Ahnung gehabt hatte. Aber an mir schien inzwischen wohl vieles vorbeizugehen.

Ich wünsche mir, dass meine Grandma Weihnachten zu uns kommt. Sie heißt Vivienne, aber wir sollen sie Vivi nennen. Vivi lebt in Frankreich. Wir wohnen in der Blueberry Lane. An unserer Klingel steht Marin, da soll sie klingeln. Ich heiße Archie.

Ein bisschen kindlich-konfus, aber ohne einen einzigen Rechtschreibfehler.

«Hast du ihm mit diesem ... Wunschzettel geholfen?», fragte ich.

Nelly nickte. «Geschrieben hat er ihn natürlich selbst, wie du siehst. Aber ich musste seinen Zettel am Wunschbaum aufhängen, an der höchstmöglichen Stelle. Und da habe ich ihn dann später auch wieder heruntergenommen.»

«Du warst es also, die ihm seinen Weihnachtswunsch erfüllt hat ... ganz allein?»

«Ja, ich habe alle Hebel in Bewegung gesetzt. War gar nicht so leicht, wie du dir denken kannst.»

«Ja, kann ich. Warum bist du damit nicht zu mir gekommen?»

«Julie ... es ist sein ganz persönlicher, geheimer Weihnachtswunsch. Der sollte Mum nichts angehen, nehme ich mal an.»

Ich nickte und pfiff. «Ja, scheint so. Wie hast du das nur angestellt? Egal ... darauf müssen wir anstoßen. Ich hole uns Adriennes Armagnac. Und dann erzählst du mir die ganze Geschichte.»

Ich war wirklich gespannt darauf zu erfahren, wieso Archie sich ausgerechnet seine Grandma so sehnlich zu Weihnachten gewünscht hatte. Er hatte sie nur ein paarmal gesehen, und auch wenn er sie sehr zu mögen schien, so fragte er uns doch nie, wann sie denn mal wieder zu Besuch komme. Sie spielte in seinem Leben kaum eine Rolle. In seinen Gedanken aber offensichtlich doch. Sie fehlte ihm, wie Nelly erzählte.

Wenn ich ehrlich sein soll, versetzte mir das einen feinen Stich.

Es blieb jedenfalls nicht bei einem Armagnac. Jedes Mal, wenn aus dem Salon das laute Lachen der beiden Schwestern drang, schüttete ich meiner Freundin und mir in der Küche wieder die Gläser voll, während sie erzählte.

Nelly war von dem Ehrgeiz, Archies Weihnachtswunsch zu erfüllen, wie beseelt gewesen. Und sie wollte und musste es unbedingt allein schaffen. Natürlich hätte sie Adrienne fragen und vermutlich von ihr Viviennes Aufenthaltsort in Erfahrung bringen können. Doch es sollte eben eine Überraschung für uns alle sein, nicht nur für Archie. Und so betätigte Nelly sich als Detektivin, mit Unterstützung von John Wood, dem Einzigen, den sie in ihr «Projekt» einweihte. Oh, dieser heimliche Wunscherfüller!

Aber auch John konnte nicht mit einer aktuellen Adresse dienen. Der letzte ihm bekannte Aufenthaltsort von Vivienne war Ibiza, wo sie auf dem Hippiemarkt Sachen verkaufte. Aber da war meine Mutter wohl schon längst nicht mehr.

Nelly kannte Vivi persönlich, von ihrer Stippvisite vor Jahren, als sie nach dem Schulabschluss durch Europa getourt war. Nachdem sie eine Ewigkeit herumtelefoniert und von allen möglichen Leuten, auch dem einen oder anderen ihrer Ex-Liebhaber, immer neue Informationen bekommen hatte, wo Vivienne nun anzutreffen sei, war sie bei einer «Freundin» (Nelly sprach das Wort mit seltsamer Betonung aus) gelandet, irgendwo in Frankreich. Und bei dieser Freundin bekam sie Vivienne schlussendlich ans Telefon. Von mobiler Kommunikation hielt meine Mutter nichts, sie hatte nicht einmal ein Handy.

«Sie war ziemlich überrascht, als sie hörte, dass ich es war. Dass es mir überhaupt gelungen war, sie aufzuspüren. Überrascht und ... ja ... auch ein bisschen verängstigt, man hätte meinen können, ihre Tarnung in einem Zeugenschutzprogramm sei aufgeflogen. Aber als ich ihr von Archies Weihnachtswunsch erzählte, war sie ganz gerührt. Und sie hat keine Sekunde mit ihrer Zusage gezögert, Weihnachten nach Bath zu kommen. Zu Archie ... zu dir ... zu ihrer Schwester ... zur Familie. Ich habe noch nie jemanden das Wort Familie so sehnsüchtig aussprechen hören.»

«Das kann ich kaum glauben», sagte ich mit belegter Stimme.

«Ich konnte es auch nicht. Ich hatte mit Widerständen gerechnet, doch das Gegenteil war der Fall. Und das war die ganze Geschichte – in geraffter Form natürlich. Ist bestimmt ziemlich komisch für dich, oder?»

Ich schwieg, weil ich das alles so gar nicht mit dem Bild zusammenbekam, das ich von Vivi hatte. Für mein Empfinden schien sie auf einem anderen Stern zu leben, in einem anderen Universum, weit entfernt von uns, auch innerlich. Dass sie jetzt hier war, noch dazu an Weihnachten, grenzte an ein Wunder.

Bilder von sommerleichten und unbeschwerten Tagen tauchten vor meinem inneren Auge auf, mit Vivienne in einem bunten, kurzen Kleid, ein Höchstmaß an gebräunter Haut zeigend, mit offenem Haar, in das sie kleine Seesterne und Korallen geflochten hatte, mit nackten Füßen im Sand. Erinnerungen an den lustigen Privatunterricht, den sie mir im Pareo in irgendeiner Strandbehausung gab (kontinuierlicher Schulbesuch war für mich eher eine Seltenheit). Ich erinnerte mich aber auch an die Ängste, die in mir hochgekrochen waren wie eine dunkle Macht, wenn Vivienne sich mal wieder für ein paar ungestörte Tage und Nächte mit einem ihrer Liebhaber verabschiedete.

Dabei hatte ich mich jedes Mal so sehr davor gefürchtet, dass meine Mutter nicht zurückkehren würde, dass irgendetwas passieren würde, etwas Schlimmes, ein Unfall oder eine Entführung vielleicht, was Kinder sich so vorstellen. Oder dass sie mich im Stich lassen würde, um einem dieser Männer zu folgen, die ihr offensichtlich wichtiger waren als ich.

Das alles hatte Spuren in meiner kindlichen Seele hinterlassen. Spuren, die bis heute nachwirkten.

Und nun war sie hier. In unserer ... in ihrer Familie, die ihr anscheinend doch nie etwas bedeutet hatte, jedenfalls nicht so viel wie mir.

«Julie, ich muss wieder los», sagte Nelly schließlich und stand auf. Sie nahm noch einen letzten Schluck. «Adrian wartet auf mich. Und meine Mission Impossible ist ja jetzt beendet.»

«Nelly, was soll ich sagen? Danke ... danke, dass du das für Archie ... und für mich getan hast. Das bedeutet mir ... sehr viel.»

An der Haustür drehte sich meine Freundin noch einmal um.

«Sei nicht zu streng mit ihr, Julie. Sie hat einen weiten Weg hinter sich, nicht nur geografisch, glaube ich. Gib ihr eine Chance, ja?»

Ich nickte. «Natürlich.»

Dann schloss ich die Tür hinter ihr.

Wenig später war Adrienne zu Bett gegangen, und meine Mutter saß mir in der Küche gegenüber.

Wir sahen einander an.

«Soll ich Tee machen?», fragte ich. «Ich könnte eine Tasse Tee vertragen.»

«Tee?», fragte Vivienne skeptisch, als hätte ich ihr ein Tütchen Pot angeboten. Vielleicht wäre ihr das sogar lieber gewesen. Aber dann nickte sie. «Das wäre prima. Danke.»

Die Teezubereitung war für mich, wie für die meisten in diesem Land, ein Ritual, das mich immer dann rettete, wenn mir alles zu viel wurde. Die vertrauten Handgriffe gelangen mir normalerweise mühelos, aber in Viviennes Gegenwart hantierte ich umständlich herum. Es machte mich nervös, wie sie mir dabei zuschaute, ich fühlte mich unter Beobachtung, als müsste ich einen Test bestehen. Dabei war ihr Blick freundlich.

Meine Gedanken überschlugen sich. Sie war hier ... Warum nur? Freude und Verwirrung trafen aufeinander wie Wellen, die sich an einem Strand brechen. Ich war derart durcheinander, dass mir das vermeintlich Einfachste – nämlich mich unbefangen mit ihr zu unterhalten – schrecklich schwer vorkam.

«Wie läuft's denn so in ... wo lebst du gerade?», fragte ich schließlich über die Schulter.

«Bordeaux», sagte sie. «Ich lebe jetzt in Bordeaux.»

Es traf mich wie ein Schlag. Entgeistert drehte ich mich um. «Warum ... wie ... was hat dich denn dorthin verschlagen? Du hast doch nie weiter als fünf Meilen entfernt von irgendeiner Küste gelebt. Das Meer ... du liebst doch das Meer so ...»

«Ich liebe es noch immer. Aber jetzt bin ich halt in Bordeaux. Dort ist es auch schön ...»

Dann fiel bei mir der Groschen. Na, klar ... *cherchez l'homme!*

«Hast du wieder einmal einen neuen Mann? Wer ist es ... wie heißt er?»

«Kein Mann. Ich lebe jetzt mit Marine zusammen ... meiner Frau.» Vivienne strahlte über das ganze Gesicht. «Seit über zwei Jahren schon. Und ich dachte ... Ich wollte ...» Sie verstummte.

Ich war wie vom Donner gerührt.

Gerade dabei, das kochende Wasser in die große bauchige Kanne zu gießen, musste ich mich höllisch zusammenreißen, dass es mir nicht über die Finger floss. Mit zittrigen Händen stellte ich den Wasserkocher zurück. Ich wandte mich ab und holte bemüht langsam zwei Tassen aus dem Schrank, die ich klappernd vor uns hinstellte.

«Er muss noch ziehen ... der Tee, meine ich», sagte ich überflüssigerweise. Aber mir fiel buchstäblich nichts anderes ein.

«Natürlich», sagte sie. «Alles braucht seine Zeit, nicht wahr? Im Kleinen wie im Großen.»

«Zeit ... ja. Aber wer um Himmels willen ist Marine? Warum hast du deine ... Freundin denn nie erwähnt? Du hattest doch immer nur Männer ... Liebhaber ...»

«Sie ist meine Frau, wie gesagt, nicht nur meine Freundin.»

«Das ist ja ... seit wann denn ... das kommt alles so überraschend ... ich bin ganz durcheinander ... sorry!»

Sie drückte kurz meine Hand, was mich seltsamerweise sofort beruhigte.

«Kein Grund zur Entschuldigung, mein Liebes. Ich werde dir alles erklären ...»

Und dann erklärte sie mir alles. Es klang alles so fantastisch, dass ich ihr mit offenem Mund zuhörte, während Vivienne die Teezeremonie übernahm, als sei es für sie das Selbstverständlichste auf der Welt.

Zunächst saßen wir schweigend beisammen, wie früher an den nächtlichen, sternenübersäten Mittelmeerstränden. Wir schauten in unsere Teetassen, als könnte auf ihrem Grund irgendeine Wahrheit zu erkennen sein, die uns bis jetzt verborgen geblieben war.

Umso überraschender war die Offenbarung, die nun folgte.

«Du weißt, mein Lebensmotto war immer ‹Lebe wild und gefährlich›», sagte Vivienne. «Und ich hab's wirklich krachen lassen, unbekümmert, sorglos, ohne je über die Folgen nachzudenken ... oder überhaupt nachzudenken. Ich weiß, was ich dir damit angetan habe, heute weiß ich es, damals wusste ich es nicht. Ich werde dich dafür zeitlebens um Verzeihung bitten. Nein, schüttle nicht den Kopf, lass es mich dir erklären.»

Sie goss uns beiden Tee nach.

«Als du weg warst, habe ich eine Leere in meinem Leben empfunden wie nie zuvor. Erst habe ich dieses Gefühl gar nicht mit dir in Verbindung gebracht, es war plötzlich einfach da. Etwas hatte ich verloren, ich kam nur nicht drauf, was es war. Immer wieder habe ich mir vorgesagt: Sie hat mich etwas früher verlassen als üblich, aber irgendwann hätte ich sie so oder so gehen lassen müssen, als erwachsene Frau, frei und ungebunden, wie auch ich es war. Doch es half nichts.»

«Du hattest doch immer deine Männer. Sie standen praktisch Schlange bei dir. Ich war dabei.»

Sie winkte müde ab. «Ja, ja ... die Männer. Ich hätte mein ganzes Leben und Lieben in französischen Chansons singen können. Doch irgendwann ging mir auf, dass die Männer mir im Grunde gar nicht so viel bedeuteten, wie ich immer dachte. Dass ich etwas gesucht habe, das ich bei keinem Mann gefunden habe.»

Vivienne blickte mich wehmütig an. Nie zuvor hatte ich je einen solchen Blick von ihr gesehen.

Und da überfiel mich die Erkenntnis, dass meine Mutter auch in mir eine Leerstelle zurückgelassen hatte. Dass ich trotz allem an meiner Mutter hing, obwohl ich ihr Wesen nicht verstand, mir ihre Sehnsüchte und Wünsche fremd blieben. Ich hatte sie auf eine geradezu herzzerreißende Weise geliebt, ohne je das Gefühl zu haben, auch nur annähernd so sehr wiedergeliebt zu werden.

«Es kam der Punkt, an dem selbst ich Traumtänzerin mich fragte, wie man erwachen soll, wenn man immer nur gelernt hat zu träumen. In all den stillen und einsamen Stunden habe ich mich immer wieder gefragt: Wofür lebe ich? Was bleibt von mir? Diese Gedanken waren mir alles andere als willkommen, wie du dir denken kannst, aber ich konnte sie nicht abschütteln. Mir ging auf, dass ich in deiner Erinnerung keine ruhmreiche Rolle gespielt haben kann. Und irgendwann würdest du mich vergessen ...»

«Ach, Maman ... sag so etwas nicht.» Ich beugte mich vor, um nach ihrer Hand zu greifen.

«Doch, Julie. Ich habe dir zu wenig gegeben, zu wenig Aufmerksamkeit, zu wenig Fürsorge. Geschweige denn, dass ich dir genug Liebe gegeben hätte, die doch jedes Kind verdient.»

Ich schüttelte den Kopf. Diese Geständnisse begannen mich restlos zu überfordern.

«Das scheint mir ja fast so etwas wie eine verspätete Midlife-Crisis gewesen zu sein», sagte ich in dem Versuch, meine Rührung zu überspielen.

«Ziemlich verspätet, würde ich sagen», gab Vivi zu. «Aber ich bin froh, dass ich verstanden habe, dass mein bisheriges Leben nicht mehr der richtige Weg für mich war. Ich habe es geschafft, den Ausgang zu finden. Ohne Marine wäre mir das allerdings nicht möglich gewesen.»

Ich lächelte. «Ah, jetzt kommt endlich Marine ins Spiel ...»

«Ja, das trifft es gut. Ich verkaufte damals im Sommer kleine Orakelspiele, und eines Abends, da stand Marine vor mir. Sie wollte mir ein Spiel abkaufen, es aber vorher unbedingt mit mir ausprobieren. Um es kurz zu machen – wir waren Stunden damit beschäftigt, wurden nicht müde, über die lustigen Orakelerklärungen zu lachen. Dann sagte sie mir, wir könnten es noch tagelang weiterspielen, aber am Ende würden wir doch immer erkennen, dass wir Freundinnen fürs Leben seien. Und ich konnte ihr da nur zustimmen.»

«Und wie wurde daraus dann ... mehr?»

«Ich spürte, dass sie etwas von mir wollte, aber ich wusste nicht, was. Je länger ich darüber nachdachte, desto klarer wurde mir, dass ich im Grunde auch mehr von ihr wollte. Mehr von ihrer fröhlichen, zupackenden und warmherzigen Art. Mehr – ich war bei dem Gedanken selbst überrascht – Bindung. Zusammengehörigkeit. Geborgenheit. Alles Wörter, die ich eigentlich hinter mir gelassen zu haben glaubte. Die Frage war bloß, wie ich es ihr erklären sollte.»

«Und ... wann ... wie hast du es ihr erklärt?»

«Ich habe ‹Ich liebe dich› gesagt. Nicht an diesem Abend, aber nur wenige Tage später. Zum ersten Mal in meinem Leben. Und dann hat sie mir ihr Herz geöffnet. Tja, nicht lange danach haben wir auf dem Standesamt in Bordeaux geheiratet. Seit 2013 gibt es ja auch in Frankreich die Ehe für alle.»

«Ich würde sie gern einmal kennenlernen. Warum hast du sie nicht mitgebracht ... deine Marine?»

«Nun ja, Weihnachten steht vor der Tür. Ich dachte mir, es wäre besser, wenn ich erst einmal allein komme ... zurück zu meiner Familie. Wir haben uns alle so viel zu erzählen. Marine kommt gerne nächstes Mal mit. Wenn du einverstanden bist.»

«Was sollte ich dagegen haben? Im Gegenteil, ich bin rasend gespannt auf deine ... Frau. Sorry, es ist noch etwas ungewohnt für mich ... Aber sie ist mir immer willkommen, wann auch immer du uns wieder besuchst.»

Vivienne schien ein Stein vom Herzen zu fallen. In ihren Augenwinkeln glitzerten Tränen, die sie verschämt wegwischte.

«Ich bin froh, dass du das so siehst. Es ist so viel Zeit vergangen, seit wir, du und ich, eine richtige Beziehung zueinander hatten. Ob wir daran wohl wieder anknüpfen können?»

«Warum nicht?», antwortete ich sanft.

In Viviennes Augen blitzte ein listiger Funke auf. «Ich bin ein ziemlich verrücktes Huhn, mein Mädchen! Findest du nicht auch?»

Ich musste lachen. «Und das ist auch gut so. Aber jetzt sollten wir vielleicht langsam ins Bett gehen. Du siehst müde aus. Ich zeige dir, wo du schlafen kannst.»

Arm in Arm ging ich mit Maman die Treppe nach oben. Als wir vor dem Gästezimmer standen, umarmte ich sie und wollte sie gar nicht wieder loslassen.

«Schlaf gut», sagte ich. «Und träum was Schönes.» Genauso, wie sie es früher jeden Abend zu mir gesagt hatte.

«Das werde ich ganz bestimmt, Julie.» Sie streichelte mir die Wange, schenkte mir einen müden, aber glücklichen Blick. «Ich bin froh, dass wir uns wiedergefunden haben, nach all der Zeit.»

Ich nickte nur. Niemals hätte ich gedacht, dass meine Mutter und ich uns wieder annähern würden.

Doch es war, wie John immer sagte: Man muss den Dingen Zeit lassen, auch den Wünschen. Damit aus ihnen Wunder werden können.

DER WEIHNACHTSABEND

Es war am Nachmittag vor dem Weihnachtsabend. Wir hatten den ganzen Morgen alles für das Fest vorbereitet, die Einkäufe waren getätigt, das Haus geputzt und hergerichtet und ein kleines Büfett aufgebaut worden. Ein paar Gäste wollten vorbeikommen, es war ja nicht nur *The Night Before Christmas*, sondern auch Archies Geburtstag. Wie jedes Jahr würden unsere Freunde und Bekannten ihm gratulieren, auf ihn anstoßen und dann wieder zu ihren Familien zurückkehren, um mit ihnen Weihnachten zu feiern.

Doch bis es so weit war, blieben noch ein paar Stunden, um Geschenke einzupacken oder Weihnachts- und Geburtstagskarten zu schreiben, ein bisschen Musik zu hören oder zu lesen.

Archie verbrachte den ganzen Tag mit seiner Grandma, vollkommen selig, dass sein Weihnachtswunsch in Erfüllung gegangen war – was für eine Überraschung! Die beiden waren unzertrennlich.

Ich hatte mich zurückgezogen, um die letzte Illustration für *The Night Before Christmas* zu überarbeiten, beschloss aber, dass es nun Zeit für eine Pause war. Gerade hatte ich mir in der Küche einen Tee gemacht und war auf dem Weg nach oben, als mein Handy summte. «Nick» las ich auf dem Display. Mein schlechtes Gewissen meldete sich schmerzhaft. Trotz all des Trubels am Vortag hatte ich mir immer wieder vorgenommen, Nick anzurufen. Aber ich hatte es verpasst. Ein heißes Schamgefühl stieg in mir hoch.

Ich berührte den grünen Hörer. «Hey, Nick.»

«Julie?», fragte Nick, dann folgte ein Knistern. Der Empfang war schlecht, es klang, als riefe er von sehr weit weg an.

«Ja, ich bin's. Hörst du mich?»

«Jetzt schon, ich musste nur ein paar Schritte weitergehen», sagte er.

Die Verbindung war nun klarer. Ich setzte mich auf die unterste Treppenstufe in der zweiten Etage, ohne das Licht einzuschalten, und stellte die Tasse neben mir ab.

Er hat wirklich eine schöne Stimme, dachte ich. «Wo bist du denn?»

«In London.»

«London?», fragte ich konsterniert. Was um Himmels willen machte er am Christmas Eve über hundert Meilen entfernt? Jetzt konnte ich die Geräusche im Hintergrund erkennen. Ein Flughafen ... nein, ein Bahnhof. Eine Durchsage schepperte durch die Halle. Ein leises Zischen war zu hören, das Geräusch eines abfahrenden Zuges. Ein Kind quengelte, es klang so nah, als sei es sein eigenes.

«Wo soll's denn hingehen ... an Weihnachten?», fragte ich vorsichtig.

«Bin mir noch nicht sicher.» Er zögerte kurz, als wüsste er nicht, was er sagen sollte. Dann: «Was machst du gerade?»

«Ich sitze im Treppenhaus und telefoniere mit einem Mann.»

Er lachte. «Und wer ist der Glückliche?»

«Ach, ein Typ, den ich eigentlich gestern schon anrufen wollte, aber nun ist er mir zuvorgekommen.»

«Na, dann ist es ja gut, dass er sich gemeldet hat.»

Ich lächelte still in mich hinein. Es tat wirklich gut, seine Stimme zu hören.

«An welchem Bahnhof bist du?»

«Woher weißt du, dass ich an einem Bahnhof bin?» Wieder Knistern in der Leitung. «... Paddington.»

«Was machst du denn da? Suchst du einen Bären, der sich verlaufen hat?»

«Paddington hat sich nicht verlaufen ... er ist angekommen. Nach einer langen Reise aus Südamerika, weißt du das nicht?»

«Doch, weiß ich. Ich bin Kinderbuchillustratorin ... schon vergessen? Du stehst also an einem Bahnsteig in Paddington Station ... ohne einen Plan, verstehe ich das richtig?»

«Ja», antwortete er zögernd. «Ich warte noch ...»

«Auf wen?»

«Die eigentliche Frage ist: auf welchen Zug?»

«Du weißt nicht, wo du hinwillst? Wirf doch mal einen Blick auf dein Ticket!»

«Gute Idee. Wenn ich ein Ticket hätte.»

«Oje, lass dich bloß nicht erwischen.»

«Keine Angst. Wenn ich weiß, wo ich hinwill, kaufe ich mir ein Ticket. Vielleicht hast du ja eine Idee. Wohin würdest du an meiner Stelle fahren?»

«Heute, an Weihnachten? Nach Hause natürlich.»

«Tja, das ist wohl der Unterschied zwischen uns. Vermutlich hast du immer jemanden, der auf dich wartet.»

«Natürlich, ich habe Archie und Adrienne. Und du ... du könntest doch auch zu jemandem fahren, der auf dich wartet.»

«Weiß nicht», sagte er mit belegter Stimme.

«Warum fährst du nicht zurück nach Bath? Komm einfach nach Hause, Nick.»

«Meinst du? Im Gegensatz zu dir weiß ich nicht, ob jemand auf mich wartet.»

Oha, das wollte er also von mir hören.

Und plötzlich war es ganz einfach. Keine Zweifel, ob ich ihm vielleicht zu viel versprach, keine Unsicherheiten. Tief holte ich Luft.

«Ich bin sicher, dass dich jemand hier erwartet … in Bath … in der Blueberry Lane.»

«Du bist dir sicher?»

«Aber ja. Ganz sicher sogar.»

«Na schön, vielleicht hast du recht. Ich könnte wirklich nach Hause fahren …»

«Du könntest … aber sicher bist *du* dir nicht?»

«Fast. Zu 85 Prozent.»

«Kann man da was machen – ich meine, die restlichen 15 Prozent betreffend?»

Er räusperte sich. «Es gibt halt immer diese 15 Prozent, Julie. Das sagt mir mein Gefühl.»

«Und deswegen rufst du mich jetzt von Paddington Station in London an?»

«Ja … und weil ich im Begriff stehe, eine Entscheidung zu treffen, die ich allein nicht treffen kann … nicht treffen sollte.»

«Und da rufst du mich an, weil ich so gut Entscheidungen treffen kann?»

Er lachte leise auf, jedoch eine Spur traurig.

«Weißt du was, Nick? Komm zu uns … heute Abend … dann schenke ich dir diese 15 Prozent.»

«Wirklich? …» Wieder ein Störgeräusch in der Leitung, seine Stimme war verzerrt. Ich konnte nicht verstehen, was er sagte, bekam nur noch das Ende mit. «... Gute Nacht, Julie.»

«Gute Nacht, Nick.» Dann war die Verbindung unterbrochen, und ich dachte: *Wenn er nur einen Funken Verstand hat und ein Herz, dann steigt er jetzt in den nächsten verdammten Zug nach Bath.*

Nach diesem Telefonat war an entspanntes Zeichnen bei Kerzenlicht und Tee nicht mehr zu denken. Ich war so aufgedreht, dass ich auf und ab lief und ungefähr achtmal den Christmas Bow am Treppengeländer zurechtzupfte. Was völlig überflüssig war. Francesca steckte den Kopf aus der Tür ihres Zimmers und blickte mich irritiert an.

«Frag nicht ...», sagte ich nur.

«Okay. Dann nur *Buon Natale*!»

Ich lachte. «Sorry ... ich bin etwas durcheinander.» *Und das nicht erst seit heut*e, fügte ich in Gedanken hinzu. Genau genommen hatte Francesca daran sogar einen Anteil. Seit ich sie so vertraut mit Nick gesehen hatte, war ich bemüht gewesen, ihr aus dem Weg zu gehen. Nun, nach Nicks Theaterstück, da ich mir seiner Gefühle für mich sicherer war, bestand dazu kein Anlass mehr. Aber noch immer wusste ich nicht, was genau sie für ihn empfand. Was, wenn er heute Abend tatsächlich hier aufschlug? Bevor Francesca wieder in ihrem Zimmer verschwinden konnte, sagte ich eilig: «Nick hat gerade angerufen. Er ist in London, stell dir vor.»

Sie nickte, als sei ihr das keineswegs neu. Erwartungsvoll sah sie mich an.

«Und vielleicht ...», druckste ich herum, unsicher, wie ich meine Frage formulieren sollte. «Na ja, ich habe ihn eingeladen, Weihnachten mit uns zu verbringen. Falls das für dich ...»

Als ich abbrach und Francesca nur weiter hilflos ansah, schien ihr zu dämmern, worauf ich hinauswollte. Sie räusperte sich.

«*Molto bene*! Ich habe schon gemerkt, dass ihr euch gut versteht. Es ist wichtig, Freunde zu haben, die einen zum Lachen bringen. Mein Freund Jonathan ist auch so.»

«Jonathan?» Ich hörte den Namen zum ersten Mal.

«Jonathan Thanner vom Studentensekretariat. Wir sind seit drei Monaten zusammen.»

Das machte mich baff. «Seit drei Monaten? Davon wusste ich ja gar nichts!»

«Ich weiß noch nicht, ob es etwas Ernstes ist», sagte Francesca leichthin.

«Bist du denn glücklich mit ihm?» Die Frage war vielleicht etwas zu persönlich, aber ich war immer noch so erstaunt, dass die Worte einfach so aus meinem Mund stolperten.

«Nun ja, er ist unglaublich witzig. Er nimmt das Leben leicht und reißt mich mit, das gefällt mir. Außerdem kann man mit ihm ... wie sagt man ... Pferde rauben.»

Ich musste lachen. «Und warum hast du deinen mitreißenden Pferdedieb nicht für heute Abend eingeladen?»

«Das ist doch hier ein Familienfest ... oder?»

«Francesca, wenn du zur Familie gehörst, woran ja wohl kein Zweifel besteht, dann gehört auch dein Freund zur Familie!»

«Meinst du das ernst?»

«Und ob ich das ernst meine. Los, ruf ihn an und sag ihm, es gibt ein paar Honigkuchenpferde zu stehlen. Er soll sofort kommen. Wir haben auch einen Mistelzweig ...»

Sie lachte, erleichtert, aufgeregt. «Wenn du meinst ...»

«Ja, meine ich. Heute sind hier alle willkommen, die es gut mit uns meinen. Und wir mit ihnen!»

Sie schwebte davon, eine Melodie summend, die ich nicht kannte. Wahrscheinlich ein italienisches Weihnachtslied. Oder ein Liebeslied.

Zwei Stunden später herrschte im Haus an der Blueberry Lane schon einiges Gedränge, es ging überhaupt viel durcheinander an diesem Geburtstags- und Weihnachtsabend. Dass Emma nicht vorbeikommen würde, um ihm zu gratulieren, schmerzte Archie natürlich sehr.

«Ein ganz klein bisschen könnte sie doch kommen, oder? Nur ganz kurz!»

Ich tätschelte ihm die Schulter. «Du weißt, warum das nicht geht ... ihr Vater. Rose ist nicht gut auf ihn zu sprechen.»

«Können Erwachsene sich nicht wenigstens Weihnachten vertragen? Puh, das ist wirklich blöd.»

«Ich weiß, mein Schatz. Aber vielleicht ruft sie noch an. Du kennst Emma, sie wird sicherlich einen Weg finden, sich bei dir zu melden.»

Archie blickte mich skeptisch an. Mein Optimismus erschien ihm wohl etwas übertrieben.

Violet und Felicity schauten nur kurz vorbei, zum «Geschenkeabwerfen». Sie wechselten paar Worte mit Archie, tranken ein paar Gläser und verteilten ein paar Komplimente für die Dekoration, dann machten sie sich wieder auf den Weg. Oscar und Jake wollten ebenfalls nicht lange bleiben, würden aber wie immer die letzten Gäste sein, die sich erst nach Mitternacht verabschiedeten, da war ich mir ziemlich sicher. Auch Nelly und Adrian blieben den ganzen Abend, ebenso wie John und Charlotte (Letztere allerdings, weil ihr Mann seit zwei Tagen mit einem Oberschenkelhalsbruch im Krankenhaus lag). Vivienne feierte ihr erstes Weihnachten überhaupt mit der Familie – es gefiel ihr so gut, dass sie mehrmals «meine Marine» anrief und ihr haarklein alles berichtete. Adrienne hatte unter anderem ihre beste Freundin Helen aus Bristol eingeladen, die seit dem Tod ihres Mannes vor ein paar Jahren den Weihnachtsabend immer bei uns verbrachte. Ja, und nicht zu vergessen Francesca und ihr Freund Jonathan, der keine Sekunde gezögert hatte, ihre Einladung anzunehmen. Er war wirklich ein witziger Typ, der sich sofort mit Oscar und Jake anfreundete. Die drei hoben die allgemeine Stimmung mit einem Joke nach dem anderen.

Für die Überraschung des Abends sorgten jedoch zwei unerwartete Gäste, die ich an der Haustür in Empfang nahm, nachdem ich ihr zaghaftes Klingeln beinahe überhört hatte.

Sie begrüßten mich mit dem berühmten Schlussvers der *Night Before Christmas*.

«*Happy Christmas to all ...*», sagte Emma.

«*... and to all a good night*», endete Rose.

Sie hielten mir ein winziges, aber entzückend geschmücktes Tannenbäumchen entgegen, das ich erstaunt entgegennahm.

«Julie ...», begann Rose. «Ich ... wir ...»

«Kommt erst mal rein!»

«Wir wollen nicht stören, nur ...»

«Hier stört niemand. Das Haus ist voll. Archie hat Geburtstag, er wird außer sich sein vor Freude, euch zu sehen.»

«Aber ich ...»

«Du auch, Rose. Du ganz besonders! Also, herein mit euch, sonst kühlt das Haus aus, und wir werden alle erfrieren!»

Emma strahlte mich an, umarmte mich kurz und hüpfte

dann an uns vorbei, als sie den heftig winkenden Archie erblickte.

Ich stellte das Tannenbäumchen auf die Kommode im Flur.

«Du hättest auch unseren geschätzten Kardiologen mitbringen können. Er muss nicht allein bei euch zu Hause hocken und sich grämen ...»

Rose entspannte sich zunehmend. «Keine Sorge, Julie. Alexander ist gar nicht da, er ist über Weihnachten zu seinem Bruder nach Edinburgh gefahren. George ist sein großer Bruder, er wird ihm gehörig den Kopf waschen, falls erforderlich. Aber es wird gar nicht mehr nötig sein ... Alexander und ich, wir haben uns ausgesprochen und versöhnt. Es ist alles wieder gut zwischen uns.»

«Und da feiert er Weihnachten nicht mit euch beiden?»

«Nein, wir fahren sonst immer alle zusammen zu seiner Familie. Aber Alexander meinte, es wäre wichtiger, wenn ich mit Emma zu euch käme. Wir fahren ihm dann morgen früh nach. Vorher muss ich noch ...» Sie schluckte.

«Du musst gar nichts ...»

«Doch, doch ... ich muss ... ich will dich um Verzeihung bitten. Es war furchtbar, wie ich mich hier aufgeführt habe, vor ein paar Tagen ... bitte entschuldige! Ich war vollkommen durcheinander ...»

«Du brauchst dich nicht entschuldigen, Rose. Als ich euch im Emporium gesehen habe, nach der Aufführung, da hatte ich schon die Vermutung, dass zwischen euch alles wieder gut ist. Niemand ist darüber erleichterter als ich.»

Roses Augen glänzten, während sie nickte und mir ein kleines, mit einer roten Schleife verziertes Päckchen entgegenhielt.

«Für dich ... *Merry Christmas!*»

«Was ist das?», fragte ich.

«Mach es auf. Aber erst am Weihnachtsmorgen!»

«Versprochen! Vorfreude ist ja bekanntlich die schönste Freude.»

Ich schob Rose in Richtung der anderen Gäste, als Archie auf mich zugelaufen kann, Emma im Schlepptau und in der Hand seinen Adventskalender.

«Mum, Mum! Emma und ich ... wir wollen zusammen das letzte Türchen aufmachen!»

In all der Aufregung des Tages waren wir noch gar nicht dazu gekommen, das Kläppchen seines Kalenders zu öffnen. Natürlich war der Junge schon seit Wochen gespannt wie ein Flitzebogen, was sich hinter dem Fenster mit seinem Konterfei und der Zahl 24 verbarg.

Ich nickte, und dann kam der große Augenblick, als er sich mit Emma darüberbeugte und vorsichtig die beiden Fensterläden ganz oben im Adventskalenderhaus öffnete.

Hinter dem Türchen war Archie zu sehen, der ein rotes Herz in Händen hielt und auf dessen Lippen ein einziges großes Lachen lag. Wer ganz genau hinschaute, konnte entdecken, dass in dem roten Herz ein «E» eingezeichnet war.

Und so leuchteten auch Emmas Augen, als Archie seiner Freundin einen unbeholfenen Kuss gab, den ersten «richtigen» seines Lebens.

Er war im siebten Himmel.

Dann nahm der Christmas Eve seinen traditionellen Lauf, wie in Millionen anderen englischen Familien auch. Das Büfett wurde geplündert, Getränke flossen reichlich, Christmas Cracker wurden geknackt, die Botschaften unter viel Gejohle vorgelesen. An diesem Abend war Weihnachten ein fröhliches, ausgelassenes Fest. Nur auf den Plumpudding hatten wir verzichtet.

«So weit kommt's noch», brummte Adrienne. «So ein ungenießbares Ungetüm kommt mir hier nicht auf den Tisch.»

Ein Muss war allerdings das kleine Weihnachtskonzert im Hause Marin. Wie immer ließ Adrienne es sich nicht nehmen, am Flügel ein paar Stücke zu spielen, wofür sie viel Beifall erhielt, vor allem von dem an diesem Abend ziemlich aufgekratzten John. Noch größer aber war die Begeisterung, als sich Archie und Emma zusammen ans Klavier setzten. Sie gaben zwei Weihnachtslieder zum Besten und begleiteten dann die ganze Gesellschaft zu *Adeste fideles*. Ich genoss die feierliche Stimmung, auch wenn ich mich allmählich fragte, ob Nick es sich doch anders überlegt hatte und Paddington Station in eine andere Richtung verlassen hatte als in meine.

Als alle wieder in den Salon zurückkehrten, blieb ich noch ein paar Minuten im angrenzenden Musikzimmer. Ich brauchte eine kleine Pause von all dem Gedränge, Gelächter und Gerede um mich herum. Einmal kurz durchatmen, bevor ich mich wieder ins Getümmel stürzte.

Ich hatte mein Rotweinglas auf dem Flügel abgestellt (eigentlich ein Sakrileg) und mich für einen Moment auf den Klavierschemel gesetzt, als ich hörte, wie die Tür aufging.

Es war Nick.

Er stand mit einem schiefen Lächeln da und stützte sich mit den Händen im Türrahmen ab. Das Geräusch von Stimmengewirr, Lachen und Gläserklirren brandete zu uns herein. Dann schloss er die Tür hinter sich und trat auf mich zu.

Mein Herz schlug mir wild bis zur Kehle hinauf.

«Hey ...» Mehr brachte ich nicht heraus.

«Auch hey. Ich habe den nächsten Zug nach Bath genommen, und jetzt ... bin ich hier», schloss er etwas lahm.

«Warum bist du überhaupt nach London gefahren?», wollte ich wissen.

Nick blinzelte verlegen, er konnte mir kaum in die Augen schauen und blickte auf den Parkettboden, als könnte er dort die Antwort finden und bräuchte sie nur noch abzulesen.

«Du wirst mich auslachen, wenn ich dir das erzähle.»

«Niemand lacht dich aus ... ich am allerwenigsten.»

«Na schön. Nach der Aufführung im Emporium ... da kamst du mir irgendwie abweisend vor. Du hattest keinen einzigen Blick für mich übrig. Obwohl mein Weihnachtsmärchen doch vor allem für dich war.»

«Das habe ich erst nachher erfahren ... von John, der mir alles erzählt hat.»

«Trotzdem war es ein ganz besonderer Augenblick für mich, und ich hätte ihn gern mit dir geteilt. Aber als alle gegangen sind, bist du bei John im Laden geblieben, und da dachte ich, dass es keinen Sinn hat ... dass es jedenfalls nicht der richtige Moment ist, dich jetzt mit all dem zu konfrontieren. Ich hatte Angst, du würdest mich nur spöttisch ansehen. Oder mir mit Vorwürfen kommen, ich hätte das nur deshalb für Archie getan, um dich zu beeindrucken. Oder wieder von Freundschaft reden, aber bloß nicht von Liebe ... was weiß ich. Und dann dachte ich, es sei vielleicht besser, Grandpa nach Hause zu begleiten. Er feiert kein Weihnachten, will an den Feiertagen immer allein sein. Ich hatte keine Lust auf eine Party mit Freunden und habe mich auf mein Boot verkrochen. Dann habe ich Adrian gefragt, ob er mich noch für die restlichen Tage des Weihnachtsmarkts braucht.

Er hat vielleicht gespürt, dass ich fix und fertig war, und mir freigegeben.»

«Und dann bist du nach London gefahren ...»

«Ja, ziemlich kopflos, gebe ich zu. Ich wollte zu meinem Freund Francis, wollte ihn überraschen, doch er war längst zu seiner Familie nach Newquay unterwegs. Und dann stand ich da, vor Covent Garden, schaute mir den riesigen Weihnachtsbaum an, aber an ihm hingen keine Wunschzettel. Ich bin durch die halbe Stadt geirrt ... stundenlang, durch Soho und Marylebone, bis ich irgendwann wieder vor Paddington Station stand. Und da ging mir auf, dass ich im Grunde nur weggelaufen war ...»

«Nick», sagte ich, «ich glaube, dass das Weglaufen für uns beide endlich ein Ende haben muss. Ich war immer so in Panik, ich bin so viel gelaufen, dass ich jetzt völlig außer Atem bin. Immer habe ich mich nur um Archie gesorgt. Du kennst meine Geschichte mit seinem Vater. Ich hatte das Gefühl, Archie doppelt so viel Liebe geben zu müssen, weil er nur mich hat. Ich habe mir eingeredet, kein Recht und keine Zeit zu haben, mich wieder verlieben zu dürfen. Und so war es auch ... genau so. Ich liebe mein Kind, ich liebe Adrienne, ich liebe Nelly, ich liebe meine Unabhängigkeit, meine Freiheit, mein Leben. Und sogar meine verrückte Mutter. Himmel noch mal, ich dachte, da bleibt keine Liebe mehr übrig. Und ich hatte Angst, dass Archie ... dass *ich* wieder verletzt werde.»

«Ach, Julie, Liebe ist doch kein Vorrat, der aufgebraucht werden kann. Woher hast du nur diese verrückte Idee? Liebe ist unerschöpflich. Es ist so viel da, in dir, das kannst du in einem Leben nicht verschwenden ...»

«Das weiß ich nun, aber ...»

«Aber?»

«Aber was ich nicht wissen kann, ist ... ob ich mich nicht

wieder irre», sagte ich. Mein Herz raste, als würde ich noch immer laufen.

Für einen Moment sah Nick mich mit einem schwer zu deutenden Blick an und zog dann etwas aus der Tasche, ein zerknittertes Blatt Papier. Sofort erkannte ich es als einen der Zettel vom Wunschbaum. Er hielt ihn mir hin, und ich nahm ihn. Ohne die Augen von Nick abzuwenden, faltete ich das Papier auseinander. Erst dann senkte ich den Blick und las:

Mein größter Weihnachtswunsch bist Du.

Es dauerte den Bruchteil einer Sekunde, bis ich begriff.

«Der Zettel war von dir? Du hast das geschrieben?»

Er nickte. «Du bedeutest mir alles, Julie. Du bist alles, was ich mir je gewünscht habe. Als ich dich mit deinem Weihnachtshaarreif auf Adrians Christmas Party gesehen habe, da war es, als würde irgendetwas in mir sagen: Da ist sie ja endlich. Als hätte ich schon mein ganzes Leben auf dich gewartet.»

Ich nickte. Und spürte, dass meine Augen sich mit Tränen füllen wollten.

«Am liebsten hätte ich es dir gleich gesagt, aber damit hätte ich dich nur verschreckt. Natürlich kannte ich damals deine Geschichte noch nicht, aber ich habe gespürt, dass da etwas war, eine Art Traurigkeit. Und trotzdem warst du so offen, so schlagfertig und witzig – wie hätte ich mich nicht in dich verlieben können? Also habe ich mir gesagt, dass du vielleicht einfach Zeit brauchst. Immerhin gibt es so viel in deinem Leben, um das du dich kümmern musst. Vor allem Archie. Er ist ein toller Junge! Ich habe gesehen, wie sehr du ihn liebst und wie sehr du dich für ihn aufopferst. Mit dem Theaterstück wollte ich dir zeigen, dass ich dich verstehe und

gerne für dich da sein würde. Nicht, weil du Hilfe brauchst –
ich bewundere ehrlich, wie du das alles unter einen Hut
bekommst. Sondern einfach, weil du mir so viel bedeutest.
Aber ich wusste nicht, ob es da nicht vielleicht noch jemand
anderen gibt. Ja, wir haben uns immer gut verstanden und
dann auch angefreundet, aber ich war mir eben nie sicher, ob
du mich willst.»

«Natürlich will ich dich», flüsterte ich. Und dann wiederholte ich den Satz etwas lauter. Und noch etwas lauter. Ein
warmes Glücksgefühl stieg in mir auf.

Und dann, als die Welle verebbte, meinte ich zu spüren,
wie etwas in mir brach, so leise und so sacht, dass ich es
kaum mitbekam. Vielleicht war es meine Angst ... meine
Ungewissheit ... mein Zweifel. Es brach, und dann konnte
ich es sogar körperlich spüren. Der verengte Brustkorb, die
verspannten Muskeln – mit einem Mal löste sich alles, jede
Schwere fiel von mir ab, so wie Schnee, den man sich vom
Mantel klopft, wenn man ein Haus betritt.

Nun war ich bereit, all meinen Mut zusammenzunehmen
und über meinen Schatten zu springen, über alle Schatten
meines Lebens.

Wir standen da und sahen uns an, wie gebannt, reglos,
doch der Planet hatte begonnen, sich ein bisschen schneller
zu drehen.

Nick lächelte sein halbes Lächeln. Erwartungsvoll sah er
mich mit einem eigentümlichen Blick an, den Kopf etwas
schief gelegt, als müsste ich jetzt die entscheidenden Worte
sagen.

Und dann sagte ich sie.

«Ich liebe dich, Nick.» Ich lachte, während mir die Tränen
in die Augen traten. Wie so oft lachte ich unter Tränen, weil
dieser Moment eben alles war und alles umfasste, Lachen

und Weinen, Aufbrechen und Ankommen, der kleine Sprung und das große Glück.

Obwohl sich noch immer keiner von uns bewegt hatte, schienen wir einander auf einmal viel näher zu sein. So nah wie nie zuvor.

Nick öffnete den Mund, als ob er mir sagen wollte, dass er mich auch liebte, doch ich wusste es ja schon, und noch bevor er es aussprechen konnte, stürzte ich auf ihn zu und umarmte ihn so ungestüm, dass er ins Schwanken kam. Ich hielt ihn fest, so fest ich nur konnte. Und dann küsste ich ihn, drückte meine Lippen auf seinen erstaunt geöffneten Mund, und alle meine Gefühle strömten in diesen Kuss. Er schien endlos zu sein. Es gab keine Zeit mehr, keine Erinnerung, keinen Vorbehalt und keine Angst. Es gab nur noch mich und diesen Mann und diesen Kuss, der jedes weitere Wort überflüssig machte.

Als wir die Lippen voneinander lösten, irgendwann, nach einer Ewigkeit, spürte ich, dass meine Knie zitterten, als wäre ich tatsächlich ein Wettrennen gelaufen. Ich hatte das Zielband gerissen, bebend, atemlos. Und unendlich glücklich.

Ich holte einmal tief Luft und sagte: «Das waren meine 15 Prozent, Nick. Keine Zweifel und Ängste mehr, versprochen.»

Nick lachte. «Und wenn doch, dann kümmern wir uns darum. Zusammen.»

Ich zog ihn erneut an mich. «Zusammen», wiederholte ich. Und dann küssten wir uns noch einmal.

Aus dem Weihnachtszimmer erschallte plötzlich Gejohle, Klatschen und Beifall. Es war Nelly, die die Tür aufriss, einen Mistelzweig in der Hand. Ich war mir sicher, dass sie durch das Schlüsselloch gespäht hatte. Hinter ihr standen alle meine Gäste versammelt und prosteten uns mit ihren Gläsern zu.

«*Merry Christmas*, ihr beiden!», rief John. Und alle anderen stimmten mit ein.

«Wie ich sehe, braucht ihr gar keinen Mistelzweig», sagte Nelly, außer sich vor Freude. «Und mit der Bescherung wolltet ihr wohl auch nicht bis morgen warten. Ihr habt ja euer Geschenk schon ausgepackt!»

WUNSCHLOSES GLÜCK

D as trübe Licht des Weihnachtsmorgens schlich sich langsam und unentschlossen durchs Fenster. Aus dem Erdgeschoss drangen Stimmen, Lachen, Geschirrklappern und Türenschlagen herauf – es war schon einiges los da unten.

Ich sprang auf, um das zu tun, was ich jeden Weihnachtsmorgen als Erstes tat: aus dem Fenster zu schauen, um festzustellen, ob es in der Nacht geschneit hatte. Hatte es nicht. In einer Mischung aus Grau- und Blautönen lag die Blueberry Lane verschlafen da, von dem ersehnten Weiß keine Spur. Nur etwas Reif glitzerte hier und da, zumindest glaubte ich das zu erkennen.

Schade, dachte ich. Aber überrascht oder wirklich enttäuscht war ich nicht. An diesem Morgen konnte mich einfach nichts enttäuschen. Ich war noch nie in meinem Leben glücklicher gewesen, und das lag vor allem an der vergangenen Nacht.

Wir waren erst spät nach oben gegangen – dass Nick bleiben würde, stand für uns beide außer Frage, auch wenn ich bei dem Gedanken ziemlich nervös wurde. Die letzten Gäste – John Wood und die beiden Kumpane Oscar und Jake – hatten sich noch immer nicht verabschiedet.

Ich ließ die drei bei Adrienne zurück, die munter mit den dreien mithielt. Adrienne Marin trank niemand unter den Tisch, auch diese Recken nicht und schon gar nicht in der Nacht vor Weihnachten.

Als wir mein Schlafzimmer betraten, fiel mir siedend heiß ein, dass das Fläschchen mit Violets «Liebestrank» immer noch auf meinem Nachttisch stand. Gerade wollte ich mich an Nick vorbeischieben und es in irgendeiner Schublade verschwinden lassen, da hatte er es schon entdeckt und brach in Lachen aus. Ich hätte im Boden versinken mögen.

Doch Nick kramte nur in seiner Hosentasche herum – und zog ebenfalls ein Fläschchen mit grünlich schimmernder Flüssigkeit hervor.

«Auch ich bin nicht ohne Waffen gekommen, meine Prinzessin», sagte er.

Jetzt musste ich ebenfalls lachen. «Das darf ja wohl nicht wahr sein! Violet hat auch dir den Trunk gegeben?»

Nick legte den Kopf schief und grinste. «Na klar, vor Wochen schon ... am Tag der Eröffnung des Weihnachtsmarkts!»

Ich stöhnte auf. «Unglaublich! Und du trägst ihn ständig mit dir herum wie einen Talisman?»

«Einen Talisman kann man immer gebrauchen, dachte ich mir. Aber irgendwann hab ich es wohl einfach vergessen.»

«Du hast es also nicht probiert?»

«Wo denkst du hin ... natürlich nicht. Irgendwie ergab sich keine Gelegenheit.» Er zog eine Augenbraue hoch. «Und außerdem glaube ich, dass drei Bissen von Felicitys Bratwurst für mich das bessere Aphrodisiakum wären.»

«Wollen wir's jetzt probieren ... zusammen?»

«Warum nicht? Nicht, dass ich's nötig hätte ...», sagte Nick mit einem Grinsen und schraubte das Fläschchen auf.

«Ich genauso wenig», stimmte ich zu. «Aber ich bin neugierig.»

«Vergiss nicht: nur drei Tropfen!» Perfekt ahmte Nick Violets raunende Stimme nach. Ich musste kichern. Es war albern, aber auch irgendwie aufregend.

Wir setzten uns nebeneinander auf mein Bett und tranken jeder feierlich drei Tropfen. Es schmeckte ... na ja ... nach Kräuterlikör. Wie Pimm's, aber ein bisschen schärfer.

Dann schauten wir uns an und warteten auf die Wirkung.

Es geschah nichts. Jedenfalls nicht gleich. Nick hob die Schultern, und ich blickte gespielt enttäuscht drein. Dann ließen wir uns beide auf den Rücken fallen und küssten uns. Nicks Lippen fühlten sich warm an auf meinen, beinahe heiß. Ich konnte gar nicht genug davon bekommen, ihn zu küssen.

Da begann Nick, mich auszuziehen. Und was folgte, hatte ich so noch nie mit einem Mann erlebt. Ja, und dann, was soll ich sagen ... es war unbeschreiblich. Meine Müdigkeit nach dem langen Tag war verflogen. Es war mir, als liebten wir uns in einem hellen, warmen Licht, obwohl es in meinem Zimmer schummrig war und nur zwei Kerzen brannten. Es war geradezu magisch. Aber ob es nun Violets Hexentrank war oder der Zauber des Weihnachtsabends – ich wusste es nicht. Vielleicht waren es auch nur wir, Nick und ich, die unseren eigenen Zauber erschufen.

Mit einem Lächeln, das einfach nicht verschwinden wollte, lag ich am Weihnachtsmorgen neben meinem mich wärmenden Geliebten. Ich war hin- und hergerissen zwischen dem Bedürfnis, diese Nähe noch ein paar Minuten auszukosten, und der Vorfreude auf den Weihnachtstag. Als ich mich aufsetzte, stöhnte Nick und versuchte, mich wieder zurückzuziehen.

«Bleib noch.»

«Raus aus den Federn, mein Liebster! Auf uns wartet das famose Marin-Weihnachtsfrühstück. Riechst du nicht schon den Kaffee?»

«Ich rieche ihn ... ja, ja. Aber können wir nicht doch noch ein bisschen ...»

«Was? Auf der faulen Haut liegen bleiben?»

«Faul müssen wir gar nicht sein», sagte Nick und zog mich an sich.

Ich schmiegte mich an ihn und schenkte ihm ein wissendes Grinsen.

«Na, siehst du ... Aphrodite erwacht», neckte mich Nick.

«Ja, ja ... schon gut», sagte ich. «Aphrodite wird zu neuen Abenteuern bereit sein, aber zunächst muss deine Liebesgöttin dafür sorgen, dass sie wieder zu Kräften kommt. Und du auch ... los, los!» Ich riss ihm unsanft die Bettdecke weg und schwang mich auf die Beine.

«Das Breakfast muss grandios sein, wenn du das wagst!», rief Nick.

«Das wird es ... versprochen!»

Im Handumdrehen waren wir fertig. Auf der Treppe wehte uns der Duft von Toast und Speck entgegen. Wir brauchten ihm nur zu folgen.

Im Salon war das Frühstück schon in vollem Gange. Ich sah Adrienne den Toastständer herumreichen, Vivienne mit einer Kaffeekanne umhergehen und Francesca ihr Müsli zubereiten. Archie war dabei, Orangen auszupressen und dabei eine ziemliche Sauerei anzurichten.

«Mum!», rief mein Sohn aufgekratzt. «Schau mal, den Saft habe ich Grandma ... ich meine Vivi ... gemacht. Willst du auch einen?»

«Grandma ist okay», murmelte meine Mutter.

«*Merry Christmas*, mein Liebling! Das sieht ja alles toll aus hier!»

«Na, und ich? Wird mir kein frohes Fest gewünscht?», fragte Nick gespielt mürrisch.

Sollte Archie verwundert sein, Nick am Weihnachtsmorgen hier anzutreffen – immerhin war es eine Premiere –, so ließ er es sich nicht anmerken.

«Ja, dir auch ein ganz, ganz frohes Fest!», rief Archie übermütig. Nick hatte sich aus meinem Kleiderschrank einen Pyjama zusammengesucht, die Jacke war rot, die Hose grün. Er passte perfekt an unseren Tisch.

Beim Weihnachtsfrühstück der Marins ging es immer leger und ungezwungen zu. Selbst Adrienne, die es hasste, sich anders als voll angekleidet zu Tisch zu setzen, machte an diesem Tag eine Ausnahme. Sie hatte sich nur einen Bademantel übergeworfen und ihrer Schwester sogar ihre bestickte Morgenrobe überlassen, in der sie jetzt aussah wie eine Prinzessin aus *Tausendundeiner Nacht*.

«Mal sehen ...» Ich lehnte mich genießerisch zurück. «Kaffee, Tee, Toast, diverse Marmeladen, Schinken, Nusscreme, überzuckerte Cornflakes, Sally Lunn Buns ... ein typisches gehaltvolles, kalorisch leicht übersteuertes Marin-Frühstück, würde ich sagen.»

«Und Orangensaft», rief Archie und reichte mir ein volles Glas, das ich mit einem lobenden Nicken entgegennahm.

In der Küche hatte der Toaster soeben *Ping* gemacht, und jemand brachte eine Pfanne mit brutzelnden Spiegeleiern herein. Es war John Wood. In einem von Richards Bademänteln, dem mit dem schönen Glencheck-Muster.

John?

Er setzte sich mit einem verlegenen Lächeln neben Adrienne, so vorsichtig wie sonst nur im *Armory Inn*. Doch meine Tante, die ziemlich verkatert aussah, verzog keine Miene. Vivienne stieß sie diskret in die Seite.

«*Merry Christmas*, John!», flüsterte sie ihr ins Ohr. Jeder konnte es hören.

«*Merry Christmas*, John!», sagte Adrienne laut und vernehmlich. «Und danke für die Spiegeleier.»

«Wenn mich nicht alles täuscht, sitzen sonst nicht so viele Männer an diesem Tisch», sagte Vivienne und bedachte erst Adrienne, dann mich mit einem übermütigen Grinsen.

«Nein!», rief Archie. «Sonst bin ich immer das einzige Huhn im Topf.»

«Hahn im Korb», korrigierte Adrienne.

«Ich wusste gar nicht, dass hier derart Not am Mann war», raunte Nick mir zu.

«Das war es, mein Liebster. Aber diese Zeiten sind nun wohl endlich vorbei.»

Nach dem Frühstück siedelten wir mit unseren Kaffeetassen in den Salon über und ließen uns in die Sofas und Sessel fallen. Jetzt kam Archies große Stunde – die Bescherung. Sie fiel wie immer üppig aus, die Stapel mit den Geschenkpäckchen zum Geburtstag und zu Weihnachten waren fast so hoch wie die Türme von Bath Abbey.

Da Adrienne auch für die ganze «Weihnachtsschenkerei» nur wenig übrighatte, tauschten wir immer nur ein paar Kleinigkeiten, seit ich «endlich erwachsen» geworden war. Wir plünderten die Stockings (Adrienne war so geistesgegenwärtig gewesen, noch drei für Vivienne, Nick und John zu befüllen) und bejubelten die Ausbeute, als regnete es Juwelen. Dabei waren es nur Schokoladentaler und Mandarinen sowie kleine Dinge wie ein Spielzeugauto für Archie.

Es dauerte allerdings fast zwei Stunden, bis Archie sich durch seine Päckchen und Schachteln gearbeitet, alles ausgepackt, bewundert und ausprobiert hatte. Der Boden war schließlich nahezu vollständig mit Geschenkpapier bedeckt, es sah aus, als wäre ein Orkan durch das Wohnzimmer gefegt. Die größte Begeisterung löste ein Papiertheater von Benjamin Pollock aus, das Emma ihm geschenkt hatte. Nur mit Mühe war Archie davon abzuhalten, es auf der Stelle zusammenzubauen und mit den Figuren ein Stück aufzuführen.

Vivienne zeigte jedem das kleine Album, das sie mitgebracht hatte. Fotos von ihrem neuen Leben in Bordeaux. Marine, ihre Frau, war außergewöhnlich schön, mit einem umwerfenden Lachen.

Während alle die Köpfe zusammensteckten und in Gespräche vertieft waren, nahm ich das kleine Geschenkpäckchen zur Hand, das Rose mir gegeben hatte. Ich war unschlüssig, ob ich es hier vor aller Augen öffnen sollte. Womöglich war es eine Anspielung auf die vergangenen Turbulenzen, und dann hätte ich einiges zu erklären. Vor allem Nick.

Ich zog die rote Schleife ab, zupfte an den Klebestreifen herum und lugte durch die Fetzen des Geschenkpapiers. Es war ein weißes Pappkästchen, sah ganz unschuldig aus. *Ach, was soll's.* Die Neugier siegte, und ich öffnete den kleinen Deckel.

Meine Überraschung hätte nicht größer sein können.

Jemand schaute mich an, mit großen Augen. Es war die kleine Sorgenmaus, handgefertigt aus Filz, eine niedliche Kopie der von mir erfundenen Figur. Sie war herzallerliebst, meine Augen füllten sich mit Tränen, als ich das beigelegte Kärtchen las:

Willkommen im Club der Sorgenmäuse!
Wir werden alle Sorgen hinter uns lassen,
wenn wir es wagen, Freundinnen zu werden.
Ich wünsche es mir so sehr.
R.

Ich lief ins Badezimmer, tigerte auf und ab, dann sah ich mich im Spiegel an: gerötete Wangen, glänzende Augen, ein schwaches, dann immer heller werdendes Lächeln, das sich hervorwagte wie ein Sonnenstrahl hinter dunklen Wolken.

In meiner Geschichte hatte Sophie, die kleine Sorgenmaus, zum glücklichen Schluss all ihre heiß geliebten Sorgen verloren. Aber sie hatte dazu Freunde gebraucht, Freundinnen, ohne sie ging es nicht, ging es nie.

Es würde auch nicht ohne Rose gehen.

Nach dem Lunch unterhielt Adrienne sich lange mit Nick, den sie zwar oberflächlich kannte, allerdings nicht als Freund ihrer Nichte. Und Vivienne war in ein Gespräch mit John vertieft, es sah fast so aus, als flirtete er mit ihr – oder sie mit ihm –, sodass Adrienne sich schon bemüßigt fühlte, ihre Augenbrauen in ungeahnte Höhen zu heben. Doch ich glaube, John war einfach nur neugierig auf die Schwester der

Frau, deren Herz er endlich «erobert» hatte. Vivienne hingegen war sichtlich angetan von dem alten Gentleman, der bei jeder sich bietenden Gelegenheit seinen unwiderstehlichen Charme spielen ließ.

«Ich bin ganz neidisch auf Adrienne», gestand sie mir, allerdings spitzte sie die Lippen, damit mir die Ironie nicht entging.

«Na, na», ging ich auf das Spiel ein. «Du lässt schön deine Finger von ihm, hörst du?»

«Was denkst du denn von mir?», protestierte sie grinsend. «Gegen Marine kommt er doch nicht an. Gegen Marine kommt kein Mann an.»

«Dann bin ich ja beruhigt.»

«Und du und Nick? Ist es etwas Ernstes zwischen euch?»

Ich verspürte nicht die geringste Lust auf solch ein Mutter-und-Tochter-Gespräch, das im Wesentlichen in unsäglichem mütterlichem Ausfragen bestehen würde, und gab nur einen gemurmelten und – wie ich hoffte – unverständlichen Kommentar von mir.

Zum Glück erlöste mich die Queen.

«Wir verpassen noch die Christmas Speech!» Adrienne sprang auf und lief zum Fernseher, den sie hektisch einschaltete.

Für uns, wie für die meisten englischen Familien, war die traditionelle königliche Weihnachtsansprache, die nachmittags um drei auf BBC1 übertragen wurde, ein Pflichttermin. Das lag vor an Adrienne, die ein großer Fan der Queen war.

«Das Einzige, was in England Stil hat», sagte sie immer. Niemand wagte, ihr zu widersprechen, nicht einmal Vivienne, die nur leise «Ach, diese alte Schreckschraube» murmelte.

Ich holte rasch den Christmas Cake und schenkte heißen Tee aus dem Samowar ein. Dann setzte ich mich dazu und schaute Ihrer Majestät dabei zu, wie sie in einem leuchtend roten Kleid vor der wahrlich prächtig dekorierten Kulisse ihrer königlichen Gemächer saß und hoffnungsvoll in die Zukunft blickte. Sie rief uns in Erinnerung, was Weihnachten uns allen bedeuten sollte. Es dauerte kaum eine Viertelstunde, dann war's auch schon vorbei.

Zum festlichen Dinner, das wir uns von Delia's Deli hatten liefern lassen, setzten wir uns dann alle wieder um den großen Tisch im Salon. Das abendliche Festessen war auch bei uns der weihnachtliche Höhepunkt, allerdings ohne Christmas Crackers, die Adrienne natürlich «unerträglich albern» fand. Meine Tante ließ zwar vieles über sich ergehen, bei den Knallbonbons aber hörte ihr Sinn für englischen Humor auf. Trotzdem hatte sie nicht verhindern können, dass ein paar von den Dingern am gestrigen Abend zum Einsatz gekommen waren.

Wir hatten bei Delia wieder unseren üblichen «Gregor» bestellt: einen konventionell mit Äpfeln, Gemüse und Bratkartoffeln gefüllten Truthahn. Der stattliche Vogel war wie immer vorzüglich, auch die dazugehörige Soße. Zum Nachtisch gab es süße Früchtekuchen mit Zuckerguss und natürlich Fruit Trifle. Ohne mein heiß geliebtes Dessert, bestehend aus alkoholgetränktem Biskuitboden und mehreren Schichten aus Früchten, Vanillesoße und Sahne, wäre Weihnachten für mich nicht vollkommen gewesen. Archie bekam Mince Pies, mit Rosinen, kandierten Früchten und Nüssen gefüllte Törtchen, von denen er drei verputzte, dazu zwei Tassen heiße Schokolade.

Das Christmas Dinner zog sich bis in die späten Abendstunden. Bis die Augen glasig wurden, alle sich ihre Bäuche hielten, «Ich kann nicht mehr!» stöhnten und kapitulierten.

Ich warf einen Blick in die Runde und sah nichts als heitere, ja restlos zufriedene Gesichter. Unsere Familie war vollständig um den großen Tisch versammelt, bis auf die unvermeidlichen kleinen Sticheleien war alles friedlich verlaufen. Der Geist der Weihnacht hatte ganze Arbeit geleistet und uns wunschlos glücklich gemacht.

Ein Weihnachtswunder, das ich nie vergessen würde.

EPILOG

L ange Zeit, nachdem ich zu meiner Tante nach Bath gezogen war, hatte ich keine Ahnung, warum man den zweiten Weihnachtstag in Großbritannien als «Boxing Day» bezeichnete.

Als ich den Begriff zum ersten Mal hörte, hatte ich mir vorgestellt, der Boxing Day müsste etwas mit dem Gerangel der Kinder zu tun haben, die ihre Weihnachtsgeschenke auspackten und dabei auch einmal die Fäuste einsetzten. Das war natürlich Unfug. Mitnichten wurde an diesem Tag gestritten oder gar geboxt.

Mit Weihnachtsgeschenken hatte es allerdings sehr wohl etwas zu tun. Ja, der Boxing Day war der «Geschenkschachtel-Tag», an dem Angehörigen und Freunden, aber auch Postboten, Lieferanten, netten Nachbarn, Kollegen und Lehrern Wertschätzung und Anerkennung zugedacht wurden.

Schon in der viktorianischen Zeit, so hatte es mir schließlich John, das wandelnde Lexikon, erklärt, sei es üblich gewesen, dass wohlhabende Familien ihrem Dienstpersonal und anderen hilfreichen Geistern am 26. Dezember eine kleine Aufmerksamkeit überreichten, Süßigkeiten, Backwerk oder Geschenke – zum Dank für ihre treuen Dienste.

Der Boxing Day zählte zu den Bank Holidays, war also ein Feiertag, wenn auch die Geschäfte geöffnet hatten und Scharen von Umtauschwilligen und Gutscheinbedachten erwarteten. Wir hatten nicht vor, uns schon wieder ins Gewühl zu stürzen, Adrienne kündigte an, den ganzen Tag mit Lesen im Bett (und ohne ein Gramm feste Nahrung) zu verbringen. Auch Archie schien mir ziemlich erschöpft von den Aufregungen der letzten Tage zu sein. Und seine Freundin Emma war mit ihrer Mutter zum Rest der Familie nach Edinburgh gefahren.

Der Tag versprach ruhig und ereignislos zu werden. Zu diesem Zeitpunkt wusste ich noch nicht, dass mir nach unserem überraschungsreichen Weihnachtsfest auch der diesjährige Boxing Day unvergesslich bleiben würde. Wir alle bekamen nämlich noch ein Geschenk (wenn auch nicht in einer Schachtel). Es war ein Geschenk, das uns das Schicksal überreichte. Man hätte auch sagen können, dass das Universum uns einen Wunsch erfüllte, den größten Wunsch überhaupt.

Wir saßen wieder gemütlich beim Frühstück, diesmal ohne unsere «Gäste». Nick war zu seinem Großvater gefahren, und auch meine Mutter war wieder abgereist – es war kein tränenreicher, sondern ein hoffnungsvoller Abschied gewesen. Sie versprach, uns bald wieder besuchen zu kommen, mit Marine, und ich war mir sicher, dass wir darauf nicht drei Jahre lang warten mussten.

Ich bestrich gerade ein Sally Lunn Bun mit Butter und Johannisbeermarmelade, als das Telefon klingelte.

«Himmel noch mal, wer ruft uns denn um diese Zeit an?», rief ich unwillig, lief zum Telefon und drückte die grüne Taste.

Es war Doktor Alexander Sherman. Kurz fürchtete ich, er wolle sich nun ebenfalls entschuldigen, auch wenn ich dafür eigentlich keinen Grund sah.

Doch weit gefehlt.

«Julie ... ah, gut, dass ich dich erreiche.» Er seufzte erleichtert, es hörte sich an, als falle ihm ein Stein vom Herzen. «Hör zu, wir haben nicht viel Zeit. Es ist so weit. In London wartet ein Spenderherz auf Archie. NHS Transplant wollte dich informieren, aber du bist nicht ans Spezialhandy gegangen. Du hattest dir doch ein Handy nur für diesen Kontakt zugelegt, nicht wahr? Jedenfalls haben sie dich unter dieser Nummer nicht erreicht und daher mich angerufen.»

Das Spezialhandy! Beide Smartphones lagen zum Aufladen in meinem Zimmer!

Mein Herz schlug mir bis zum Hals. Nicht auszudenken, wenn ...

«Gott sei Dank, dass sie dich erreicht haben. Bist du noch in Edinburgh?»

«Ja, aber das spielt jetzt keine Rolle. Bitte hol dir das Handy und warte auf den Anruf. Bitte! Sonst wird das nächste Kind auf der Warteliste angerufen.»

«Äh ... ja, natürlich.» Ich lief die Treppe nach oben, mit Alexander am Ohr. «Jetzt schon? Du hattest von Februar oder März gesprochen ...»

«Ja, jetzt, Julie. Jemand von NHS Transplant wird dir alles erklären und euch dann einen Krankenwagen schicken. Ich ... ich drücke euch die Daumen. Leider sind's nur zwei.»

«Wird schon reichen ... Alexander?»

«Ja?»

«Danke für alles, was du für Archie in den vergangenen Jahren getan hast. Und auch für mich.»

«War mein Job», sagte er mit etwas brüchiger Stimme.

«Du hast ihn gut gemacht. Sehr gut.»

«Viel Glück, ihr beiden. Und ruf mich an, sobald die Londoner Kollegen ihre OP-Masken abnehmen.»

«Kannst dich drauf verlassen, Alexander. Du stehst ganz oben auf der Liste.»

Er lachte und legte dann auf.

Beide Handys lagen auf meinem Nachttisch. Ich nahm sie an mich, würde sie nicht mehr aus der Hand legen. Unruhig lief ich in meinem Zimmer auf und ab. Nur wenige Minuten später kam der angekündigte Anruf.

«Mrs Marin? Gut, dass wir Sie erreichen. Hier spricht Ben Bowman von NHS Transplant. Wir haben ein Spenderherz für Ihren Sohn. Ein Glücksfall, Blutgruppe und Größe des Herzens stimmen perfekt überein. Sie müssen sofort los mit ... Archibald. Doktor Sherman sagte uns, ein Helikopter sei nicht nötig, wir haben also einen Rettungswagen losgeschickt. Er wird in spätestens zehn Minuten da sein. Ist Ihr Kind bei Ihnen?»

«Ja, Archie ist hier, Mr Bowman. Wir sind vorbereitet.»

«Wunderbar. Eine Ärztin wird mit Ihnen fahren. Ich wünsche Ihnen viel Glück, Mrs Marin.»

«Danke, Mr Bowman. Wir werden es brauchen.»

«Machen Sie sich keinen Kopf. Der Wagen wird es rechtzeitig schaffen. Wir warten hier auf Sie.»

«Es ist so weit», sagte ich zu Archie. «Wir fahren nach London.»

Er wusste sofort, was ich meinte. Wir hatten oft darüber gesprochen, immer wieder. Doch wir hatten so lange auf diese Nachricht gewartet, dass sie uns nun völlig überraschend traf. Mit ungläubigem Staunen sah er mich an, als rechnete er damit, dass ich «War nur Spaß!» rief. Doch wie hätte ich ihn damit aufziehen können! Es ging um alles oder nichts, das war uns beiden klar.

Er lief sofort hinauf in sein Zimmer und kam mit dem kleinen Koffer wieder herunter, den wir vor langer Zeit schon für diesen Fall gepackt hatten. Er enthielt alles für seinen Aufenthalt in London, im Great Ormond Street Children's Hospital, wo sein neues Herz auf ihn wartete.

Ich starrte ihn an, verblüfft über seine Zielstrebigkeit.

«Mum, komm ... wir müssen los.»

«Schätzchen, wir werden abgeholt. Der Wagen ist noch nicht da. Ein paar Minuten haben wir übrig. Komm, wir wollen uns verabschieden.»

Es war ein ruhiger Abschied, dem Ernst des Augenblicks angemessen. Wir umarmten Adrienne und Francesca, die uns ihre guten Wünsche ins Ohr flüsterten und Mühe hatten, ihre Tränen zurückzuhalten und tapfer zu wirken.

Dann ertönte ein Hupen von der Straße.

Archie lief hinaus. Zwei Sanitäter und eine Ärztin, die sich als Caroline Benson vorstellte, nahmen ihn in Empfang, geleiteten ihn zu dem Krankenwagen, wo sie ihm halfen, auf die Liege zu klettern.

Als ich zu ihm in den Wagen stieg, warf Archie mir einen erwartungsvollen Blick zu.

«Gleich geht's los, mein Schätzchen», sagte ich leise zu ihm. «Dein neues Herz wartet auf dich.»

Er nickte befangen, sagte nichts, blickte mich aber weiterhin aufmerksam an, als sei ich die Anführerin einer gefährlichen Mission und würde jeden Moment Anweisungen zum Take-off geben.

Doch es war Doktor Benson, die zweimal energisch an die

Scheibe der Fahrerkabine klopfte, woraufhin sich der große gelbe Wagen in Bewegung setzte. Ohne Sirene, aber doch mit Blaulicht fuhren wir die Blueberry Lane hinunter, durch Bath, durch Somerset, und bogen dann auf die Autobahn Richtung London.

Wir waren unterwegs.

Wir waren bereit.

Auch mein sehnlichster Wunsch, den ich noch einen Tag vor Weihnachten auf einen Zettel geschrieben und dem großen Wunschbaum anvertraut hatte, würde in Erfüllung gehen. Daran hatte ich nicht den geringsten Zweifel. Wieder war es Weihnachten ... Archies achter Geburtstag. Der Tag seiner Neugeburt.

Ich drückte den Arm meines Kindes und hielt ihn fast die ganze Fahrt fest. Archie lächelte mich an. Er schien vollkommen ruhig.

Ich lächelte zurück und hatte nur einen Gedanken.

Es wird alles gut werden.